AF221492

sterbensNAH

Serie „NAH":

        Buch 1: „sterbensNAH"
        Buch 2: „mordesNAH"

Ich widme dieses Buch meiner Familie, die mir die Zeit und die Unterstützung gewährt hat, dieses Buch zu schreiben, und allen meinen Freunden, auch denen in den sozialen Netzwerken und insbesondere meinen Twitter-Freunden und -Freundinnen, die mich immer wieder motiviert haben, weiter zu machen. Nur meine Mutter, mein Mann und ich kennen die ganze Wahrheit.

In diesem Roman gibt es einen Teil, der aus dem Leben gegriffen ist und ein Teil ist ausgedacht, dennoch sind Ähnlichkeiten mit lebenden oder verstorbenen Personen oder Begebenheiten rein zufällig und von mir nicht beabsichtigt.

© 2020 Leros, Lana

Herstellung und Verlag: BoD – Books on Demand, Norderstedt

ISBN: 978-3-7528-3327-0

4.Auflage 2020

Copyright Lana Leros

Lektorat: M. J.

Korrektorat: J.M., L.J., M.A.

Covergestaltung: Sören Jorczik

Covermotiv: eigenes Foto

©CrazyKiller von the Font Emporium

1001freefonts.com http://www.fontemporium.com/

Bibliografische Information der Deutschen Nationalbibliothek: Die Deutsche Nationalbibliothek verzeichnet diese Publikation in der Deutschen Nationalbibliografie; detaillierte bibliografische Daten sind im Internet über dnb.dnb.de abrufbar.

„Erfahrungen sammelt man wie Pilze,
einzeln und mit dem Gefühl,
dass die Sache nicht ganz geheuer ist.“

Erskine Caldwell

Samstag – ein Trojaner

0:57...0:56 „Sie haben sich einen Trojaner eingefangen. Wenn Sie jetzt nicht innerhalb von 1 Minute unten auf den Button klicken, ist Ihr System für immer zerstört! 0:34 ... 0:33 ... 0:32 ...“

„Manuel! Manuel!“

„Ja, was ist denn?“

„Komm schnell, ich habe mir einen Trojaner eingefangen! Hilf mir!“

„Ich kann nicht mal in Ruhe aufs Klo gehen!“

„Jetzt komm endlich 0:16 ... 0:15 ... gleich ist alles, meine Adressen, Fotos, Texte, mein Kalender, mein Leben, einfach alles weg und kaputt! Für immer! Wie soll ich da wieder drankommen? Hab´ kein Back-up gemacht! Schnell! Oh Mann, bitte!“

„Oho, sogar mit einem Apple Icon, pfiffig, nur nicht auf den Button drücken. Das ist der Trojaner! Da ist nichts weg! Reg dich nicht so auf.“

„Toll! Wenn ich jetzt da gedrückt hätte, wär´ alles weg gewesen. Nichts und Niemandem kann man vertrauen!“ Sonja schaut ihn dabei von der Seite an.

„Rutsch mal zur Seite. Ich mach´ das mal eben. So schnell wären deine Daten nicht weg. Sicherheitshalber lassen wir das Cleaner Programm laufen. So das war´s jetzt. Sag mir Bescheid, wenn´s fertig ist. Nächstes Mal, weißt du ja dann, was du zu tun hast."

Er streicht ihr kurz über den Kopf, als wäre sie ein kleines Kind. Dann dreht er sich um und geht einfach wieder aus dem Zimmer.

Sonja sitzt da. Sie starrt auf ihren Bildschirm. Kurz malt sie sich noch aus, wie sie mit dem Datenverlust hätte leben müssen. Und die Vorstellung, dass jemand ihre Informationen für sich nutzen und sie verbreiten könnte, lässt panische Gefühle in ihr hochsteigen. Sie wäre ganz klar erpressbar. Noten und Adressen von Schülern und Kollegen, aber noch viel schlimmer, auch ein paar Nacktfotos von ihr von einem Bootsurlaub im Mittelmeer wären zu entdecken gewesen.

Okay es ist ja nichts passiert, also konzentrier´ dich jetzt, mach weiter.

Nach kurzer Zeit ruft sie, „bin fertig!" Und lauscht. „Fertig"! ,..ruft sie noch einmal lauter.
Sie hört ihre eigene Stimme zu Hause selten so laut. Keine Antwort ... Stille, einfach gar nichts. Sie wartet und schaut über ihren Schreibtisch hinweg ins Leere. Lauscht auf Geräusche, die sie versucht wahrzunehmen. Aber nichts, keine Geräusche sind zu vernehmen, so sehr sie sich auch anstrengt. Sie hört nur den Wind draußen durch die Bäume streichen.

Die E-Mails, Anrufe, alles abgearbeitet. Seit 6:30 ununterbrochen gearbeitet. Eigentlich müsste ich doch stolz auf mich sein, aber nichts zu sehen, keine Ergebnisse, kein Papierhaufen weniger. Wie erschlagen, fühle ich mich. Bloß raus aus meinem Arbeitszimmer.

Er steht einfach so vor ihr, ihr Mann.

„Kommst du mit einkaufen?" Dabei schaut er sie teilnahmslos an.

„Wohin, willst du?"

„Na, in die Stadt, nach Witten, Dortmund, vielleicht sogar Düsseldorf oder so." Er sagt das so mit nach unten gerichtetem Blick, als würde er das gerade aus seinem Handy vorlesen.

„Ja, können wir machen", antwortet sie mit einem Lächeln. Nun schaut er von seinem Handy, das er die ganze Zeit in seiner rechten Hand hält, kurz auf.

Bestimmt liest er wieder Nachrichten oder langweilige Testberichte zu Autos. Dann will er mir nachher wieder davon erzählen, welches neue Auto 250 PS hat, und ob es mit E-Antrieb oder Benzin fährt, schießt es ihr durch den Kopf und ihre gerade aufgeflammte Freude fühlt sich nun wieder leicht gedämpft an.

„Kann ich so gehen?" „..fragt er und schaut sie an. Wenn er das fragt, dann muss sie immer bei dem Gedanken lächeln, dass er vermutlich auch als Kind seine Mutter so gefragt hat.

Eigentlich kann er immer „so" gehen. Ich zeige mich gern mit ihm. Er sieht mit 51 Jahren noch recht gut aus, ein wenig wie George Clooney. Dabei gewinnen die grauen Haare von den Schläfen mittlerweile überhand über die ursprünglich schwarzen Haare. Er hat ein kantiges, männliches Gesicht, das immer einen Dreitagebart zu haben scheint. Auch heute trägt er eine Blue Jeans, die nicht wie bei den meisten Männern lächerlich aussieht, da er lange sehnige Muskeln, gleich denen eines Langstreckenläufers hat. Aber ohne Polohemd verlässt er das Haus nicht. Modeunabhängig trägt er es vehement in unterschiedlichen Farben. Neuerdings, heute, mutig in kiwigrün, überlegt sie. Nach einigen Bitten ihrerseits wie zum Beispiel so: „Zieh die Socken runter," trägt er mittlerweile Sneakersocken oder sogar im Sommer gar keine Socken mehr in den Schuhen, die seine braunen Knöchel zeigen.

„Okay, ich fahre" sagt er wie so oft entschieden und nickt ihr aufmunternd zu.

Sie legt dann ihren Kopf schräg und fragt ihn:
„Warum soll ich mir das antun und selbst fahren?"

Er senkt seinen Blick und schaut mit seinen hellblauen Augen wie ein kleiner Junge, der gerade bestraft wird.

„Ja, was soll das? Du fährst doch immer. Dann muss ich mir nicht während der Fahrt anhören: „Bremsen! Da ist rot! Nicht die Kurve schneiden!" Dann streckt sie ihr Kinn vor und schaut ihn herausfordernd an.

„Alles klar," antwortet er resigniert.

Er ist nun mal Polizist. Er kann nicht anders, denkt sie dann jedes Mal.

„Ich meine es doch nicht böse", sagt er traurig „ich möchte doch nur, dass dir und anderen Verkehrsteilnehmern nichts passiert."

„Ja, können wir jetzt gehen?",… fragt sie genervt.

„Jungs, kommt ihr mit?" Und dabei schaut sie ihre beiden Söhne an. Weil sich keiner von beiden rührt, setzt sie nach: „Dann fällt vielleicht auch etwas für euch ab."

„Wir brauchen nichts," sagt Leon mit fast 18. Stefan mit seinen 16, meint 18 zu sein und nickt nur dazu. Beide starren ungestört in ihre Handys. Die Füße auf die Tischkante des Wohnzimmertisches gestützt, scheinen sie mit dem grauen Sofa unbeweglich eins zu sein. Chayas weiße Ohren schauen hinter dem Sofa hervor. Die weiße Schäferhündin ahnt schon, dass sie nicht gemeint ist und wieder zu Hause bleiben soll. Deswegen rührt sie sich weiter nicht.

„T-Shirts, Badehosen und so? Braucht ihr nichts?",… lockt sie mit hoher Stimme, wie eine Gans ihre kleinen Küken. Leon springt darauf an:
„Ich komm doch mit."

Stefan bleibt unbeweglich und winkt nur mit der rechten Hand ab. Ein „tschüss" gleitet ihm unmerklich zwischen den Lippen hervor.

Sie fahren los, in Dortmund angekommen, finden sie auch den passenden Parkplatz, nicht irgendeinen Parkplatz. Meist ein Parkplatz, auf dem sie schon einmal geparkt haben. Es muss ein Platz sein, der genug Raum um ihr Auto lässt.

„Ist das jetzt der richtige Parkplatz?"… fragt sie Manuel und schaut ihn verschmitzt von der Seite an. Aber den Spaß will er einfach nicht verstehen und blickt nur grimmig. Er fährt vier- oder fünfmal vor und zurück, bis das Auto auch wirklich exakt gerade und parallel zu den eingezeichneten weißen Streifen in der Parklücke steht.

Leon und Manuel fragen Sonja:

„Wo sollen wir denn jetzt hingehen?"

„Na, in die Thier-Galerie, wie immer, da sind doch ganz viele Geschäfte, vielleicht finde ich da auch etwas Schönes für mich? Ich möchte so gern nach einer Bluse schauen, in blaugrau, farblich passend zu der grauen Hose und der kurzen Jacke, die ins Blaue übergehen und die ich momentan trage. Ach, es wäre schön, wenn die ganze Welt in harmonisch abgestimmten Tönen wäre, wisst ihr? Nur, in Blautönen eine ganze Siedlung, nur in Rottönen gleich dem Herbstlaub oder in Grüntönen, wie ein Urwald, das sieht so friedlich aus."

„Ja, ja" antworten lang gezogen Leon und Manuel im Duett.

„Das ist mir zu hippig!" Leon zeigt dabei auf ein ausgefranstes T-Shirt.

„Wie sieht das denn aus?" Fragt Manuel entsetzt und zeigt auf eine männliche Schaufensterpuppe, die eine postgelbe Lederjacke trägt.

„Viel zu mackermäßig!"

„Das kann ein Zuhälter tragen, aber ich nicht," wechseln sich die Kommentare der Zwei vor und sogar in den Geschäften ab. Sonja ist es schon manchmal peinlich.

„Wir finden schon etwas Schönes für euch, hier das Shirt?"

„Okay, es ist weiß, und wenn da nicht die blöde große Schrift drauf wäre, dann wär's ja auch echt okay."

„Und für dich Manuel? Hat doch ein frisches Weiß!"

„Nein, zu eng, gefällt mir nicht, brauch´ ich gar nicht anzuziehen," murrt er, „ich brauch auch gar nichts."

Alle gehen weiter.

„Guckt mal!",… ruft Sonja, „das sieht schön aus! Das Kleid dort drüben im Schaufenster. Es ist ganz grün, aber changiert wunderbar in den Grüntönen. Es sieht wie ein Dschungel aus!"

„Probier ´ es doch einfach an, ich warte hier so lange draußen," sagt Manuel und blickt dabei auf sein Handy.
Sonja sieht ihren Sohn hilfesuchend an.

Er schaut sie an und nickt ihr zustimmend zu. Wortlos folgt er ihr in das Geschäft mit rein. Die Verkäuferin hatte wohl ihren verliebten Blick auf das Kleid und ihren zielstrebigen Gang zur Puppe, die im Schaufenster steht, gesehen. Mit einem eingeübten Lächeln fragt sie:

"Größe 38? Passt bestimmt gut zu ihren grünen Augen."

Sie verschwindet. Dann kommt sie aus dem Dunkel des hinteren Bereiches wieder mit dem gleichen Kleid hervor. Triumphierend hält sie das Kleid hoch, als sei es ein Pokal, den sie für einen Langstreckenlauf bekommen hat. Sie winkt mit dem Kleid nach rechts und zeigt auf die Umkleidekabine. Mit großen Schritten erreicht Sonja sie. Sie senkt ihren Arm, sodass sie nicht daran springen muss, und nimmt ihr das Kleid aus der Hand. Ihre blaue Lieblingsjeans und ihr hellblaues, enges T-Shirt tauscht sie gegen das

Kleid. Der Stoff gleitet wie Öl kühl über ihre Haut und fühlt sich fantastisch gut an.

„Es passt!",… ruft sie.

Aber nur Leon antwortet: „Und nimmst ´e es?"

Sie schaut in den bodenlangen Spiegel.

Es passt eigentlich gar nicht. Ich sehe darin fremd aus. Viel zu elegant für mich. Sportliche Kleidung in einer Farbe sind eher mein Stil. Meinen Rücken strecken und die Schultern nach hinten ziehen. Jetzt sitzt das Kleid schon besser. Ich sehe schlank und sehr sexy darin aus. Die Farben schmeicheln meiner weißen Haut. Aber trotzdem komme ich mir fremd vor. Ich drehe mich und beobachte wie das Kleid meine Konturen betont. Der Ausschnitt ist gewagt tief, aber noch zumutbar. Das gefällt Manuel bestimmt. Grüne Schuhe habe ich leider nicht, aber braune High Heels, gleich dem Waldboden, passen auch dazu.

„Weiß nicht, komm doch mal gucken."

Der Vorhang öffnet sich und Leon schlinzt rein. Er nickt.

„Und Papa?",… fragt sie hoffnungsvoll.

„Steht draußen, wartet."… sagt er und schaut mich fragend an.

„Ach schon gut, ich nehm´ es!" Hört sie selbst erstaunt ihre eigene Stimme.

Unbemerkt greift eine Frauenhand langsam neben Leon vorbei. Der Arm scheint immer länger zu werden. Ihre Fingerspitzen berühren ihren Hals.

„Äh ...Moment!",... erschrocken springt Sonja unter der Hand der Verkäuferin zur Seite weg. „Ich muss es erst noch ausziehen, äh ... zahle mit Karte".

Draußen vor der Tür öffnet sie die Tüte. „Schau, Manuel, kann ich heute Abend zur Geburtstagsparty von Karo im Tennisklub anziehen, superschön,... das Kleid und die Farben oder?"

„Ja ganz super, können wir jetzt nach Hause, sonst schaffen wir es mit der Party nicht mehr!" Während er mit ihr spricht, schaut er nur kurz von seinem Handy auf.

„Schade, dass ihr nichts gefunden habt," sagt sie traurig auf dem Rückweg vor sich hin.

Sie schlendern zum Auto und sie zeigt hier und da noch auf ein paar pfiffige Kleidungsstücke in den Schaufenstern, aber ihre Männer haben keine Augen dafür. Zu Hause angekommen, schminkt sie sich brauner als sie ist. Sie benutzt einen Selbstbräuner, der angenehm riecht. Es dauert eine Zeit, bis sie sich von oben bis unten damit eingecremt hat. Sie benutzt ein weiches Schwämmchen, das ihre Haut streichelt, um Ränder zu vermeiden. Für ihr Gesicht und ihr Dekolleté, nimmt sie dann Make-up, weil sie meint, dass sie dann attraktiver aussieht.

„Vielleicht wird es ja ein schöner Abend," ruft sie aus dem Bad zu Manuel.

„Mmmh ..." brummt er nur.

„Was soll ich anziehen?"... fragt er, wie immer vor jeder Party.

„Das weiße oder das schwarze Hemd und die schwarze Jeans", ruft sie laut, um das Geräusch von ihrem Föhn zu übertönen. Sie kommt aus dem Bad, und er hat ein gelbes Poloshirt und eine blaue Jeans an.

„Nimmst du mich so mit?",… fragt er mit den Augen eines kleinen Jungen.

„Ja, klar nehme ich dich so mit, aber dann frag mich doch nicht immer," antwortet sie genervt.

Immer das Gleiche, denkt sie. Während sie das Gefühl genießt, wie dieser seidige Stoff ihres neuen Kleides über ihre Haut gleitet, ruft sie:

„Wir könnten ja danach hier zu Hause noch etwas Trinken, ein Glas Rotwein, und dann vielleicht noch ein bisschen miteinander kuscheln? Haben wir so lange nicht mehr, kann mich gar nicht an das letzte Mal erinnern?"

„Mal sehen", sagt er.

„Guck! Das ist mein neues Kleid!",… sagt sie stolz mit heraus gestreckter Brust und dreht sich dabei einmal um sich selbst.

„Ja, ist okay, wir müssen jetzt aber los, sonst kommen wir zu spät," sagt er bestimmend.

Sie schnappt sich das Geschenk.

Im Auto versuche ich auf dem Weg zur Party, meine Traurigkeit immer wieder mit meinem Speichel runter zu schlucken. Verdammt, warum bin ich so traurig?

„Angekommen", flüstert sie Manuel leise in sein Ohr: „Sind wir hier richtig? Der Tennisklub? Der, von dem Karo immer erzählt hat? Wenn ja, dann bin ich falsch."

Manuel greift kurz ihre rechte Hand und drückt sie einmal fest zusammen, als wolle er ihr damit kurz Halt geben.

„Da musst du jetzt durch. Wir können nicht mehr zurück, damit du dich umziehen kannst, siehst doch gut aus, ist doch egal, wenn die anderen Jeans und T-Shirts tragen."

Er lässt sie los. Sie beobachtet ihn, wie er auf seine alten Freunde zugeht und sich dann zu ihnen setzt. Sie wartet noch ein wenig. Manuel dreht sich nicht nach ihr um. Keiner schaut nach ihr. Sie sieht sich um, aber überall entdeckt sie nur Fremde, wie in einer Halle voller Schaufensterpuppen bestehend aus vielen fremden Menschen.

Allein ..., ob ich unauffälliger in dem Fikus Benjamini links neben mir stehen kann? Den ganzen Abend? Vielleicht einfach da vorn hinsetzen und den Rest des Abends nicht mehr aufstehen.

Geradeaus ist einer der vielen weißen Kunststoffstühle frei, auf den sie zugeht. Dahinter verschwindet die Bar in dunklem Schwarz.

„Ist hier noch frei?",… fragt sie in die kleine Runde.

„Ja klar, setz dich nur," antwortet ihr, eine schöne, sopran klingende Stimme. Sie setzt sich neben sie. Ihre muskulösen Beine wippen gleichzeitig in einem steten Rhythmus auf und ab. Wie ein wackelnder Stein auf einem Förderband in einem Steinbruch eines ehemals aktiven Vulkangebietes wirkt sie, dessen hoher Eisengehalt ihre Haut braun und die Haare noch dunkelbrauner aussehen lassen. Ihre kurzen Haare stehen strubbelig wie die Blätter einer Pflanze, die sich auf einem Stein angesiedelt hat, von ihrem Kopf ab. Ihre Gesichtszüge wirken herb und doch weiblich.

Sie scheint so alt wie ich zu sein. Sportlicher als ich, und doch zeigen die Fältchen an ihren Augen und Wangen, dass sie nicht nur Schönes im Leben erfahren hat. Ihre schmalen, aber kräftigen Hände halten eine braune Bierflasche vor ihr so fest, als gebe sie ihr Halt. Um das rechte Handgelenk schlängeln sich bunte Leder- und Seidenbänder. Sie trägt eine weiße, weite Baumwollbluse, die luftig ihre leicht gerundete Taille kaschiert und einen reizvollen Kontrast zu ihrer Haut bildet. Ihre hellblaue Jeans lässt ihre sonnengebräunte Haut durch die gefrästen Schlitze in ihrer Jeans hervor blitzen.

Jetzt wendet sie Sonja ihr Gesicht zu.

Ihr silbriger Kettenanhänger lässt fremde Buchstaben darauf erahnen. Die Augen, von einem grünen Holzbrillengestell umrahmt, sind auf meiner Höhe und zwei dunkelbraune, kristalline Rauchquarze halten scheinbar magnetisch den Blickkontakt zu mir. Keine Miene verändert ihren Gesichtsausdruck, nur ihre Augen schimmern im Licht, als habe sie etwas erlebt, dass sie innerlich in einen Umzugskarton auf den Dachboden gepackt habe, mit einem Schild darauf „misslungene Fotos".

Ihre Stimme durchbricht mit ihrer Klarheit alle Gespräche um sie herum:

„Das Kleid passt nicht zu dir. Du fühlst dich hier nicht wohl. Du tust mir leid."

Sie streicht dabei mit ihrer rechten Hand über Sonjas linke Hand.

Elektrisierend, gleichsam als berühre ich einen leicht stromführenden Draht eines eingezäunten Feldes, breitet sich das anfängliche Kitzeln dieser Berührung in meiner Hand schlagartig aus, steigt meinen Arm hinauf und erfasst meinen ganzen Körper. Ich halte die Luft an. Was ist das? Mein Herz flattert, als würde es fliegen. Zwischen meinen Beinen wird es heiß und feucht.

Mitternacht:

Ein unauffälliger Blick zwischen ihre eigenen Beine zeigt Sonja, dass nichts zu sehen ist.

Habe ich mir das eingebildet?

„Was darf es für Sie zu trinken sein", werden ihre Gedanken durch eine Frau neben ihr, die aus dem Nichts gekommen zu sein scheint, unterbrochen.

„Sekt, der auf ihrem Tablett steht, bitte" und atmet dabei laut mit einem erleichterten Stöhnen aus. Mit besorgtem Blick reicht sie ihr den Sekt. Verlegen lächelt Sonja sie an. Sie umklammert das kühle Getränk auch mit beiden Händen und hält sich daran fest.

Es hilft irgendwie.

„Ich bin Anna! Anna Goldberg. Und du?"

„Äh ...Sonja, ...Sonja Lichtenmeer"

Ihre Augen scheinen mich zu durchdringen. Ich halte ihrem Blick meinen entgegen, mal versuchen, vielleicht kann ich ihm standhalten. Es ist wie bei dem Spiel mit Kindern. Wer plinkert, der verliert. Aber diese braune Farbe? Ich versinke in ihrer Augenfarbe, dieses tiefe Braun.

„Fährst du auch gern Ski?"

„Äh ja, sehr gern, schon lange und du?"

Wie kommt sie darauf? Vielleicht durch die Unterhaltung mit den Tischnachbarn?

„Ich auch, sehr gern. Ich liebe die Geschwindigkeit, den Wind, das schnelle Gleiten durch den Schnee, das Knirschen, wenn die Schneedecke unter mir zusammen gepresst wird."

„Ja, mag ich auch", und schaut sie ununterbrochen an.

„Nur wenn der Schnee sulzig ist, dann mag ich´s nicht, kann meine Ski dann nicht richtig kontrollieren, mein Knie tut danach höllisch weh."

„Geht mir auch so."

„Mein Knie ist hin, muss ich mal bald operieren lassen", sagt sie.

„Ja, müsste ich auch, aber mir fehlt der Mut, ich versuche es mit täglichen Trainingseinheiten stabil zu halten."

Wieder ein „Auch".

„Mein Rechtes. Ist´s auch dein Rechtes?"

„Ja"

Werden wir uns jetzt den Rest des Abends über Krankheiten austauschen, nein, das kann doch nicht sein, dann werde ich gehen, wohin?

Sie schaut sich um.

Manuel sitzt weiter weg bei seinen alten Freunden. Ich gönne es ihm. Ein Fremder sitzt dabei. Lachen! Toll, die haben Spaß. Ich werde jetzt den Rest des Abends vielleicht über Krankheiten reden müssen und total frustriert, mich sterbensnah fühlend nach Hause gehen.

„Aber alles andere kann ich mit dem Knie noch machen, auch Motorrad fahren."

„Wie Motorrad fahren? Du fährst auch Motorrad? Selbst oder nur mit?",... fragt Sonja. Ihre Neugierde ist geweckt.

„Nee, selbst, na klar! Ist doch viel besser!"

„Find ich auch."

Doch kein Abend voll des Jammerns, denke ich erleichtert.

„Bin ich auch, früher bis die Jungs kamen, könnte ich eigentlich jetzt wieder anfangen. Jetzt sind sie ja groß und haben vielleicht auch Spaß am Motorradfahren. Dann könnte man als Familie gemeinsam schöne Ausflüge unternehmen. Was fährst du?"

„FJR 1300 ganz Silber mit viel Chrom, ein bisschen groß für mich, aber mit richtig `Wumm´ dahinter! Habe ich von meinem Bruder. Ich fahre damit jeden Tag zur Schule."

„Ach, bist du auch Lehrerin?"

„Ja, an einer Realschule. Finden die Schüler voll krass, wenn ich mit dem Moped ankomme."

„Oh, ich auch."

„Ach, du auch? Mit dem Motorrad zur Arbeit?"

„Nein, das ist mir zu viel Gerödel, nein, ich meine, dass ich auch Lehrerin bin. Am Gymnasium in Bochum, mache den Job echt gern. Ist der beste Job der Welt."

„Finde ich auch, die Arbeit mit den Kindern, macht voll Spaß, auch wenn man nicht immer zum Unterrichten kommt."

„Ja, sehe ich auch so."

So viele „Auchs" was soll das?

Ein Druck im Magen will sich in meinem Bauch ausbreiten.
Spielt sie mir etwas vor? Ist das echt? Was könnte sie damit bezwecken? Ach, was soll's, ist doch einfach schön, wenn man so viel miteinander teilt.

„Früher sind wir mit den Motorrädern zum Segeln gefahren. Das war anstrengend, aber toll, man braucht ja nicht viel Gepäck."

„Ach, ihr segelt auch? Das gibt's nicht! Wir auch! Und Kinder, ...habt ihr auch Kinder?"

Ich merke, wie meine Neugierde immer mehr wächst und der Druck im Magen langsam wieder verschwindet.

„Ja klar, zwei Mädchen, Maria ist bald 18 und Lina ist fast 16, und du?"

„Ich habe zwei Jungs, Leon und Stefan, sind genauso alt. Ach Karo, da bist du ja, herzlichen Glückwunsch zum Geburtstag!"

Warum habe ich ihr nicht schon gerade beim Hereinkommen gratuliert, so wie es sich gehört?

„Ah, habt ihr euch bereits kennengelernt?"

Karo nickt dabei anerkennend. Sie schaut abwechselnd zu Anna und Sonja.
Sonja setzt sich wieder ganz aufrecht hin und ihr Rücken spannt sich.

Irgendwie fühle ich mich ertappt, wie ein Schulmädchen, das beim unerlaubten Quatschen im Unterricht erwischt worden ist.

„Ja", sagt Anna mit hervorgestrecktem Kinn, „wir sind Kolleginnen."

Wie selbstbewusst!,… staune ich.

Manuel kommt und schaut seine Frau fragend an:

„Das Geschenk, hast du es ihr schon gegeben?"

„Äh nein, ach hier ist es, du weißt ja schon, was es ist, oder?" Dabei wartet sie auf Karos Reaktion.

Warum, bin ich nur so verlegen? Wenn ich das sage, was ist denn schon dabei? Habe ich eben vergessen, ihr sofort zu geben. Jetzt ärgere ich mich auch noch über mich selbst!

„Habe ich mir gewünscht, kann ich immer gut gebrauchen, danke!" ,… erwidert Karo und umklammert die eingepackten Tennisbälle wie ein kleines Mädchen ihr Stofftier.

„Viel Spaß noch, wir sehen uns, muss noch zu den anderen Gästen, komme später sicherlich noch mal zu euch", sie dreht sich um und geht.

Wir nicken verständnisvoll und blicken ihr nach, wie sie in einer anderen Gruppe von Gästen verschwindet.

„Hallo! Ich bin Roger, Roger deutsch ausgesprochen, wie es geschrieben wird, nicht englisch, okay?"

Sonja reicht ihm die Hand.

Eisblaue Augen, riecht nach Rauch, blitzt es in meinem Kopf auf. Warum stellt er sich mir vor? Möchte er mich näher kennenlernen? Sein Händedruck ist kurz und fest, passt gar nicht zu seinen weichen Gesichtszügen. Er hat rötliche Haare und versteckt sein halbes Gesicht hinter einem gepflegten rotbraunen Vollbart. Seine kurzen Haare sehen aus, als hätte er sie rundum mit einer Schere selbst geschnitten. Sieht einfältig aus. Seine Zähne sind unglaublich regelmäßig und groß. Sie wirken unecht.

„Äh ... ich bin Sonja."

„Ja, Roger ist der Mann von Anna," erklärt Manuel und blickt sie erstaunt an.

„Ach,... so."

Anna sitzt ruhig da. Sie schaut ihren Mann gar nicht an. Sie blickt die ganze Zeit zu Sonja und lächelt sie scheinbar amüsiert an.

Wann waren eigentlich unsere Tischnachbarn gegangen? Wie sahen sie überhaupt aus? Ich hatte mich, glaube ich, überhaupt nicht mit ihnen unterhalten. Wie unhöflich von mir. Ach egal, sind jetzt weg und zwei Stühle sind dadurch für Manuel und Roger frei geworden, wäge ich ab.

Roger setzt sich auf den freien Stuhl neben sie. Sonja sitzt nun zwischen Beiden.

Unglaublich, sollte ich mich täuschen, oder passen sie gar nicht zusammen? Ich hätte Anna einen sportlichen und gutaussehenden Mann zugetraut, nicht so einen verweichlichten Typ. Vielleicht irre ich mich ja.

Manuel setzt sich Sonja gegenüber an den Tisch, sodass er auch zwischen den Beiden sitzt. Er schaut sie immer noch irgendwie verwundert an.

„So, ihr habt also die gleichen Hobbys wie wir," sagt Roger.

„Woher weißt du das?",… frage ich ihn erstaunt.

„Ich habe mich ja gerade die ganze Zeit mit Manuel unterhalten.",… sagt er lächelnd.

„Ach so, verstehe."

Wie noch einer mit vielen „auchs"? Ja, aber muss ja so sein, Anna ist ja seine Frau, warum nicht?

„Ja, können wir ja zusammen mal machen, segeln, Motorrad fahren,..."

„...oder Mountain - biken, kochen, wandern.",… ergänzt Anna einfach Sonjas Satz.

Sie ist gar nicht erstaunt, dass sie das vorschlägt, denn auch das machen sie gern. Sie schaut sie an und knipst innerlich ein Foto von ihr. Die Bierflasche umklammernd sitzt sie neben ihr und lächelt sie irgendwie zufrieden an.

Sie ist ich und ich bin sie. Das gibt´s doch nicht!
Manuel blickt mich an, als müsse er über eine Lesebrille hinweg schauen, die er momentan gar nicht trägt. Ihr Gesicht wird rot. Verdammt, ich kann das nicht unterdrücken. Er blickt zu Roger, endlich.

Die Männer wenden sich einander zu und vertiefen sich in technische Details von Motorrädern und scheinen sie zu vergessen.

„Sollen wir uns treffen?",… fragt Anna leise.

„Ja klar, wann? Sind ja Ferien, ich habe Zeit, und du?" ,… fragt sie.

Warum flüstere ich jetzt auch? Warum suche ich ihre braunen Augen. Endlich, da ist er, ihr Blick in meinen Augen.

„Zum Frühstück, aber spät, dann können die Mädchen ausschlafen."

„Ja, gern bei mir, um 11:00 Uhr nächsten Donnerstag."

„Ja, soll ich etwas mitbringen?" ,… fragt sie.

Dieser Blick, unglaublich, sie schaut mir in meine Seele und ich in ihre, wie kann das sein?

„Ja, Brötchen,…normale", versucht Sonja, ihrer Stimme eine bestimmte Festigkeit zu geben.

„Okay, mache ich gern."

Sie saugt ihren ernsten Blick auf. Ihr wird ganz warm.

Wie eine Welle durchläuft mich eine Hitze unter meiner Haut.

„Wir müssen nach Hause, noch mit unserem Hund gehen. Chaya, wartet schon auf uns, erklärt Manuel mit seinem Blick in die Runde. Dabei zeigt er kein Lächeln im Gesicht. Alle verabschieden und umarmen uns wie alte Freunde. Aber Anna drückt Sonja ganz besonders fest.

Wann lässt sie mich wieder los,... oder frei?,... überlege ich, kann ich sie dagegen einfach loslassen? Das geht doch nicht, dann denkt sie nachher, dass ich sie nicht mag? Warum sagt ihr Mann nichts zu dieser langen Umarmung?

Sie hält Sonja unverändert in ihren Armen fest.

Ihre Brust an meiner, sie hebt und senkt sich langsam. Ich spüre ihren Bauch an meinem Bauch. Beide haben Kinder ausgetragen. Okay, es ist wie bei meiner Mutter, oder? Sie hat mich doch als Kind auch immer so fest gehalten, heute manchmal noch, ist eigentlich schön, wird ja nicht jedes Mal so sein, denke ich, langsam lässt sie los, endlich, aber was ist das?

Ihre Fingerspitzen gleiten wie zufällig, leicht, beinahe unmerklich und sehr sachte Sonjas ganze Wirbelsäule entlang, runter, bis über ihren Po hinweg. Ihr Duft riecht angenehm nach wilden Maiglöckchen und Sonne. Nur langsam löst sie ihr Gesicht vom Hals. Von Sonjas Wirbelsäule aus, scheint sich über ihre Haut eine Gänsehaut ausbreiten zu wollen, um jede ihrer Berührungen aufzunehmen, überall. Es kribbelt. Sie lächelt Sonja mit unverschämtem Blick wissend an, als sie immer weiter leicht zurückweicht.

Ich stehe, wie ein kleines Kind ganz allein da, das gerade sieht, wie die Eltern gehen, nachdem sie es im Kindergarten das erste Mal abgegeben haben.

Nach einer gefühlt langen Zeit nimmt Manuel endlich wieder Sonjas Hand.
Seine Hand fühlt sich fremd und doch so altbekannt an.

„Hast´e deine Jacke und dein Handy?"

„Ja, hab´ ich."

„Wir sehen uns" verabschieden sich beide Frauen gleichzeitig voneinander und alle, die das mitkriegen lachen darüber. Sie gehen zum Auto hin. Ihre Hand lässt er wieder los, …still, … sie reden nicht.

Ich genieße diese Ruhe. Glücklich bin ich, ein schwebendes Gefühl, wie schon lange nicht mehr.

„Ein gelungener Abend war es", unterbricht Sonja die Schweigsamkeit

„Ja, fand ich auch", sagt Manuel.

Er hält mir die Tür auf, alte Schule, schön, auch wenn man emanzipiert ist, doch auch wertschätzend, überlege ich.

„Ach, Mist, ich habe ganz vergessen mich bei Karo für die Party zu bedanken und zu verabschieden, sollen wir noch mal zurück?"

„Ach, die hat so viele Gäste, das kriegt sie gar nicht mit." „… sagt er beim Einsteigen ins Auto.
„Aber, dass ich diese Anna getroffen habe, unglaublich, sie ist genauso wie ich!"

„Mmh,…" brummt Manuel nur und fährt los.

„Ihr Herz schlägt wie meins, in allen Punkten gleich. Wir teilen so Vieles. Das habe ich noch zu keiner Zeit erlebt, und das auf so einer Party. Damit hätte ich nie gerechnet. Sie versteht mich, ganz einfach," schwärmt sie, „sogar auch ihr Mann, dabei sieht Roger nicht wirklich männlich aus. Aber er scheint sehr lieb zu sein und hat dieselben Hobbys wie wir. Das ist doch nicht zu fassen, oder?"

Ihr Handy vibriert, sie liest Manuel die Nachricht vor: „War sehr schön mit Dir, freue mich auf ein Wiedersehen : -))))) Die Männer hatten die Nummern ausgetauscht, so habe ich jetzt Deine."

Ein Grummeln, wie das Knurren unseres Hundes ist Manuels Reaktion darauf. Dabei wendet er den Blick nicht von der Straße ab.

„Ja, freue mich auf euch, sehr! -)))" schreibt Sonja ihr zurück.

„Mmmh,… Also ich bin jetzt müde, und wenn wir gleich zu Hause sind, werde ich schlafen. Du kannst mal mit Chaya eine Runde um die Siedlung gehen."

„Ja, ist okay".

Na ja, ist so, wenn er die ganze Woche um 5:00 Uhr morgens zur Arbeit muss, da muss er zusehen, wie er den Schlaf nachholen kann. Wieder nichts mit

Schmusen. Egal, es war trotzdem ein wundervoller Abend. Zu Hause angekommen, liest Sonja auf einem Zettel im Flur:

„Chaya war schon Gassi, gute Nacht, Kuss-Smiley, Leon."

„Okay, ich komme mit", ruft Sonja wieder fröhlich Manuel, aber er ist schon oben im Schlafzimmer. Sie streift sich beim Hochgehen schnell das Kleid vom Körper, und huscht nackt unter Manuels Decke. Aber er dreht sich von ihr weg, auf seine Schlafseite:

„Gute Nacht, ich liebe dich. Aber du kannst mir sagen, was du willst, irgendetwas stimmt mit dieser Anna nicht! Ich kann dir nicht sagen, was es ist. Es ist irgendetwas völlig anders bei ihr."

„Aber etwas ist nicht in Ordnung mit ihr! Was meinst du?"

Keine Reaktion mehr von ihm. Nur ein tiefes gleichmäßiges Atmen und dann ist ein leises Schnarchen zu hören.

Was kann es sein? Nicht in Ordnung, stimmt nicht, anders? Wiederholt es sich in meinem Kopf.

Der Alkohol wirkt, sie versucht, dagegen anzukämpfen.

Wach bleiben, was? Mir ist nichts aufgefallen? Außergewöhnliches? Meine Augen fallen immer wieder zu, bis zur Leichtigkeit des Schlafes, endlich schlafen.

Fünf Tage später - Donnerstag - Frühstück

„Wo warst du nur vorher die ganze Zeit?"
Darunter zwei schlanke Frauen, die nackt im Wasser stehen. Ihre Körper glänzen im Licht des Sonnenuntergangs, als wären sie eingeölt. Sie werfen sich einen großen Wasserball zu. „Beste Freundinnen" steht darunter, ein WhatsApp Foto, „von Deiner Anna!"

Mir wird warm und mein Herz scheint einen Hüpfer mehr zu machen. Gleich!

„Leon, kannst du eben noch zwei Stühle von oben holen, auf die Terrasse stellen und die Markise ausfahren?",... ruft Sonja laut und streicht dabei noch schnell überall mit dem Staubtuch über die Schränke.

„Ach, Stefan kannst du schon mal die Tischdecke, Teller und Besteck hinlegen, aber richtig, nicht so hingeranzt, bitte! Hallo? Verstanden?"

Mit langgedehnten Vokalen fragt Stefan: „Ja, Mama, was ist denn nur los?"

„Anna kommt doch mit Maria und Lina, wisst ihr doch. Ich krieg das doch nicht allein hin und habe keine Putzfrau wie andere. Ich bin berufstätig, da müsst ihr schon mithelfen, Jungs?"

„Ja, Mama", kommt wieder langgezogen.

„Warum bist du denn so aufgeregt? Ist doch alles okay?",...meint Stefan.

„Ja, für dich vielleicht, ihr seid ja im Ferienmodus, rumliegen, zocken, euch mit Freunden treffen. Und jetzt müsst ihr mal mit anpacken! Das kann ja nicht so schlimm sein?" Und legt ihren energischen Lehrerton dabei auf.

„Machen wir ja, aber was können wir dafür, wenn du dir Besuch einlädst?",… fragt Leon erstaunt.

„Ist auch euer Besuch. Ich hatte eigentlich nie eine beste Freundin, habe mir aber immer eine Freundin gewünscht. Eine Freundin, mit der ich über alles reden kann. Vor der ich keine Geheimnisse haben muss. Das Vertrauen auf beiden Seiten gleich besteht. Eine, mit der ich auch etwas unternehmen kann, ohne vorher über die W-Fragen zu diskutieren. Eine Freundin, mit der ich mich wortlos verstehe. Oder ist das nur ein Traum von mir allein? Vielleicht wird sie es ja? Sie hat ja auch zwei Mädchen, in eurem Alter. Das passt doch supergut."

„Äh ja, und?"… antwortet Leon und rückt die Stühle an den Tisch.

„Ach, schon gut, ich mach´ den Rest allein."

Chaya läuft immer raus und rein und hofft auf den Moment, von dem Frühstückstisch heimlich etwas stibitzen zu können.

„Okay, dann sag Bescheid, wenn wir noch etwas helfen können," sagt Leon ganz gönnerhaft.

Beide Jungs ziehen mit Chaya nach oben in ihre Zimmer. Der Frühstückstisch ist auf der Terrasse gedeckt, etwas überladen, aber alles ist da. Die frisch geschnittene rote Rose aus dem Garten auf der

Tischmitte sieht einladend auf der weißen Tischdecke aus. Es klingelt einmal kurz.

„Ah, hallo, ist das schön, dich wieder zu sehen", fällt Anna ihr um den Hals.

Zerrissene Jeans, weiße und fast transparente Bluse und helle Turnschuhe, so, wie ich sie kennengelernt habe. Ach ja, gehört zu Anna, diese Umarmungen, einfach genießen, die Kinder beobachten uns zwar, aber sie machen es ja auch so mit ihren Freundinnen, ist ja nichts dabei, denke ich.

Chaya bellt laut. Sonja erwidert Annas Umarmung. Anna lässt diesmal früh los. Danach begrüßt Sonja Annas Töchter mit Handschlag. Aber Chaya bellt durchgehend weiter. Keiner versucht sie bewusst zu beachten, wohl in der Hoffnung, dass sie von sich aus zu bellen aufhört. Maria mustert Sonja unauffällig von oben bis unten und nickt ihr scheinbar anerkennend zu. In der Jeans und dem T-Shirt fühlt sich Sonja gut. Sie merkt auch erst jetzt, dass sie sich auf Anna und ihre Mädchen sehr gefreut hat. Maria trägt auch Jeans und einen leichten blauen Pulli mit hellen Sneakers. Sie sieht sympathisch aus. Erst als Sonja Lina, der jüngeren Tochter die Hand gibt, merkt sie, dass Marias Händedruck, warm und fest war. Lina trägt eine rote Bluse, eine schwarz–weiße Pepita Hose und hat überall Markennamen darauf, Liebeskind und M. Kors. Linas Hand hingegen, ist kalt und ihre weiche Hand zieht sich nach der ersten Berührung zurück.

Na ja, eben 16, das wird schon.

„Chaya, sitz!" Mit möglichst tiefer und ruhiger Stimme versucht Sonja, ihrem Befehl Nachdruck zu verleihen. Sie weicht aus und bellt aggressiv.

„Guck mal, das Nackenfell sträubt sich!" „...wundert sich Leon.

„Ach, Chaya, was ist los? Ich halte sie hier am Halsband fest und ihr geht schon mal auf die Terrasse, bitte entschuldigt. Platz!"

Ein bisschen warten, wird sich wieder beruhigen. Sie ist ja erst 3 Jahre alt, meine kleine Weiße.

Sie folgt, aber mit trotzigem Blick. Sonja wartet bis der feurige Glanz in Chayas bernsteinfarbenen Augen verschwindet.

Okay, jetzt wird es ja wohl wieder gehen.

Nun streicht sie hinter ihr zur Terrasse und stupst jede Person einmal an, nur Lina nicht. Als Schäferhündin zählt sie immer mal wieder ihre Herdenmitglieder. Um Lina macht sie aber sichtlich einen Bogen.

„Das ist oft so, dass die Tiere auf Lina so reagieren. Wir haben alle mehr mit Tieren zu tun als Lina. Das riechen auch Hunde."

„Ach, magst du keine Tiere?" „...schaut Sonja Lina fragend an. Sie weicht Sonja mit ihrem Blick aus. Die Bienen hinter ihr brummen laut, fortwährend in den weißen Hibiskusblüten.

Ein Blick mit Anna? Wie findet sie das, dass so über ihre Tochter Lina gesprochen wird?

Aber Anna guckt sie nicht an. Sie schaut in sich gekehrt vor sich hin, als sei da irgendein Fleck auf meiner Tischdecke.

„Wir haben zwei Kaninchen, aber um die kümmere ich mich." ,...
plappert Maria weiter, Sonja hört ihr gar nicht richtig zu.

Schließlich ist Lina noch jung und manche sind so. Maria scheint ja ganz in Ordnung zu sein. Wie steht Anna zu Lina? Vielleicht verrät es mir ihr Blick?

„Alles da?", ...fragt Sonja in die Runde?

„Ach ja", Lina schaut dabei sehnsüchtig auf die Rose in der Tischmitte, „ich hätte gern ein Ei."

„Ja, gern, da stehen doch welche," erwidert Sonja erstaunt, „dort in den Eierbechern unter den gestrickten Schäfchen, die meine Oma mal angefertigt hatte."

„Ja, aber das sind ja keine ganz fest gekochten Eier, oder?" ,... fragt Annas jüngste Tochter mit Blick auf die 6 Eier im Korb.

„Äh ... könnte sein, dass sie innen noch ein wenig weich sind, richtig, stimmt, und nun?",... fragt Sonja.

Was will sie?

„Kannst du mir bitte ein acht Minuten Ei kochen, ich esse jeden Morgen ein acht-Minuten Ei."

„Okay, versuche ich", und Sonja blickt Anna an.

Aber ihr Gesicht bleibt ausdruckslos. Sonja schaut sie noch an, aber sie zuckt auch nicht mit den Schultern, gar nichts.

„Fangt schon mal an, Anna hat leckere Brötchen mitgebracht. Ich komme gleich wieder," während Sonja in die Küche geht.

Acht-Minuten Ei? Wie soll ich das mit meinem Eierkocher hinkriegen? ,... ach, einfach im Topf kochen und den Timer meines Handys stellen. Das wird schon klappen.

„Hier Lina, extra für dich!"

Sie nimmt das Ei, pellt, schneidet es. Sie verzieht dabei angeekelt die Miene.

„Es ist in der Mitte immer noch zu weich!" Der quengelige Ton hört sich dabei an, wie der eines kleinen Kindes.

Sonja setzt sich fassungslos hin.

„Äh ... ja, kann passieren, waren aber genau acht Minuten, aber vielleicht war es ein Ei Größe L, da kann schon mal die Zeit variieren, isst du das jetzt nicht?"

„Tja, kann ich nicht, kannst du mir doch ein neun-Minuten Ei machen?"

„Äh ... ja, und schaut in die Runde der ausdruckslosen Gesichter. Aber keiner scheint ihr Gespräch mitbekommen zu haben. Alle haben schon angefangen, und es scheint recht zu sein. Sonja stellt ihren eigenen Hunger noch etwas zurück und geht wieder in die Küche.

Wo gibt´s denn so was? Na ja, etwas eigen die Kleine.

Weitere neun Minuten später präsentiert sie ihr siegesgewiss das Ei. Die Anderen haben ihr erstes Brötchen schon aufgegessen. Lina schneidet ihr Ei auf. Sie sagt zumindest nichts. Maria und die Jungs scheinen sich gut zu verstehen.

„Was habt ihr in den Ferien vor?" ‚… hört Sonja Marias Frage.

Leon: „Ach, nicht viel, ins Freibad, Kino oder Minigolfen gehen und so."

„Oh, können wir ja zusammen machen," meint Stefan begeistert.

„Gern, wo sollen wir hingehen?" ‚… will Leon wissen.

Maria unterbricht das Gespräch:
„Kannst du mir mal den Käse geben? Sonja, ich esse ja gar kein Fleisch?"

Marias Lippen glänzen rot vom Lipgloss.

„Ja, gern, alles für dich da?"

„Ja, klar!" ‚… und schaut Sonja mit offenem Blick an.

Sie ist ein sehr schönes Mädchen. Etwas schmaler und sie könnte glatt für ein Model gehalten werden. Ob Anna auch früher so ausgesehen hat? Maria sieht ihrem Vater überhaupt nicht ähnlich. Aber gut, ist ja manchmal so, dass ein Kind nur einem der beiden Eltern ähnlich sieht.

Das Anreichen der Leckereien und Geplauder über die geplanten Ferienvorhaben nehmen weiter ihren Lauf.

Mit einem prüfenden Blick auf den Tisch überlegt Sonja kurz und stellt dann fest, dass eigentlich nichts zu fehlen scheint.

„Sollen wir in eure Zimmer gehen?" ‚… fragt Lina und schaut kurz in die Runde.

Endlich taut sie auf, überlege ich, wurde auch Zeit.

„Ach ja, macht das, gute Idee", dabei lächelt Anna endlich wieder.

Dennoch sitzt sie, wie zum Beginn des Frühstücks, mit gerundetem Rücken und hängenden Schultern da, als trüge sie ein großes Paket auf ihren Schultern. Aber vielleicht hat sie auch nur einen Haltungsfehler. Wenn sie geht, dann sieht sie auch nicht gerade stolz aus, kreisen die Gedanken in meinem Kopf.

Chaya springt auf, als die Jugendlichen aufstehen. Sie bellt Lina wieder an, bis sie auf Sonjas Handzeichen aufhört.
Maria dreht sich beim Weggehen um und lächelt Anna und Sonja im Weggehen abwechselnd keck an:

„Mich hat sie eben lieber, weil ich Tiere mag, das spürt sie sofort."

Leon läuft ihr mit den Worten hinterher:
„So kenn ich Chaya gar nicht, das macht sie sonst nie."

Anna und Sonja blicken sich an.
„Mach nicht mehr so´n Aufwand, wenn wir kommen."

„Okay, mach ich nicht mehr."

„Wir sind beide berufstätig, wir müssen uns nicht beweisen, wer von uns die bessere Hausfrau, Gastgeberin oder Mutter ist."

„Ja", stimmt Sonja ihr zu.
Der ganze bisherige Stress fällt von ihr ab. Schön, dass die anstandsmäßigen Danksagungen einfach ausbleiben, weil Sonja Annas Worte als pure Rücksichtnahme versteht. Sie schauen sich an. Beide genießen in dieser Situation, die Gegenwart der anderen. Man hört nur das Vogelgezwitscher aus dem Vogelhäuschen des benachbarten Gartens.

„Entspannend, ne?"

„Ja, sehr" und Sonja versinkt in Annas Blick. Minutenlang, egal, sie weiß nicht wie lang. Sie schauen sich in ihre Augen. Beide scheinen die Luft anzuhalten. Es ist beinahe so, als könne Sonja sich das eine Auge von Sonja heran zoomen. Sie nimmt die leicht unterschiedlichen Brauntöne um die Iris war. Dann hat sie das Gefühl, über die schwarze Iris in das Auge hinein gesogen zu werden. Diese Anziehung scheint kein Halten zu bieten. Sonja gibt nach. Sie scheint in das Schwarz zu fallen und durch Annas Körper hinab in ihre Seele eintauchen zu wollen.

„Ich muss Dir etwas sagen", unterbricht Anna die Situation.

Wie eben herauskatapultiert, fühlt sich Sonja wieder in die Realität zurück geschubst. Sie blickt nach unten. So hatte sie sich früher in den Augen von Manuel verlieren können und sich dort gut aufgehoben gefühlt. Sonja wird kurz ein wenig übel.

Was mag jetzt kommen? Möglicherweise endlich das, was mit ihr nicht stimmen soll, wie Manuel meint? Grübele ich und massiere mir dabei mit beiden Fingerspitzen meine Schläfen.

„Äh ... was ist denn?" Versucht sie die entstandene Sprechpause zu überwinden.

Sie schweigt. Schaut Sonja wieder an und in ihren braunen Augen stauen sich kleine Seen aus Tränen.
„Mein Bruder ist vor ein paar Monaten an Krebs gestorben. Es war ein harter Kampf für ihn. Ich habe ihn bis zu seinem Ende begleitet. Am Ende waren wir richtig eng. Von ihm habe ich das Motorrad kurz vor seinem Tod geschenkt bekommen. Wenn du möchtest, dann können wir mal zusammen zu seinem Grab fahren?"

Sonja nickt zustimmend.

Mein Hals fühlt sich zugeschnürt an. Tränen beginnen sich in meinem Innern aufzustauen. Aber ich kann doch hier nicht weinen. Ich kannte ihn doch gar nicht, und sie kenne ich ja auch nicht wirklich.

„Aber das ist noch nicht alles." Gebannt schaut Sonja sie an.

Was mag nun kommen?

„Ich hatte eine sehr gute, eine beste Freundin, mit ihr habe ich es auch so gehandhabt, wie mit Dir, dass wir keinen Aufwand machen, wenn wir uns sehen."

„Ja, und? ...", frage ich.

„Es gibt sie nicht mehr."

„Wie es gibt sie auch nicht mehr?"

„Sie ist vor zwei Wochen umgekommen."
„Das tut mir sehr leid, aber wie? Keine Krankheit, kein Verkehrsunfall?"

„Nein, wir waren zu zweit in der Eifel wandern. Dabei ist sie dann abgestürzt."

„Ach, du lieber Gott, da machst du ja was mit!" Sonja greift ihre Hand, die auf dem Tisch liegt und drückt sie leicht, weil sie ihr das Gefühl geben möchte, dass sie für sie da ist. Als Reaktion darauf folgt ein dankbarer Blick von ihr, noch mit Tränen in ihren Augen.

„Sie war vor 5 Jahren, drei Häuser weiter eingezogen und hat zwei Mädchen in gleichem Alter wie unsere Kinder. Die sind nun allein mit ihrem Vater."

Sonja kämpft mit ihren Tränen, so fühlt sie mit. Anna sieht es offenbar und lächelt kurz.

Warum? Wie kann man darüber lächeln, wenn ich traurig bin? Ist das echt? Stimmt die Geschichte überhaupt? Will sie mich testen, ob sie mir etwas bedeutet? Was soll das? Überlege ich und schaue Anna an. Aber ich kann aus ihrer Gesichtsmimik keine Bestätigung ihrer Gedanken ablesen.

„Wie ist das denn passiert?",... versucht sie die Geschichte Annas zu überprüfen.
Anna nimmt ihr Handy und zeigt ihr Fotos von Britta, ihrer verstorbenen Freundin. Auch kurze Haare, oft trägt sie eine dunkle große Sonnenbrille, sonst hat sie dunkle Augen, fast schwarze Haare, ein schönes Lächeln, sehr volle Lippen und eine ebenmäßige

Bräune und freundliche Gesichtszüge, eine weiße Bluse mit heller Jeans und Wanderschuhe dazu an, so versucht Sonja sich das Bild von Britta einzuprägen.

„Wir haben sehr viel zusammen unternommen. Sind in die Disco gegangen, haben Gottesdienste besucht, sind gewandert, haben gemeinsam gesungen, sind durch die Kneipen gezogen, sie fehlt mir unheimlich."

Anna tut mir sehr leid, aber ich merke, dass ein wenig Eifersucht in mir hochsteigt, warum eigentlich?

„Sie hatte mir das Wanderwochenende geschenkt."

„Wie geschenkt mit Essen, Hotel und Fahrt?"

„Gefahren bin ich mit meinem Auto, aber den Rest hatte sie mir zum letzten Geburtstag geschenkt."

„Das ist aber ein sehr großzügiges Geschenk, findest du nicht?"

Anna schaut Sonja erstaunt an, als habe sie darüber bisher nicht nachgedacht.

„Wir hatten uns gestritten, sie war dann einfach Sonntagmorgen noch mal losgegangen, um ein Foto von der Aussicht an einer Felskante zu machen und war dabei abgestürzt."

„Und dann?",... lehnt Sonja sich bei der Frage nach vorn über den Tisch. So meint sie, Anna besser zu verstehen, da ihre Stimme immer leiser wird.

„Wie und dann... ?"

„Ja, was ist dann passiert? Anschließend? Danach?"

„Ich habe erst später davon erfahren."

„Wie später?"
Anna zieht die Hand zurück und legt sie auf ihren Bauch.

„Ja, da war ich schon zu Hause, die Polizei rief mich am nächsten Tag an, und ich habe ihr erklärt, dass ich Sonntagmorgen aufgestanden war, da war sie schon weg. Ich dachte, dass sie schon mit dem Zug oder einem Mietwagen nach Hause gefahren war, das hat sie schon manchmal so gemacht."

„Wie? Wart ihr schon öfter zusammen im Hotel,... wandern?"

„Ja, klar, war immer sehr schön. Wir hatten auch eigentlich immer Glück mit dem Wetter. Das ist sehr entspannend. Man kriegt den Kopf mal richtig frei. Abends gehen wir dann meist nach dem Abendessen in die Sauna. Das würde ich auch sehr gerne mal mit dir zusammen machen, ehrlich!"

Und ein Lächeln huscht kurz über ihr Gesicht.

Bin ich verlegen? Gibt sich bestimmt gleich wieder. Mit Anna in ein Hotel, Sauna, eine Nacht und vielleicht nur eine Bettdecke, was passiert dann?

„Ja und dann?",... schaut Sonja Anna mit festem Blick an.

„Wie meinst du das?"

„Was ist mit deiner Freundin geschehen?"

„Ach so, das meinst du?",… erwidert sie mit erstauntem Blick.

„Ja, nichts."
Und schaut zur Seite auf den Boden. Mit der Hand streicht sie über ihre Nase, als wolle sie eine Fluse wegwischen. Sonja schaut sie weiterhin erwartungsvoll an.

„Es war ein Unfall, sie hat wohl ein Foto gemacht und ist dabei abgestürzt, vermutet die Polizei. So´n typischer Selfie Unfall eben. Ist an der Stelle schon mal passiert. Ein Wanderer hat Britta zufällig gefunden. War nichts mehr zu machen."

Sie schaut Sonja an und eine Träne rollt Anna einfach so über die Wange.
Anna fügt nach einiger Zeit hinzu:
„Sie fehlt mir sehr, ich hatte sie einfach sehr lieb."

„Lieb, wie lieb?",… fragt Sonja sie mit skeptischem Unterton und beobachte sie.

„Wie meinst du das?"

„So lieb wie man eine Freundin hat oder lieber?"

Anna schaut sie unsicher an und zieht ihre Augenbrauen erst etwas hoch, dann versteinert sich ihr Blick.

„Jetzt sag schon, warst du etwa in sie verliebt, war da mehr als nur Freundschaft?" will Sonja wissen.

„Ja, glaub´ schon," sagt sie, „ja, es war mehr."

Schockiert mich das jetzt? Eher nein, aber ich fühle mich unter ihrem Blick wie eine Labormaus. Testet sie meine Offenheit für sexuelle Themen? Was soll das? Ich bin doch tolerant, soll sie doch.

„Noch einen Kaffee?" ‚… schaut Sonja sie auffordernd an und nimmt ihre Tasse in der Erwartung, dass sie „Ja" sagen wird. Sie stimmt zu, und Sonja nutzt die Gelegenheit in die Küche zu gehen, um ihr einen neuen Kaffee zu zubereiten.

Mir mache ich einen Tee aus den frischen Blättern der Melisse Pflanze von meiner Fensterbank. Der beruhigt mich. Ins Hotel, mit einer Freundin, was da wohl abgegangen ist? Beide Frauen nackt in einem Bett im Halbdunkel? Vielleicht sogar mit Sexspielzeug? Oder Fesseln und Code-Wörtern? Pah! Gestritten! Irgendwie ist es auch komisch, dass sie ihre Freundin nicht sofort vermisst hat? Sie war doch ihre beste Freundin. Merkwürdig oder war es gar kein Unfall?

Sie versucht ihr ungutes Gefühl im Magen mit vielen kleinen Schlucken Tee zu ertränken.
Zurück auf die Terrasse, stellt Sonja Anna die Tasse Kaffee mit Milchschaum hin. Anna schaut immer noch sehr traurig. Sie tut ihr furchtbar leid. Der Bruder und die beste Freundin, vielleicht sogar Geliebte, in kurzer Zeit verloren. Unglaublich, was sie durchmachen muss. Sie lächelt Sonja an und freut sich, dass ihr trüber Blick wieder von einem klaren Blick abgelöst wird.

„Was sollen wir als Nächstes zusammen machen?" ‚… und schaut Sonja neugierig an.

„Wir können samstags in den „beste Freundinnen Gottesdienst" oder am Samstagabend in den Bahnhof

Langendreer nach Bochum gehen? Wozu hast du Lust?"

Eigentlich möchte ich sie nur im Arm festhalten und trösten. Wie komme ich nur auf so einen Gedanken, unmöglich!

„Nach dem ganzen Kirchen- und Konfirmationstheater meiner Jungs habe ich eigentlich eine Überdosis an Religion erlitten, aber gern gehe ich dir zuliebe da mal mit."

Sie lacht.

Ein Lachen, wie Musik, denke ich.

„Was ist denn im Bochumer-Langendreer Bahnhof, da war ich schon lange nicht mehr, Ü40 Party?"

„Nein, so ähnlich, Rudelsingen, das ist echt supergut. Eine moderiert den Abend und erklärt zu den Liedern den Background. Der Text wird während des Singens an die Wand gebeamt. Die Musik wird eingespielt und alle singen dazu, tolle Stimmung, schöne Atmosphäre, war ich schon zweimal, auch mit Britta."

„Ja, hört sich gut an, machen wir, ich kann dich abholen."

„Nein, wir treffen uns besser da, fängt um 19:00 an und ich besorge die Karten, ist nicht teuer, fühl dich eingeladen."

„Mama, wie lange bleiben wir noch?"
Fragt eine Mädchenstimme, die Treppe runterkommend.

„Ach so, wir können jetzt fahren, wir sind für Samstag wieder verabredet und ihr?",… fragt Anna.

Die Kinder stehen zu viert im Flur und schauen betreten zur Seite.

„Okay, wir fahren dann mal jetzt, danke meine Liebe für das schöne Frühstück mit dir zusammen."

„Habt ihr euch nicht gut verstanden?",… fragt Sonja.

„Doch, haben wir, alles okay, wir haben Filme geschaut."

„Aber irgendwie seht ihr so anders aus, so blass!",… bemerkt Sonja.

Die Mädchen umarmen Sonja und die Jungs und gehen zur Tür hinaus. Anna umarmt Sonja fest. Sie versucht, ihre Umarmung innig zu erwidern und ihre Traurigkeit wegzudrücken. Ihre Atemzüge sind tief und lang. Heiß zieht ihre Atemluft über Sonjas Hals entlang. Sonja erstarrt unter der Atemluft kurz.

„Es war schön", flüstert sie ihr dabei ins Ohr. Eine heiße Welle zieht von ihrem Ohr nach unten in ihren Körper und sammelt sich in ihrem Bauch. Ihre Hände lassen sie langsam los.

Was ist nur mit mir? Sie umarmt mich doch nur? Hat sie das auch mit Britta so gemacht oder macht sie das mit jeder so?

Annas Fingerspitzen gleiten über Sonjas Wirbelsäule nach unten. Sie erreichen den Ansatz ihres Po´s. Schweiß bricht ihr aus.

Hoffentlich hat sie nicht so eine gute Nase und riecht meinen Schweißausbruch?

Dann gleiten ihre beiden Hände über ihre Hüften und halten letztlich ihre Taille fest umschlossen. Beide halten die Luft an.

Es zieht innerlich in meinem Schambereich, als müsse ich plötzlich ganz dringend auf die Toilette. Wieder scheinen sich zwischen meinen Beinen Tropfen zu bilden. Es wird intensiver. Ich versuche meine Schamlippen bewusst zusammen zu pressen, aber anstatt, dass das Gefühl aufhört, steigert es sich. Mein Gesicht wird rot und heiß. Ich kann es nicht verhindern.

Sie drückt Sonja mit ihren Händen weg und schaut sie zufrieden an, als sei sie ein Bild, was sie gerade fertig gemalt habe und nun überprüft sie, ob noch ein Pinselstrich fehlt.

Was kommt jetzt?

„Bis Samstag zum Rudelsingen, meine Liebe!" Sie dreht sich um und die beiden Mädchen folgen ihr. Kurz heult der dicke Motor auf. Sie brausen davon.

„Warum, was ist mit euch, war´s nicht schön mit den beiden Mädchen?"

„Nö, ging so", reagiert Stefan nach einer Weile und schaut auf den Boden. Leon schüttelt nur missbilligend den Kopf.

„Lina hat uns die ganze Zeit, aber wirklich ununterbrochen, Slasher-Filmausschnitte gezeigt, von den Filmen, die sie gern guckt.
Mama ... Wahnsinn! Echt ekelig!"

Sonja räumt dabei den Tisch ab:

„Was sind Flächer Filme, kenn ich nicht."

„Oh Mann, Mama, Slasher nicht Flächer, was weißt du eigentlich? Das sind Filme, in denen Jungendliche von Zombies verfolgt und zerfleischt werden. Dann werden sie von einer kleinen Gruppe Gleichaltriger oder einem Mädchen gerettet."

„Okay wusste ich nicht, aber, musstet ihr doch nicht gucken. Ihr hättet ja auch etwas zusammen spielen können", wendet sie leise ein.

„Haben wir zum Schluss auch, ohne Lina, die hat weiter geflimmert, wir haben dann Karten mit Maria gespielt, „Lügen". Flaschendrehen ging nicht mehr, weil Lina nach Hause wollte.

War´s denn für dich schön, Mama?"

„Ja, sehr" aber sie hören gar nicht richtig zu. Sie schaut ihren beiden Jungs nach. Irgendwie ist sie stolz auf sie, dass sie so einfühlsam und gut geraten sind. Abends im Bett erzählt sie Manuel vom Frühstück. Sie endet mit dem Satz:

„Jetzt weißt du, was mit ihr nicht stimmt. Ihren Bruder und ihre beste Freundin hat sie verloren, in kurzer Zeit verstorben, einfach so! Das ist doch furchtbar. Damit muss man erst mal fertig werden. Sie tut mir unheimlich leid."

„Mmh ..." brummelt er, „du kannst mir sagen, was du willst, da ist noch etwas Anderes, aber ich bin vielen Menschen begegnet, und irgendetwas ist anders mit ihr, außerdem hat Roger gesagt, dass sie schon mit vielen Frauen sehr gut befreundet gewesen war, gute Nacht schlaf gut."

Wie soll ich schlafen? Egal, wie ich mich wende, ich finde keine Ruhe! Die Gedanken strömen durch meinen Kopf. Anna ... ich seh´ ihre Augen, ihr Lächeln, ihre Schultern und ihre Rundungen – alles von ihr. Dann versinke ich doch in einen unruhigen Schlaf, in dem ich von Anna träume, wie sie mich wieder in den Arm nimmt und ihre Hände über meinen ganzen Körper gleiten.

Zwei Tage danach
- Samstagabend im Bahnhof –

Mit all ihrer Kraft drückt sie ihre Hände und Unterarme über ihren Kopf gegen die dunkle Holzwand hinter Sonja. Dicht steht sie vor ihr. Annas dunkle Augen funkeln im schummrigen Licht. Ihre Augen sind wie zwei polierte schwarze Kohlenstücke. Mit ihren Armen versucht Sonja dagegen zu halten, kommt aber nicht gegen diese Kraft an. Ihre vollen Brüste drücken gegen ihre. Sonja spürt, wie Annas Brustwarzen unter der dünnen Bluse spitz werden.

Wenn ich wollte, könnte ich mich daraus befreien, was will sie? Will sie mich jetzt etwa küssen? Auf den Mund? Will ich das? Sollten sich gleich unsere Lippen und Zungen berühren? Dann würden auch unsere Hände sicherlich den Weg zur Haut der anderen finden, leidenschaftlich, die Figur der anderen fühlen. Fängt sie an? Auf was wartet sie, warum beobachtet sie mich, so? Sieht uns hier keiner vor der Toilette stehen?

Sie lehnt sich nach vorn und flüstert Sonja mit heißem Atem ins Ohr:

„Ich mag dich, und finde dich so geil.“

Die Worte durchdringen sie, und sie merkt, wie sie augenblicklich erregt ist und feucht zwischen den Beinen wird. Ihr Unterleib zieht dem der anderen entgegen. Schließlich streicht Anna ihr von oben langsam mit ihren Fingerspitzen nach unten über die Arme bis zu den Innenseiten der Oberschenkel. Sie nähert sich Sonjas Gesicht und ihre Lippen berühren Sonjas. Kurz zuckt Sonja zurück, aber dann presst sie ihre Lippen Annas entgegen. Anna ist schnell und stößt mit ihrer Zunge Sonjas Lippen auf. Dann umspielen sich ihre Zungen leidenschaftlich. Ihre Lippen sind weich und Annas Zunge erforscht gekonnt Sonjas Mund. Ihre Zungen umrunden sich spielerisch. Anfangs empfindet Sonja ein Kitzeln, das sich dann allmählich ausbreitet, steigert, bis das siedende Blut nur noch von ihrer Haut im Zaum gehalten wird. Ihr Verlangen, der liebevolle und drängende Kuss, geht auf sie über. Die Vorstellung Annas nackte Haut ganz auf ihrer zu spüren und zu reiben, macht sich in ihr breit.

Aber wo? Hier? Vor oder in der Herrentoilette eines alten Bahnhofs oder im Auto in einem Wald, womöglich mit Zuschauern und anschließenden Pressemitteilungen in der Tageszeitung und nachfolgenden Dienstgesprächen? Vielleicht erkennt mich gleich auch hier jemand. Das Rudelsingen im Bochumer Bahnhof hatte ja nun viele Leute, fast nur Frauen, angezogen. Nein, es wird niemand kommen. Und wenn, wird uns keine stören, hier vor der Herrentoilette. Was mach´ ich nur, ich bin gefangen.

Die Fragen prasseln in ihrem Kopf wie peitschendes Wasser. Erst lösen sich langsam ihre Zungen und dann ihre Lippen voneinander. Sie schaut Sonja wieder an. Ihr rechter Mundwinkel zuckt kurz nach oben zu einem beinahe Lächeln. Ihre Hände behalten den Druck, brennen auf Sonjas Handgelenken.

Gefällt es mir, dass sie mich will? Ja, es gefällt mir. Und Manuel? Mir wird kurz schlecht. Wie ein Wassertropfen, der auf eine heiße Platte fällt, tanzen meine Gefühle hin und her. Und Anna sieht diesem Spiel des Tropfens zu. Manuels trauriges Gesicht erscheint mir vor dem inneren Auge.

„Nein? Was willst du?",... fragt Sonja sie laut. Keine Antwort, beide Mundwinkel zieht sie leicht nach oben. Sie lächelt, sieht etwas überheblich aus. Dabei hält sie Sonja mit ihren Händen und ihren Augen weiter fest. Hinzu kommt ihre stoische Ruhe. *Alles zu viel.*
Der Wunsch, sie überall zu spüren, verschwindet in Sonja allmählich. Ein ungutes Gefühl im Bauch nimmt immer mehr Raum ein.

Ärgere ich mich über die Macht, die sie über mich hat?

„Wir dürfen das nicht tun!" ,.. sagt sie zu Anna mit vehementem Ton.

Bei Schülern hat dieser Ton immer geholfen. Er strahlt sonst Magie aus.

Sie wartet.

Anna bleibt unverändert. Mit einem schrecklichen Lächeln sagt sie leise:

„Aber wir könnten es doch einfach mal probieren!" Sie schaut Sonja beinahe flehentlich an.

War das jetzt eine Frage oder eine Feststellung von ihr? Erschrocken über die Möglichkeit jetzt unser beider Haut zu spüren, zu riechen, zu schmecken und etwas zu tun, was ich mit einer Frau noch nie zuvor getan habe, antworte ich ihr mit einem entschiedenen: „Nein!"

Erst jetzt merkt Sonja, wie die Anspannung aus ihrem Körper sehr langsam weicht, und sie leicht in sich zusammen sackt. Ihren Rücken lehnt sie an der Wand hinter ihr entspannt an.
Das fühlt sich gut an.

Die Hände über ihrem Kopf, von Anna noch gehalten, halten die Lage noch aus. Die Wand wärmt scheinbar Sonjas Rücken und diese Wärme greift auf sie über und gewinnt Raum in ihr. Der tanzende Wassertropfen ihrer Gefühle verdampft. Sie holt mit einem Atemzug die Luft nach, die sie wohl zuvor vergessen hatte, einzuatmen.

„Aber ich habe mich in dich verliebt. Wir sind ineinander verliebt. Das weißt du. Ich liebe dich." ,… sagt Anna weich und betont dabei jedes Wort sehr deutlich. I
Ihr Blick verändert sich. Der Glanz ihrer Augen, die Sonja unentwegt anschauen, zeigen die Lust, die sie in sich fühlt.

Wann hatte ich so eine Leidenschaft das letzte Mal in den Augen Manuels gesehen? Vor zwei Monaten, vor einem Jahr? ...Was sollte das eigentlich? Meine Zeit läuft auch ... Und mein Leben? Ich fühle mich ihr so nahe und sehe die Verletzlichkeit ihrer sensiblen Seele in ihren Augen. Wir sind doch gleich. Sie hat dasselbe Verlangen geliebt und gespürt zu werden. Ich würde sie am liebsten umarmen. Wie gern würde ich jetzt über ihre bronzefarbene Haut streicheln und die einzelnen braunen kleinen Flecken ihrer Haut mit meinem Zeigefinger umkreisen, um Zauberringe aus heilenden Kräften auf ihrer Haut zu verteilen. Wenn ich jetzt wieder „Nein" sage, wird es sie schmerzen. Ich will ihr nicht wehtun, wie wird sie darauf reagieren? Ich möchte nicht diejenige sein, die ihr Schaden zufügt. Lieber möchte ich die sein, die sie tröstet. Aber der rebellische Junge, der ich als Kind glaubte zu sein, kämpft in mir gegen das sehnsüchtige Mädchen an ... und gewinnt letztendlich:

„Nein, Anna! Das ist keine Liebe", sagt Sonja ihr mit fester Stimme. Dabei spannt sie ihre Arme an.

„Doch", sagt Anna „Ich liebe dich. Ich werde dich immer lieben," antwortet sie ruhig.

Ihre Augen, was machen sie nur mit mir?
Sie sammeln das Wasser am unteren Augenlid und schauen mich bittend an.

Sonja spürt die Wand in ihrem Rücken und die Wand wächst weiter um sie herum zwischen Anna und ihr. Sie lockert ihren Griff und ihre Arme sinken beiderseits kraftlos nach unten. Sie spürt, wie das Blut wieder in ihre Arme zurückströmt.

Sie steht vor mir wie ein kleines Mädchen. Ihre weiße Bluse verändert sich nun scheinbar vor mir zu einem weißen Trägerkleid. Ihre Schultern schauen schutzlos daraus hervor. Das Kleid umhüllt sie wie eine Glocke. Darunter schauen ihre nackten braunen Beine und Füße hervor. Sie sieht jetzt aus, wie das frierende Mädchen, das in Andersons Märchen aus meiner Kindheit die Passanten nach Streichhölzern fragt, um sich zu wärmen.

Mittig in Sonjas Brust breitet sich ein warmes und altbekanntes Gefühl aus, das gegen die Wand um sie herum zu stoßen scheint. Sie versucht, diesem Gefühl freien Lauf zu lassen. Mit fester Stimme hört Sonja sich aber selbst sagen:

„Nein Anna, Liebe ist das nicht. Liebe ist viel mehr."

Sie steht unverändert vor ihr, aber ihre Schultern zucken leicht nach oben.

„Ja, wir sind verliebt, und jetzt lieben wir uns", sagt sie gelassen. Ihre Augen verraten ihr Bitten.

„Nein", wiederholt Sonja, in bestimmendem Tonfall:

„Sicher, wir fühlen uns so, wir haben uns so gut kennengelernt, dass wir wie eine Seele in zwei Körpern sind. Das ist ganz einfach. So ein Gefühl der Verbundenheit kann zur Ausschüttung von Glückshormonen führen, dann fühlt man sich verliebt. Das ist normal. Aber du liebst mich nicht wirklich. Liebe bewährt sich über lange Zeit und muss auch schlechte Momente aushalten können. Und hier wird sich jetzt zeigen, ob unsere Freundschaft diesen Moment überstehen kann."

Sie steht regungslos vor Sonja und lässt die Worte wie einen kalten Regenguss, über sich ergehen. Das Schwefelhölzermädchen verwandelt sich wieder zurück in Anna.

„Ich bin nicht die Erste und Einzige für dich!" Entgegnet Sonja ihr mit einem etwas aggressiven Tonfall. Der Glanz aus Annas Augen verschwindet zunehmend.

Jetzt muss sie sich doch mal bewegen ... Vielleicht dreht sie sich jetzt um und geht? Oder doch lieber nicht. Was will ich eigentlich. Warum tue ich das? Hatte ich nicht gerade eben noch die Chance, mit ihr in ein anderes Leben zu fliehen, eine Affäre zu beginnen. Alles hinter mir lassen und mit Anna ein ganz anderes und neues Leben zu zweit zu starten? Ich hatte sie doch lieb ... Aber Manuel ... Ich habe mich in Anna verliebt und ziehe mit ihr zusammen? Nein, der Gedanke gefällt mir nicht. Der pure Ärger. Warum machst du dies nicht, warum das jetzt nicht. Ich mach doch schon. Ich will aber.

„Nein", sagt Anna, erstaunt über ihren eigenen bestimmenden Ton, „du bist die erste und einzige Frau, wie kommst du darauf?" ,… fragt sie erstaunt.

„Dein Mann Roger hat Manuel auf der Party erzählt, dass du das schon öfter gemacht hast. Immer Frauen, ohne Rücksicht auf Familien, du zerstörst alle und machst alles kaputt, immer wieder. Und Roger weiß auch nicht, warum du das machst."

„Ach", antwortet sie schnell und ernst, „er generalisiert gern. Meine Freundschaften zu Freundinnen versteht er falsch. Die sind völlig normal."

Schnell, diese Antwort kam schnell, zu schnell?

Und Sonja fragt sie herausfordernd:
„Anna! Das stimmt nicht, du warst auch in diese Britta verliebt, seit fünf Jahren schon, das hast du mir auf meine Frage hin selbst geantwortet, weißt du noch?"

„Ja, das mag sein, aber es war ja nicht so wie mit Dir," sagt sie in einem warmen Ton und legt ihren Kopf ein wenig schief, wie Chaya, wenn sie lauscht, ob ein anderer Hund über die Wiesen hinweg nach ihr fiept.

„Richtig, Anna, du warst in sie verliebt und auch sie hat deine Liebe nicht erwidert. Da hast du nun fünf Jahre gebraucht, um damit zu leben und hast immer wieder versucht an sie ranzukommen, bis ich kam. Mit mir verarbeitest du nicht nur die Zeit, nein, du verlagerst jetzt einfach deine Gefühle auf mich, weil ich für dich einfacher zu bekommen bin?"

Sonja wartet keine Antwort ab, und setzt deswegen sofort mit lauter werdender Stimme nach:

„Dann hast du dich auch noch von ihr zum Wanderwochenende als Geburtstagsgeschenk einladen lassen und vielleicht noch mal im Bett versucht an sie ran zu kommen? Das hat dann wohl nicht so geklappt, wie du dir das vorgestellt hast, deswegen habt ihr euch gestritten.
Vermisst du sie gar nicht? Du hättest nach ihr suchen müssen. Du fährst einfach nach Hause. Wie kannst du das machen?"

„Also", antwortet sie etwas gedehnt, „erstens ist da gar nichts gelaufen, wir waren nur wandern, wie immer. Das haben wir schon öfter so gemacht. Das würde ich auch unheimlich gern mal mit dir zusammen machen, nur wir beide, im schönen Hotel in der Natur. Zweitens habe ich dir doch schon gesagt, dass ich gedacht hatte, dass sie am nächsten Morgen schon vor mir abgereist war. Das hat sie schon mal so gemacht, deswegen konnte ich sie gar nicht vermissen. Und drittens war es doch ein Unfall. Sie ist beim Selfie machen am Abgrund abgestürzt. Die Polizei ermittelt ja auch gar nicht. Was regst du dich so auf. Wo möchtest du denn mal mit mir zusammen hin, in den Harz oder Schwarzwald?",.. fragt sie Sonja und ihre Augen scheinen durch volle Liebe zu blicken.

Aber ihr Lächeln wirkt immer noch zu selbstsicher. Irgendwie passen ihr Blick und dieses Lächeln nicht zueinander. Das Gefühl von herannahender Übelkeit breitet sich von meinem Magen aus. Hatte sie nachgeholfen? Hatte sie Britta gestoßen? War sie dazu fähig? Würde sie mir die Wahrheit sagen, selbst wenn ich sie danach fragen würde? Warum war sie so gelassen und trauert ihrer früheren Freundin nicht so

nach, wie ich es täte? Wie kann sie mich so schnell und intensiv mögen? Wir kennen uns doch noch nicht so lange. Was weiß sie überhaupt über mich.
Die Fragen verankern sich in Sonjas Kopf.

Ich kann ihr nicht glauben. Ist das mein Schutz vor ihr? Nein, sie werden zur Gewissheit. Vertrauen? Kein Vertrauen mehr, das ist keine Freundschaft, Freundinnen küssen sich nicht so ... zerstört, ohne Vertrauen keine Freundschaft zwischen uns. Sie will zu viel, immer mehr. Warum? War das bei ihrer früheren Freundin auch so? Ob sie meine Gedanken sieht? Doch gestoßen, mit Absicht, um sie loszuwerden, oder weil sie erpresst wurde, Mord? Bin ich die Nächste? Ihre Augen antworten mir, sie wäre fähig dazu, kann eiskalt und berechnend sein. Wenn die Polizei den Tod oder Mord nicht richtig aufgeklärt hat, dann werde ich das machen. Die Polizei ist oft überlastet, sagt Manuel, zu wenig Leute. Wie hat sie es genau gemacht? Ich muss mir überlegen, wie ich das herausfinden kann, dann kann ich vielleicht auch das „Warum?" klären. Ich darf mir einfach nichts anmerken lassen, sonst schöpft sie Verdacht und ich werde gar nichts herausfinden können.

„Ach komm, Anna, lass uns Spaß haben, singen, tanzen, diesen Abend und das Leben einfach noch einmal genießen."

„Wieso sagst du noch einmal?"

„Ach,... einfach so."

Dabei legt sie lachend ihren Arm um Annas Schultern und führt sie mit wippenden Schritten zurück in die Halle.
Hat sie wohl gesehen, was ich denke?

Eine Woche später - Sonntag

„Reicht es für dich und die Jungs?"

„Nö, alles gut, bin eigentlich noch satt von dem leckeren spanischen Essen gestern Abend und die Jungs schlafen ja noch lang, setz dich einfach mal hin. Immer bist du unterwegs, letztes Wochenende warst du beim Singen in Bochum, dann zum Kollegiumsabend, vorgestern zum Pilates...." In Manuels Worten schwingt der Vorwurf mit.

„Ja, aber gestern Abend waren wir doch zusammen weg," erwidert Sonja

„Hast du denn gut geschlafen?"

„Sehr gut, wie ein Stein, war aber auch richtig schön der Abend, zusammen mit Karo, ihrem Mann und den Goldbergs. Die Kinder wollten ja nicht mitkommen, aber es war trotzdem ein gelungener Abend. Und insbesondere unser langer Gute-Nacht-Kuss zu Hause ... im Wohnzimmer, auf dem Couchtisch ... Das war fast wie früher, als wir noch keine Kinder hatten", dabei lächelt sie ihn von der Seite verschmitzt an.

„Ja, fand ich auch."

Manuel nickt zustimmend und belegt dabei sein Brötchen dick mit Salami. Bevor er abbeißt, zeigt er mit seiner Hand zum Küchenfenster:

„Schau mal, wie schön die Sonne heute scheint."

„Ja herrlich, da können wir bestimmt heute mal zum Kemnader See fahren und eine große Runde mit Chaya rum gehen. Anschließend könnten wir mal in diese neue Beach Bar einkehren, was meinst du, Manuel?"

„Ja, können wir mal machen ... ,aber irgendwie bin ich vorhin aufgewacht und hatte das ungute Gefühl, dass etwas ganz Schreckliches passiert sein muss. Das habe ich sonst nie, das weißt du? Und obwohl die Sonne so schön vorhin in unser Schlafzimmer fiel und es ein herrlicher Tag werden soll. Dennoch dachte ich an einen Terroranschlag, wie am 11. September in New York oder ein Flugzeugabsturz in der Nähe, aber ich habe in der App nachgeschaut, es war gar nichts, irgendwie sehr seltsam."

„Ja, ist ja auch mal schön, wenn nichts Schlimmes passiert, oder?"

Dabei schaut sie ihn schelmisch an, aber sein düsterer Blick bleibt unverändert.

„Ping! ..., dein oder mein Handy?"
Sie blickt ihn fragend an.

„Deins, Sonja!"
Und er beobachtet sie dabei wieder über seine nicht vorhandene Lesebrille. Der Schatten über seinem Gesicht bleibt. Sie nimmt ihr Handy und ihre Hände werden davon leblos, die Lähmung breitet sich kalt aus und erfasst ihren ganzen Körper. Geschockt setzt sie sich und liest Manuel die Nachricht laut vor.

„schwerste Ehekrise aller Zeiten!!!!!!!!!!! Nicht geschlafen! !!!!!!!!!!!!!!!!! Die ganze Nacht gestritten!!!! und bei Dir ???????????? + 20Bombenemojies

Ich zeige das Display wortlos Manuel. Er zuckt beim Blick darauf nur mit traurigem Blick kurz die Schultern und bestreicht dabei still sein Brötchen mit Margarine weiter.

Sie starrt wieder auf das Display.
„Warum nur? Ist das ein schlechter Scherz? Haben die Beiden echt Stress? So ganz problemlos war das ja manchmal nicht zwischen den Beiden. Oder geht es um Geld oder um die Mädchen, kannst du dir vorstellen, warum sie sich so gestritten haben, Manuel?"

Er zuckt noch einmal mit beiden Schultern und schüttelt unmerklich den Kopf dabei, er fragt mich leise:

„Was machst du?"

„Ich schaue auf mein Handy, siehst du doch, vielleicht kommt da noch eine Nachricht?"

„Wer weiß, waren ja beide ziemlich betrunken. Das waren ja bestimmt für jeden zwei Liter vom spanischen Rotwein, wenn nicht noch mehr. So richtig konnte man das ja auch nicht sehen, da es ja in diesen Tonkrügen serviert wurde, wie soll man da die Mengen abschätzen," dabei schaut Manuel sie an.

Doch innerlich krampft sich Sonjas Magen zusammen. In ihrem Kopf tauchen die Bilder vom gestrigen Abend auf:

Die ausgelassene Stimmung, die lachenden Gesichter, wenn Einer einen Witz gemacht hatte, aber auch der liebe Blick Karos, der mir zeigte, dass sie mir die Freundschaft zu Anna gönnte. Ja und dann Annas streicheln-de Hand auf meinem Bein. Ihr Mann, der nichts davon sah, obwohl er neben ihr saß. Oder mein Mann, der mir gegenüber saß und nicht mitbekam, wie ihre Hand sich unter dem Tisch zwischen meinen Beinen immer weiter vorwagte.

„Es war doch so ein schöner Abend. Sie hatte mich doch wieder so fest umarmt. Dabei habe ich ihr gestern bei der Verabschiedung ins Ohr geflüstert:

„Sorge dafür, dass unsere Freundschaft bleibt, bitte!"

Irgendwie hatte ich Angst, dass sie alles zerstört. Es war nur mein Bauchgefühl. Sie hielt mich unverändert fest in ihren Armen und meinte dann zu mir, Sonja, egal, was ich jetzt tue, ich liebe Dich! Für immer! Das habe ich natürlich auf den Wein geschoben, den sie intus hatte."

„Ja ... fest umarmt habt ihr euch, zu fest. Das hat sie ja mit mir auch immer gemacht, aber das gestern zwischen euch, war viel zu lange. Das war auch echt unhöflich uns gegenüber. Voll peinlich! Sonja, das war wirklich unmöglich. Echt, wir haben alle auf euch gewartet und ihr habt euch verabschiedet, als würdet ihr euch in eurem Leben nie wiedersehen, was sollte das auch?"

„Ja, weiß ich auch nicht, sie lässt dann einfach nicht los, was soll ich machen?"

„Einfach loslassen und weiter gehen? Wäre doch möglich, oder?"

„Ja, hast du recht, habe ich aber nicht gemacht, anfangs wollte ich sie nicht verletzen und nachher habe ich gedacht, dass es irgendwie zu ihrer Person gehört. Ich hatte mich dann im Laufe der Zeit daran gewöhnt. Es gefiel mir sogar einfach irgendwann."

„Was hast du vor?"

„Ich rufe sie jetzt an", sagt Sonja und greift entschlossen das Handy.

„Ja?"

„Hallo Anna! Was ist passiert?"

„Ach, Sonja, du bist´s, schön deine Stimme zu hören."

„Wollt ihr zum Frühstück eben kommen?"

„Nein, ich habe ihm alles gesagt!",... antwortet Anna in einem sachlichen Ton.

„Äh ... alles? Was alles? Verstehe ich nicht ... Was hast du Roger gesagt?"

„Na ja, mit uns! Er ist gerade ´ne Runde um den Häuserblock spazieren, haben die ganze Nacht gestritten, bis gerade."

„Was meinst du damit? Wie mit uns?"

„Ja, dass wir uns lieben."

„Wer wir uns? Meinst du jetzt dich und mich? Wie kommst du darauf? Aber Anna, es war doch gar nichts. Komm doch zum Frühstück, bring wieder ein paar Brötchen mit, und wir reden zu zweit oder alle vier miteinander."

„Doch! Wir lieben uns! Du und ich! Wie war es bei dir?"

„Was meinst du?"

„Habt ihr euch auch gestritten?"

„Äh ... nein, gar nicht ... eher im Gegenteil. Die Nacht war schön, sehr schön sogar, wundervoll, ich hatte auch mit Manuel gestern Nachmittag und Abend noch über uns beide vorher gesprochen. Bevor wir zum Essen gefahren sind. Ich erzählte ihm, dass ich dich sehr als Freundin mag und so glücklich bin, als sei ich verliebt. Manchmal hätte ich aber das Gefühl in letzter Zeit gehabt, dass du mehr wolltest als ich. Aber trotzdem, was soll das, Anna? Es war doch sonst gar nichts?"

„Okay Sonja, glaube nicht, dass ich meine Familie verlassen werde, nicht deinetwegen alles aufgebe, das Haus, die Kinder und uns so! Alles was ich mir mit Roger aufgebaut habe. Das ist ja wohl klar!"
Wütend und entschlossen hört sich ihre Stimme mittlerweile an.

„Anna, das musst du doch auch gar nicht. Das will doch keiner von uns ... Aber Liebe? Liebe ist das nicht, es ist ein euphorisches Gefühl, weil wir uns gefunden haben und uns so gut verstehen. Wir sind doch beste Freundinnen geworden und teilen alles miteinander. Aber wir kennen uns doch noch gar nicht lange," versucht Sonja, sie zu beruhigen.

„Nein, ich liebe dich! Wir haben uns gefunden! Wir lieben uns! Ich habe Roger schon auf dem Weg nach Hause alles gesagt! Er hatte mich gefragt, was das wieder für eine lange Umarmung war. Und da ist es

aus mir rausgeplatzt. Er ist total ausgeflippt, so kenn´
ich ihn gar nicht! Sonja, ich habe ihn noch nie so
erlebt." In ihre wütende Stimme mischt sich nun
Verzweiflung, denn ihre Stimme klingt Tränen
unterdrückend.

„Ach, Anna, beruhige dich erstmal, frühstückt mal in
aller Ruhe, geht mal `ne Runde spazieren, redet
miteinander, dann holt ihr noch ein bisschen Schlaf
nach. Anschließend melde dich einfach bei mir, wenn
sich die Wogen geglättet haben, dann reden wir mal in
Ruhe zusammen darüber, bei einem leckeren Essen,
oder so?"

„Siehst du, dafür liebe ich dich so! "

„Wofür?"

„Na dafür, dass du so reagierst und nicht sauer bist."

„Warum sollte ich sauer sein, das kommt schon wieder
in die Reihe."

„Nein, das war´s!"

Klick ... das Gespräch ist beendet, Sonja schaut
ungläubig aufs Handy.

War das nur eine ungewollte Unterbrechung, oder hat
sie wirklich jetzt aufgelegt?
Überschlagen sich Sonjas Gedanken im Kopf. Wie an
Fäden hängend gleich einer Marionette, blutleer, setzt
sie sich wieder an den Küchentisch und schaut
ungläubig auf ihr Handy, das wie ein schwerer Stein in
ihrer rechten Hand zu liegen scheint. Den Blick davon
nicht abwendend erzählt sie Manuel von dem
Telefonat. Er isst dabei sein zweites Salami-Brötchen

und fängt danach weiterhin wortlos an, den Tisch abzuräumen. Seine finstere Miene ist dem Ausdruck geistiger Abwesenheit gewichen.

„Willst du nichts mehr essen?,… fragt er sie in einem monotonen Tonfall."

„Nein danke, irgendwie ist mir richtig schlecht," antwortet sie den Blick nicht vom Handy abwendend. Manuel nickt nur. Das Handy in der Hand steht Sonja auf und überlässt Manuel das Abräumen des Tisches. Dann geht sie aus der Küche raus. Sie streift mit einer Hand über die Wände, als suche sie ein Geländer. Der Weg führt sie zur Toilette. In der einen Hand behält sie das Handy weiterhin. Ein Blick darauf zeigt ihr, dass keine weitere Nachricht von Anna gekommen ist. Sie öffnet den Toilettendeckel und würgt, aber es will nichts kommen. Der Magen krampft. Sie versucht es weiter. Die Übelkeit steigt ihr zwar bis zum Hals, aber bleibt dort stecken. Sie hustet trocken. Nur ein bisschen Flüssigkeit spuckt sie aus. Ihr Hals beginnt zu schmerzen. Dabei fällt ihr auch noch ihr Handy aus der Hand.

Kein Bruchstern drin. Warum bin ich immer so tollpatschig und blöd. Warum passieren mir nur immer solche Sachen?

Und legt es auf den Rand des Waschbeckens. Ihr Magen scheint sich krampfartig umzustülpen, aber es will nichts raus. Sie versucht tief Luft zu holen und sich wieder auf zu richten. Zurückkommend in den Flur, setzt sie sich kraftlos auf die Treppe.

„Wo bist du?"

„Bin oben"

„Was machst du, Manuel?"

„Ich rufe jetzt Roger an, ist ja auch mein Freund, will ihn nicht verlieren, wir können ja nichts dafür, wenn ihr Frauen so`n Scheiß macht! Und wenn er reden will, dann doch am besten mit mir! Bin ja irgendwie in der gleichen Situation wie er",
hört sie Manuels Stimme.

Wieso meint er, dass er in der gleichen Situation steckt wie Roger?

Er hat ihn wohl erreicht, aber sie versteht nur einzelne Worte:

„Ja das verstehe ich", „gesprochen", „überlange Umarmung", „da gebe ich dir recht", „Essen", „Ja, das ging wirklich nicht," viele „Ach so, da kann man nichts machen".
Die Worte verschwimmen, werden unverständlicher und immer leiser. Sonja hockt zusammen gekauert auf der untersten Treppenstufe und betet mit gefalteten Händen:

Alles, ein Irrtum oder ein böser Traum und gleich wird alles wieder gut sein. Manuel renkt es bestimmt wieder ein. Dann treffen wir uns, frühstücken gemeinsam oder gehen doch zusammen um den See? Ich seh´ dann wieder meine Anna und alles wird wieder beim Alten sein. Ich warte, ich hasse Warten, werde ich nie lernen, geduldig zu sein. Die Stille und die murmelnden Laute von oben erdrücken mich.

Der Brechreiz zwängt sich immer noch weiter gegen ihre Kehle. Ihr Mund scheint endlos Speichel zu produzieren, den sie vehement versucht, immer wieder runter zu schlucken. Sie reißt die gefalteten

Hände auseinander und reibt mit ihren Händen über ihre scheinbar gefühllosen Arme. Ihre Haut fühlt sich überall so fremd an, als wäre es gar nicht ihre eigene. Ein Zittern durchfährt ihren Körper, als ob sie friere. Wie vor der Rückgabe einer Klassenarbeit, damals als Schülerin, am Ende der Stunde, wenn die Ergebnisse besprochen wurden. Sie konnte in solchen Situationen nie zuhören. Sie wartete nur auf das Ende der Stunde. Bestimmt war es wieder eine fünf oder sogar eine Sechs. Sie erwartete immer als Letzte das schwarze Heft in die Hand gedrückt zu bekommen, weil es die schlechteste Leistung der Klasse ist. Alle zuvor waren besser als sie. Sie war die Schlechteste!

Als Lehrerin werde ich das nie mit Schülern so machen, hatte ich mir damals vorgenommen, und bin auch dabei geblieben. Aber jetzt, liegt hier doch eine andere Situation vor, oder doch nicht? Ich habe versagt, ich hätte diese Umarmungen nicht zulassen sollen, dann wäre es nicht so weit gekommen? Ich habe nicht aufgepasst auf unsere Freundschaft. Mit ihrer Zuneigung, ihrer Umarmung mit ihren Händen ging sie zu weit. Aber ich habe es ja auch irgendwie genossen, so geliebt zu werden. Doch trotzdem war immer ein wenig Misstrauen drin. Was war genau mit ihrer früheren besten Freundin passiert? Mein Verdacht hat die Freundschaft ja doch schon ein wenig bröckeln lassen, aber sie bleibt meine Freundin, ist ja auch noch nicht bewiesen, dass sie die Frau umgebracht hat.

Manuel kommt die Treppe runter. Sein Gesicht ist ausdruckslos.
„Und?",.. fragt sie gespannt und ihr Herz bleibt irgendwie stehen.

„Nichts zu machen, ich räume jetzt die Küche weiter auf."

„Was soll das? Warum denn? Es war doch nichts zwischen Anna und mir! Glaubst du mir das nicht?"

Er antwortet nicht, geht in die Küche und schließt hinter sich die Tür.

Okay, ein Kuss war mal, aber mehr doch nicht. Keiner weiß davon. Dann haben wir den restlichen Abend getanzt und gesungen. Wir hatten echt viel Spaß zusammen. Von dem Kuss muss ich ja Manuel nichts erzählen. Warum, sollte ich ihn unnötig verletzen. Dann haben wir uns in der letzten Woche gar nicht gesehen. Nur ein paar lustige Bilder gewhatsappt. Ein wenig haben wir gestern Abend unterm Tisch im spanischen Restaurant heimlich unsere Hände gehalten, umfasst und gespürt. Als sie mit ihrer Hand dann langsam über meinen Oberschenkel innen entlang zog, stoppte sie aber kurz ihre Hand und griff mir nicht in den Schritt. Klar war ich erregt. Was hätte ich tun sollen? Da bin ich einfach sehr empfindlich. Es war schön und harmlos, wie Schulmädchen, die ihre Sexualität entdecken. Sie hatte mich auch sehr lieb angeschaut. Irgendwie war es auch heiß. Alle saßen um den Tisch und keiner der Anwesenden bekam unser Fingerspiel unter dem Tisch mit. Aber sie hatte ja selbst die Grenze erkannt. Keiner hatte etwas davon mitbekommen. Wie hätten die anderen geschaut, wenn ich sie vor Allen zurechtgewiesen und bloßgestellt hätte? Na gut, vielleicht hätte ich ihr von Anfang an auf die Finger hauen oder ihre Hand zurückschieben sollen. Auch bei den gemeinsamen Spaziergängen meine Hand einfach mit einer Entschuldigung wegnehmen und ihre Umarmungen nicht so erwidern sollen, vielleicht nicht wirklich doll, aber unmissverständlich. Dann wäre sicherlich alles so geblieben, einfach beste Freundinnen. Das ist nun vorbei, NIE MEHR ANNA!, schreit es innerlich in mir.

Der Brechreiz will den Kampf gewinnen. Sie rennt erneut zur Toilette, noch rechtzeitig. Ihr Magen entleert sich endlich und alle Verzweiflung und Bitterkeit schmeckt sie in ihrem Mund. Auch das Ausspülen mit klarem Leitungswasser, verringert nur ein wenig den Geschmack. Entkräftet sitzt sie eingeklemmt zwischen Toilettentopf, Mülleimer und Waschbecken im Gäste-WC. Sie hört Manuel in der Küche rumpeln. Sonst kommt er immer, wenn er merkt, dass es ihr schlecht geht.

Leere! Keine Anna mehr, keine Freundin mehr, mit der ich alles und mich selbst teilen kann. Sie weiß so viel von mir. Das nimmt sie alles einfach mit. Weg von mir, ein Teil in mir fehlt, einfach weg. So als hätte man mich operiert und mir ein Teil der Organe einfach entfernen müssen und ich müsste den Rest des Lebens jetzt zusehen, wie ich damit zurechtkomme, irgendwie körperlich behindert. Verstümmelt und auf das Lebensnotwendige reduziert. Tief ein- und ausatmen, das hilft. Mein Oberkörper schmerzt und fühlt sich an, als sei er durch eine Kreissäge zerfetzt. Tief atmen! Vor ungefähr vier Wochen haben wir uns kennengelernt, von Anfang an, waren wir ein Herz und eine Seele. Am ersten Abend habe ich noch überlegt, ob das echt sein kann, so viele Gemeinsamkeiten, aber dann meinte ich mich in ihr zu finden. Warum habe ich so auf sie reagiert, und sie nicht gleich von mir weggewiesen? Es gefiel mir irgendwann. Und ich wollte irgendwann immer mehr. Von ihr als Mensch und Freundin geliebt zu werden, schmeichelte mir. Ich gefiel ihr auch als Frau und sie mir auch. Das war so, auch wenn ich erst Hemmungen hatte, da muss ich mir nichts vormachen, offenbar habe ich auch bisexuelle Züge, wie ich jetzt feststellen muss. Ganz neu für mich! Ist aber ja nicht schlimm! 80 % aller Menschen sind bisexuell und wissen es oft gar nicht, hatte ich mal gelesen. Okay, also ich auch, ja und? Aber da schwingt noch etwas Anderes mit. Warst du auch verliebt in Manuel, als du ihn kennengelernt hast? Hatte sie mich mal so scheinbar beiläufig gefragt. Na klar, hatte ich ihr geantwortet und sie verständnislos über diese Frage angeschaut. Sie hatte mich nur angeschaut und irgendwie wissend genickt. Ihre Erzählungen und Erlebnisse mit Britta und das Wanderwochenende, damit wollte sie vielleicht überprüfen, wie ich zu dem Thema lesbische Liebe stehe? Aber ich finde, dass jeder Mensch das ausleben sollte, was ihm guttut, wenn es nicht in den gewalttätigen Bereich gegenüber anderen Menschen oder sogar Kindern reicht. Ich fühlte mich manchmal von ihr getestet. Sie ist sicher eher lesbisch und weniger bisexuell oder divers, wie man jetzt so schön sagt. Vielleicht gibt es auch da gar kein Schwarz und Weiß, sondern viele und ganz verschiedene Grautöne? Ihre lesbischen Gefühle hat sie vielleicht erst bei dieser Britta festgestellt? Seitdem versucht sie, ihre Gefühle auszuleben. Als es bei Britta nicht so geklappt hat, war sie nicht nur traurig! Sie war vielleicht auch sehr wütend? ...Fünf Jahre! ... Das muss man sich mal vorstellen, das ist eine sehr lange Zeit für eine unerwiderte Liebe und unterdrückte Sexualität! ...

Was haben die Beiden Alles zusammen unternommen und erlebt? Dann war Britta eventuell verletzt und sauer, und sie haben sich gestritten, während des Wanderurlaubs. Am nächsten Morgen waren sie dann früh schon auf dem Weg. An der Absturzstelle haben sie sich sicher noch einmal gezankt und Anna hat ihr dann beim Selfie machen einfach kurz einen heftigen Schubs nach hinten gegeben. Ganz kurz. Ein tödlicher Sturz. Anna geht zurück und gibt vor, von ihrer Freundin nichts zu wissen und fährt nach Hause. Es sieht alles wie ein harmloser Unfall aus. Der Verlust schmerzt sie zwar, aber sie lernt mich kurz daraufhin

*kennen und verlagert ihr Verliebtsein nun auf mich. Sie hat meine Zuneigung gespürt. Aber nun gehe ich auch nicht mit ihr ins Bett, um sie zu lieben und ihre Sexträume mit ihr gemeinsam zu haben. Keine Chance auf ein Abenteuer zu zweit. Die Familie will sie nicht verlassen, aber mich trotzdem haben,... so als Plus. Sie ist sauer, weil sie mich nicht rumkriegt. Sie fühlt sich nun wieder verletzt. Erneut wird sie abgewiesen, aber diesmal von mir. Der Schmerz wird verursacht durch die ständigen Zurückweisungen durch Britta und anschließend durch mich. Er setzt sich weiter fort. Ich bin jetzt vielleicht die Nächste, die sie auch loswerden will? Auch ein Schubs von der Bergkante oder vors Auto, wenn wir mal gemeinsam an einer Straße entlang gehen? Ganz zufällig? Scheinbar ein Unfall? Oder ein technischer Defekt am Auto? Sie ist 50 Jahre alt! Wie oft hat sie vielleicht schon aus verschmähter Liebe eine Frau zuvor umgebracht? Britta war dann nicht die Einzige. So verletzt, sich schlecht fühlend, immer wieder kurz davor eine beinahe Geliebte zu haben? Dann wurde Anna doch wieder abgewiesen, fühlt sich als Lesbe ohnehin als Außenseiterin, anders, unsicher, ungeliebt und verletzt. Ein Mensch, der sich zerrissen fühlen muss. Mein Gott, was habe ich ...
Was haben wir nur getan?*

Der Toilettentopf in Sonjas Rücken verursacht ihr nicht nur Druckstellen, sondern jetzt auch richtige Schmerzen. Sie versucht sie auszuhalten und einen Moment scheint sie die Schmerzen im Rücken genießen zu wollen, weil sie hofft, dass ihre durch Anna gefühlten Schmerzen übertönt werden. Doch sie lösen ihre im Innern gefühlten Verletzungen und die Angst von Anna nun getötet zu werden nicht ab.

Muss mit Chaya raus, wie soll es weiter gehen? Lauert Anna mir gleich vielleicht schon irgendwo auf? Ich fahre nicht zum See, sondern in einen Wald, weiter weg, um mit Chaya zu gehen. Ich fahre nach Vormholz, da waren wir nicht zusammen.

„Manuel kommst du mit?"

Keine Antwort aus der Küche. Nur das Rumpeln des Kochgeschirrs in der Spüle ist zu vernehmen.

„Chaya komm!"

Sie kommt, aber sie wedelt weder mit ihrem Schwanz, wie sonst, noch schaut sie Sonja an. Sie trottet einfach so hinter ihr her, als trüge sie einen schweren Sack auf ihrem Rücken.

Sommer - Ferienende

Den Morgen verbringe ich wie die letzten Tage, als sei ich betäubt. Vielleicht ist es auch so. Manuel hatte mir irgendwelche Beruhigungstabletten gegeben. Die hatte er von unserem befreundeten Arzt für mich bekommen.

„Willst du denn gar nichts essen?", ... fragt Manuel und schaut Sonja besorgt an, „und hast du geschlafen, wenigstens ein bisschen?"

„Ja klar, ganz gut".

Warum sollte ich ihm sagen, dass ich stundenlang wach gelegen habe? Er macht sich ohnehin zu viel Sorgen um mich.

„Du hast schon so viel abgenommen, das seh´ ich!"

„Ja, drei Kilo, schadet mir nicht, keine Nachricht, kein Anruf von Anna in der ganzen Zeit, daran liegt es."

„Da wird auch vermutlich nichts mehr kommen, Sonja." Dabei schaut er sie mit einem erstaunten Blick an.

Sonja reißt ihren Kopf zu ihm herum und blickt ihn mit weit aufgerissenen Augen an.

„Ich habe versucht, sie anzurufen. Aber sie geht nicht ans Telefon. Ich habe sogar probiert, mit unbekannter Nummer anzurufen. Geschrieben habe ich ihr auch ... Whatsapps, E-Mails und Briefe haben wir uns sogar geschrieben, aber sie bringen uns nicht weiter, Sehnsucht, Selbstvorwürfe, Liebe und große

Traurigkeit aber keine Hoffnung darauf, die Freundschaft wieder zu kitten.

Sie will es nicht, lässt es nicht zu. Der letzte Brief ist gar nicht bei ihr eingetroffen, aber ich habe die Sendungsnummer von der Post. Er muss bei ihr eingegangen sein. Ich hatte ihr sogar auf den Umschlag eine schöne Landschaft mit einem Weg darauf skizziert, der auf Umwegen zum Horizont führt. Die Skizze sollte ein Bild unserer ewigen Freundschaft sein. Die Zeichnung war mir echt gut gelungen. Vielleicht hat Roger auch den Brief abgefangen, dann hat sie mein Schreiben gar nicht bekommen! Es ist nicht einfach, weißt du? Ach, ich weiß nicht, wie ich es sagen soll, aber ich habe irgendwie den Verdacht, dass sie das schon öfter so gemacht hat. Ich bin nicht die erste und einzige Frau, der das mit Anna widerfährt, verstehst du? Vielleicht hat sie nicht nur mit den anderen Frauen dann den Kontakt abgebrochen? Es könnte ja sein, dass ihr das nicht reicht. Eventuell war das bisher noch anders. Und sie hat die Frauen, mit denen sie keinen Sex haben konnte, dann einfach beseitigt, sie umgebracht, wie Britta. Es sah vielleicht immer wie ein Unfall aus. So hat die Polizei nie ermitteln müssen. Annas Ehe, ihr Status in der Nachbarschaft und in ihrer Schule blieben damit gewahrt. Sie konnte sich damit immer sicher fühlen."

Manuel schaut sie etwas gelangweilt an.

„Ich möchte herausfinden, ob es so war," entgegnet sie ihm.

„Wozu?" Fragt er.

„Weil ich vielleicht die Nächste bin, die sie beseitigen wird, da sie mich bis jetzt nicht rumgekriegt hat. Hilfst du mir das heraus zu finden?"

„Sag mal, spinnst du jetzt völlig? Jetzt iss erstmal dein Frühstücksbrötchen und beruhige dich mal. Wie stellst du dir das vor?"

„Ich kann nichts runterkriegen, habe ich dir doch schon gesagt. Aber du könntest mir doch helfen zu ermitteln. Du kennst dich aus und kannst überprüfen, ob das mit dem Selfie-Unfall überhaupt stimmt?"

„Ich bin ausgebildeter Verkehrspolizist und kein Kripobeamter! Das weißt du doch. Aber ich erinnere dich gern noch einmal daran." Sein sarkastischer Tonfall ist nicht zu überhören.

„Aber da kannst du mal etwas für mich tun, du liebst mich doch."

„Ja, und du?" ‚…fragt er mit lauter werdender Stimme.

„Ich liebe dich, habe ich Anna auch gesagt."

„Ja klar, du und mich lieben, darunter verstehe ich etwas Anderes. Warst´ ja nie da, immer mit dieser Anna unterwegs. Gar nicht mehr zu Hause. Und dann seid ihr zu weit gegangen, und jetzt soll ich Informationen über sie sammeln, und dafür meinen Job riskieren?" Dabei wendet er sich von Sonja ab, aber er bleibt noch im Wohnzimmer stehen.

„Ja, bitte, ich liebe dich wirklich, immer, aber ihre Zärtlichkeit, und dass sie mich so mochte, fand ich einfach schön. Sie tat mir so gut. Wir haben nur Händchen gehalten. Wie junge Mädchen, beste Freundinnen, das machen. Es war gar nichts zwischen Anna und mir, ich bin nicht fremd gegangen. Okay, ich habe mir mal vorgestellt, wie das wäre nur Anna und ich oder sogar wir zu dritt beim Sex! Aber die Bilder gaben mir nicht wirklich etwas. Es war nur der Gedanke an abenteuerlichen Sex. Ich liebe doch dich! Nur dich und ganz allein dich."

Es ist ganz still, sein gerade noch dunkler Schatten, der auf seinem Gesicht lag, verändert sich allmählich. Er schaut mich plötzlich leicht schmunzelnd an, als sei ich ein kleines Kind, das er so niedlich findet, weil es so vor sich hinplappert.
Eine Chance? Veräppelt er mich jetzt oder gibt er uns und meinem Plan einen Versuch? Ich hoffe, dass die Zeit und seine Gedanken sich gerade für meinen Plan öffnen.

„Ach bitte, schau wenigstens in deinem Dienstrechner mal nach, ob das überhaupt mit dem Unfall in der Eifel stimmt, wie sie mir erzählt hat. Ich glaube ihr nicht. Sie hat sie sicher einfach gestoßen. Ob im Affekt oder geplant, weiß ich nicht. Es ist nur eine Ahnung. Ich kann dir das nicht erklären, es ist ein sicheres Bauchgefühl in mir, dass etwas mit dem Tod von Britta nicht stimmt."

„Okay, mach ich."

„Wann denn?"

„Jetzt ... du nervst!"

Er geht nach oben ins Büro. Sonja wartet. Die Bilder der letzten Tage laufen wieder wie ein Film vor ihren Augen ab. Der Druck im Magen und die gefühlte Teilnahmslosigkeit lässt ein wenig nach. Selfie Unfall, so ein Quatsch! Wer glaubt denn so was? Klar gibt´s das. Nach Unfällen im Haushalt mittlerweile die zweit häufigste Todesursache, wie man nachlesen kann.

Aber doch nicht bei Erwachsenen und nicht nach so einer Geschichte!
Er kommt wieder bedächtig die Treppe runter.

„Und?"

„Doch, stimmt!"

„Was stimmt?"

„Steht da, eine Frau im Alter von 50 Jahren ist vor einigen Wochen, am 15.07. in der Eifel, unterhalb des Nette-Schieferweges gefunden worden, weil sie bei einem Selfie-Unfall tödlich verunglückt ist."

„Ach!...trotzdem, ich denke, es war kein Unfall, sondern Mord, ein niedriger Beweggrund, aus Hass, Rache, verschmähte Liebe oder irgendwie so etwas!"

„Du spinnst, echt!" Er lacht. „Egal, die Sache ist erledigt und wir werden auch von Goldbergs nichts mehr hören. Das war´s."

„Wieso meinst du das?"

„Roger ist aus unserer Stammtisch WhatsApp-Gruppe ausgetreten. Ich war doch auch mit ihm befreundet. Er war sogar einmal mit. Ich bin dann schon eher zu dir nach Hause gekommen. Dieser Abend hatte ihm aber so gut gefallen, dass er mit den anderen Kollegen noch länger geblieben ist. Sie hatten dann um 0:30 Uhr noch einen Döner in Witten gegessen, und Bilder davon gepostet. Jetzt ist sein Profilbild leer. Warum jetzt auch immer, ich weiß es nicht. Ich denke, er hat mich blockiert."

„Hatte er noch etwas geschrieben?"

„Ja, vorher hat Roger noch geschrieben, dass er es versucht habe, indem er darüber nachgedacht hat, aber den Kontakt nicht mehr zu uns halten kann. Komisch fand ich aber, dass Roger sagte, er verstünde das nicht. Sie baut immer Freundschaften auf, zu Frauen und dann zerstört sie diese einfach wieder. Sie macht immer alles kaputt. Darunter würden sie als Familie leiden, aber Alle anderen auch. Er wisse gar nicht, warum sie das täte."

„Ach! ... Warum denn?"

„Weiß ich nicht. Habe ich auch irgendwie nicht richtig verstanden, was er mir eigentlich sagen wollte. Ich hatte dann mit Karo telefoniert, aber die weiß auch nichts. Sie hatte wohl Anna zufällig beim Einparken nach einem Einkauf vor ihrem Haus getroffen. Es war wie immer, nur dass sie Karo auf ihre Nachfrage hin erzählt habe, dass wir keinen Kontakt mehr miteinander hätten. Roger wollte das wohl so. Er hat mit Anna angeblich gesprochen und ihr angeboten, dass sie ja ausziehen könne."

„Ach, damit hat Anna bestimmt nicht gerechnet. Bisher hatte Roger vielleicht nichts von Annas lesbischer Neigung und ihren Annäherungsversuchen zu anderen Frauen mitgekriegt? Oder er wollte keine weiteren Jahre mehr darunter leiden müssen. Sie wird es wieder versuchen, Manuel. Ich bin die Nächste! Manuel! Mich wird sie auch umbringen wollen! Jetzt erst recht, weil sie ihrem Mann gestanden hat, dass sie mich liebt! Er kann sicher eins und eins zusammenzählen. Er ist doch nicht dumm. Anna ist jetzt unter Druck, davon kann sie sich befreien, indem sie mich beseitigt. Willst du mir jetzt nicht weiterhelfen, der Sache auf den Grund zu gehen?"

„Nein, Sonja, die Sachlage ist ganz klar! Ich habe es dir doch vorgelesen. Es war ein Unfall! Du ... verrennst... dich ... da ... völlig ... in ... Etwas! Du hast wieder irgendein Gefühl und da soll ich jetzt ermitteln, wo es gar nichts zu ermitteln gibt." Und betont jedes Wort einzeln.

„Ach bitte!",… fleht sie ihn an.

„Lass mich in Ruhe damit, das hast du jetzt von deiner Flirterei mit dieser Frau! Hast es einfach zu weit getrieben! Immer Anna hier und Anna da! Musstest dich immer mit ihr treffen. Jetzt ist es vorbei, nur dass ich auch keinen Freund namens Roger mehr habe, ihr blöden Gänse."

Er dreht sich um und liest die Nachrichten weiter in seinem Handy.

Ich fühle mich irgendwie kraftlos. Erstmal hinsetzen und vielleicht gleich schlafen? Ich denke, dass ich ganz krank werde und schreibe eine E-Mail ans Sekretariat, dass ich morgen nicht zur Schule kommen kann. Ein Tag nur für mich. Das muss helfen. Dann kann ich mal zur Ruhe kommen und über alles nachdenken.

Auf dem Weg in mein Bett kommt sie an den Zimmern von Leon und Stefan vorbei.

„Und habt ihr nochmal etwas von Goldbergs gehört?"

„Nö!" ruft Stefan, „bin ich auch nicht traurig drum, muss ich mir wenigstens keine Horrorfilme mehr anschauen."

„Aber die Maria war ja ganz in Ordnung."

„Und hübsch" ruft Leon dazwischen.

„Ja, aber die Andere, mit ihrem merkwürdigen Filmtick, die hat doch kaum gesprochen."

„Aber Maria hat jetzt einen älteren Freund, der ist schon fast fertig mit dem Studium, etwas älter als sie, hatte sie mir geschrieben. Ach so, und dass ihr Vater allen Familienmitgliedern den Kontakt zu uns verboten hat, sogar auch den Mädchen, musst du dir mal vorstellen, so ein Unsinn. Die sind so alt wie wir, was soll das? Sonst wisse er nicht, was er tue." ,... ruft Stefan aus seinem Zimmer.

Sonst wisse er nicht, was er tue,
wiederholt sich in meinem Kopf, immer wieder und nochmal.
Was heißt das, sperrt er sie aus? Schlägt er sie eventuell sogar? Oder noch schlimmer, schließt er sie irgendwo ein?
Oben im Schlafzimmer greift Sonja zum Handy und versucht sie anzurufen, vergeblich. Sie geht nicht dran. Beim Eintippen der Nummer sind Sonjas Finger ganz zittrig. Wieder verwählt, dann doch!

„Ja, Sonja?" ,... fragt Annas Stimme, „wie schön, deine Stimme zu hören."

„Anna, was ist los? Roger hat dir angeboten, dass du ausziehen kannst? Brauchst du eine Wohnung? Was ist mit uns passiert? Warum meldest du dich gar nicht und reagierst auf meinen letzten Brief und meine Anrufe gar nicht?"

„Brief? Davon weiß ich nichts, ich habe keinen Brief kürzlich von dir bekommen!"
Ein Schnaufen ist zu hören.

Sie weint oder ist sie nur erkältet?

„Und telefonieren geht jetzt nur, weil Roger gerade nicht da ist. Er setzt mich sonst vor die Tür. Das kannst du dir sicher nicht vorstellen. Wir haben hier total Stress. Wo soll ich hin? Und meine Kinder, es würde mir das Herz brechen, wenn ich sie verlassen müsste. Das werde ich nicht tun!"

Ihre Stimme überschlägt sich dabei immer wieder und das Weinen geht in ein Schluchzen über.

Ich merke mein Herz läuft vor Zuneigung über, ich habe sie einfach schrecklich lieb, und ich möchte sie im Arm halten.

„Anna, warum solltest du das tun? Niemand spricht davon, dass du wegen mir deine Kinder verlassen sollst, obwohl sie groß genug sind allein zurechtzukommen."

Ihr Schluchzen am Telefon wird lauter, aber auch das Misstrauen gegen Anna keimt in Sonja wieder hoch.

„Ach Anna, ich habe dir aber geschrieben und mit der Sendungsnummer konnte ich nachvollziehen, dass du den Brief Mitte letzter Woche bekommen haben müsstest. Dann hat Roger ihn doch abgefangen."

„Roger war zwar letzte Woche zu Hause, weil er krank war, erkältet, aber nein, ich habe keinen Brief bekommen. Dennoch etwas Derartiges würde Roger auch nie tun, niemals. Nein, das würde er nicht wagen!"

„Anna, ich kann dir die Sendungsnummer nennen, dann kannst du dich selbst davon überzeugen, indem du bei der Post nachfragst."

„Brauchst du nicht, der Brief wird schon irgendwann auftauchen, ist vielleicht bei einer Nachbarin versehentlich gelandet, was hast du denn geschrieben?" ‚...fragt sie neugierig.

„Okay ... wenn du nicht willst? Ich habe sie hier. Ich könnte sie dir vorlesen, dann kannst du bei der Post anrufen und das einfach telefonisch klären. Du erfährst sogar die ungefähre Uhrzeit, wann der Brief abgegeben worden ist. Ist echt super, der Service, wusste ja auch gar nicht, dass das geht, aber die Dame in der Poststelle, hat mir das empfohlen. Kostet ein wenig mehr, aber das war es mir wert, weil ich sichergehen wollte, dass der Brief dich erreicht. Okay, was steht drin, fragst du ... Ich habe darin versucht, dir meine, deine und unsere gemeinsame Situation zu erklären. Und letztlich möchte ich dich bitten, mal darüber nach zu denken, ob du im tiefsten Innern eigentlich lesbisch bist. Auch wenn wir sicher beide dieses Wort nicht mögen, gebrauche ich es jetzt."

Sonja spricht dabei leise in der Hoffnung, dass Manuel das Gespräch nicht mitkriegt.

Warum sollte er sich unnötig aufregen, muss ja nicht sein, ist ja auch nichts, und den Ärger kann ich mir doch eigentlich ersparen.

„Ja und was ist mir dir?" Wird mein Gedanke durch ihre herausfordernde Frage, die einen lehrerhaften Unterton hat, unterbrochen.

„Wie mit mir?",...entgegne ich ihr.

„Du bist nicht lesbisch oder wie? Was soll das? Aber zumindest bisexuell, weißt du! Das musst du dir eingestehen. Du musst lernen, zu allem zu stehen."

„Ja Anna, du hast eine Seite in mir geweckt, die ich noch nicht kannte."

„Und? Manuel? Hast du mit ihm darüber gesprochen?"

„Ja, schon irgendwie, aber es ist kein Problem zwischen uns, weil ich ihn liebe, auch wenn er mir wenig Aufmerksamkeit schenkt. Das ist ja mein Problem, aber nicht seins. Ich wollte nie ein Verhältnis mit dir, sondern nur deine Freundschaft, eine einzigartige Freundschaft, liebe Anna! Ich liebe dich auch, aber auf eine andere Weise. Wir sind uns so gleich und haben so viel gemeinsam. Du weißt alles über mich. Du bist ein Teil von mir."

„Ach, du liebst mich also doch, aber anders, du verstehst nichts! Aber, ich werde deinetwegen nicht meine Familie verlassen. Es bleibt alles, wie es ist, jetzt, nur ohne dich! Das geht auch … ging auch vorher! Wir werden uns nicht mehr sehen! Nie wieder! Wir dürfen keinen Kontakt mehr haben. Roger will es so. Sonst setzt er mir meine Koffer vor die Tür."

„Ach Anna, warum so verbittert und wütend? Dass du unsere wundervolle Freundschaft einfach wegwirfst, muss doch nicht sein. Du bist doch nicht die Frau, die sich das von einem Mann sagen lässt. Lass uns doch wie Erwachsene damit umgehen, wir kriegen das hin, vielleicht erstmal mit Telefonaten und Briefkontakt nur zwischen dir und mir? Eventuell kannst du auch eine Therapie machen, die dir hilft?" „…fragt Sonja vorsichtig.

„Ja, sagt sie, mit der Therapie, das hab ich schon mal gemacht, hat nichts gebracht, aber kann ich ja nochmal bei einem anderen Therapeuten versuchen, vielleicht auch eine Paartherapie mit Roger, hab´ ja gute Kontakte, mein verstorbener Bruder war ja Psychotherapeut, spezialisiert auf sexuelle Bereiche, und du?"

„Wie ich?" Frage ich erstaunt. „Ja, du brauchst ja auch jemanden zum Reden, vielleicht solltest du auch eine Therapie machen!"

„Anna, wahrscheinlich noch bei dem gleichen Therapeuten und zusammen auch noch, oder wie stellst du dir das vor? Ich habe kein Problem damit. Die Situation ist doch klar zwischen uns. Wir sind befreundet, fanden uns attraktiv und dann sogar anziehend, aber du warst irgendwann so schnell auf der Überholspur, da kam ich nicht mehr mit! Du hast ja gar nicht mit mir gesprochen, einfach für dich beschlossen, wir sind ineinander verliebt und teilst das auch noch deinem Mann mit. Du und ich, wir haben aber gar nichts gemacht, Anna! Wir sind nicht fremdgegangen. Es gab nur einen Kuss und ein bisschen Händchenhalten, wie zwei beste Freundinnen das so machen. Wie in der Pubertät, wenn man mal etwas ausprobiert. Wir haben uns doch gar nichts vorzuwerfen! Jetzt empfindest du Liebe und ich nicht. Ich meine aber, dass Liebe viel mehr ist. Können wir damit nicht leben? Vielleicht kannst du dich ja irgendwann durch fremde Hilfe von der Lebenslüge in deiner Ehe, in der du lebst, befreien und ein freies Leben als Lesbierin führen? Mit oder ohne Familie? Ansonsten wirst du doch vielleicht irgendwann krank davon, wenn so ein Problem über Jahre in dir frisst. Das kann dann ein Auslöser für eine schlimme Krankheit wie zum Beispiel Krebs oder so werden? Deine Mädchen sind ja alt genug und lieben dich so, wie du bist. Sie könnten die Lebenssituation lernen zu akzeptieren, meinst du nicht?"

„Nein, das geht nicht!"

„Aber Anna, die Mädchen haben doch vielleicht schon längst etwas mitgekriegt und wundern sich über dich. Hast du mal mit ihnen darüber gesprochen?"

„Nein, ich habe viel geweint und sie mit mir, weil ich ihnen so leidtat. Sie haben keine Ahnung. Sie sind noch jugendlich, also noch in einer Prägephase. Ich will nichts falsch machen."

„Anna! Auch die Liebe zu Britta? Du willst mir jetzt nicht wirklich erzählen, dass deine Familie deine Liebe zu Britta nicht über 5 Jahre mitgekriegt hat. Okay Roger ist nicht viel zu Hause, da er viel arbeitet, aber deine Mädchen? Die sind doch intelligent."

„Nein, sie wissen nichts, und das muss auch so bleiben! Sie sind noch zu jung. Ich will sie nicht falsch prägen. Sonja, das ist das letzte Mal, dass wir miteinander reden." Antwortet sie in einem Befehlston.

„Das kann doch nicht sein. Du musst keine Angst haben, von mir erfahren sie nichts, aber es ist doch in unserer Welt nicht mehr schlimm, wenn man eine lesbische Neigung hat und diese auslebt."

Sie antwortet nicht. Sonjas Misstrauen wächst wieder und ein Angstgefühl erfasst sie. Ihr wird kalt, als stünde sie plötzlich während eines Wintertages draußen, nackt im Schnee, die Kälte zieht von ihren Füßen in ihren Körper hoch und will sie ganz erfassen.

„Anna? Können wir nicht ehrlich zueinander sein? Das hat doch unsere Freundschaft immer ausgezeichnet. Zumal dies ja wohl das letzte Gespräch ist, wie du gerade betont hast? Du hast Britta fünf Jahre lang geliebt! Fünf Jahre voll von Demütigungen! Hast du sie gestoßen? Ich muss dich das fragen! Als ihr gemeinsam in der Eifel wandern wart, hast du sie vom Felsen des Nette-Schieferpfades geschubst?"

Stille

„Bist du noch dran?"

Klick ... still ... tut, tut, tut, das Gespräch ist beendet. Sonja fühlt sich, als hätte sie jemand ins Gesicht geschlagen und sieht ihrer Hand zu. Wie in Zeitlupe legt ihre Hand das Handy zur Seite, als sei es ein schwerer Betonstein. Sie kuschelt sich unter ihre Bettdecke und will versuchen zu schlafen. Ihr Magen krampft sich zusammen. Schmerzen ziehen hinter ihrem Bauchnabel ihr Innerstes ineinander. Sie zieht die Beine auf dem Bett liegend an ihren Bauch an und hofft, dass es augenblicklich besser wird.

Vielleicht hilft es. Die Bettdecke scheint keine Wirkung gegen mein Frösteln zu erwirken. Was hat Anna nun vor? Wird sie es dabei belassen? Wird sie sich von einem Therapeuten helfen lassen? Hätte ich manches gerade besser unausgesprochen gelassen oder es doch vorsichtiger formulieren sollen. Vielleicht hätte ich unsere Freundschaft damit dann doch noch retten können. Ich bin möglicherweise gerade zu weit gegangen. Hasst sie mich jetzt? Gleich ruft sie mich noch einmal an? Und dann? Will ich das eigentlich noch? Ich muss sie loslassen. Muss ohne sie zurechtkommen. Könnte ich ihr eigentlich noch vertrauen? Angst und Freundschaft passen nicht zusammen. Ich misstraue ihr, das hat doch seinen Grund. Sie ist sicher auch geplant bei mir vorgegangen, um mich einzuwickeln. Gemeinsamkeiten, Unternehmungen, Gespräche über schlechte Erfahrungen mit der besten Freundin, ihr Verliebtsein zu Britta, Hand halten, ihre Art sich eher männlich zu kleiden, ihre Frage nach den Gefühlen des Verliebtseins, ihre verlangenden Blicke und dieser Schmerz in ihren Augen, wenn sie von Britta erzählt hat. Wenn ich herausfinden will, was wirklich passiert ist, dann muss ich auf jeden Fall zum Tatort. Vielleicht sieht man noch etwas? In den Fernsehkrimis ist das auch immer so, dass da noch ein Indiz liegt, ein verräterisches Taschentuch, ein Schal, irgendein Zeichen, was auf den Täter schließen lässt, oder vielleicht sogar Kratzspuren ihrer Fingernägel an der Felswand, als sie runter fiel. Ich muss das selbst herausfinden. Keiner wird mir dabei helfen wollen. Die Jungs sind bald wieder mit ihren Freunden und Freundinnen intensiver beschäftigt, und Manuel will mir einfach nicht helfen. Eine andere Freundin, möchte ich da nicht hineinziehen. Es reicht mir, wenn Manuel mich für verrückt hält. Ich bin dabei auf mich ganz allein gestellt ..., aber ich schaff´ das schon irgendwie. Einfach mal dahin fahren, nächste Woche, aber was werde ich dort vorfinden? Und dann? Muss ich nicht die Polizei jetzt schon einschalten? Kann ich aber doch auch noch machen, wenn ich einen Hinweis gefunden habe? Oder ... der Schlaf verdrängt die Gedanken, zumindest für diese Nacht.

Sonntag - Verdacht

„Guten Morgen, mein Schatz. Hast du etwas Ungewöhnliches gesehen?"

„Nee, wieso, nur einen alten Mann."

„Wie sah er aus, hat er geraucht, wo hast du ihn denn gesehen?"

„Ach, Sonja, als ich gerade nach dem Aufstehen in den Spiegel geblickt habe, hat er mich müde angelächelt."

Sonja guckt ihn erst irritiert an, bis sie ihn versteht. „Nein, Manuel, jetzt mal ohne Spaß, hast du jemanden vor unserem Haus an den Mülltonnen stehen sehen, gestern oder so?"

„Nein, immer noch nicht, danke für die Brötchen, ist der Kaffee auch schon fertig?"

„Nee, den kann doch keiner so gut mit der Kaffeemaschine kochen wie du!" Dabei lächelt ihn Sonja verschmitzt an. Er lächelt sie etwas versöhnlicher an als zuvor.

„Als ich mit Chaya vorhin da vorbeigekommen bin, hat sie sehr intensiv da drüben bei den Mülltonnen geschnüffelt.

„Ja und? Vielleicht hat sich da wieder ein Kaninchen versteckt oder die Ratten haben sich dort einen Festschmaus gegönnt?"

„Manuel! Jetzt lass mich dir das doch erklären. Es liegen dort Zigarettenstummel. Diese kleinen gelben Filter, einfach überall! Alle gleich runter geraucht. Der ganze Boden ist voll. Bestimmt 50 Stück. Seltsam finde ich das. In der Mitte davon ist ein Viereck frei geblieben, ca. zwei mal fünf Meter. Platz genug für einen Bulli. Du hast aber keinen Menschen gesehen und auch keinen Van dort stehen sehen?"

„Nein, habe ich nicht, können wir endlich frühstücken oder verzichtest du heute darauf, weil du wieder abnehmen möchtest? Dann setz dich doch wenigstens zu mir."

„Manuel, es könnte doch sein, dass da gestern ein Bulli gestanden hat. Der Fahrer ist ausgestiegen und hat uns beobachtet. Dabei ist er sicher immer rund ums Auto gegangen und hat seine Kippen fallen lassen. Die Zigaretten sind nur von einer Person, weil sie alle gleich abgeraucht sind. Was meinst du?"

„Ach Sonja, warum sollte jemand unser Haus beobachten? Vielleicht, weil er einbrechen möchte, in absehbarer Zeit, kann ja sein, aber warum sollte er dann solche Spuren hinterlassen?"

„Vielleicht hat derjenige nicht damit gerechnet, dass man es wahrnimmt? Morgen kommt ja die städtische Kehrmaschine, dann würde es keinem mehr auffallen. Manuel, ich kann nichts dafür, aber mir fällt jetzt Roger dabei ein?"

„Wieso Roger?"

„Na ja, ich denke, er ist Raucher. Er hat so nach Rauch gerochen, als wir uns kennengelernt haben. Weißt du noch, auf der Party, dieser unerträgliche Geruch an ihm, wie nach kalter Asche im Aschenbecher? Hast du das nicht gerochen?"

„Doch Sonja, habe ich gerochen und stell dir vor, ich habe es sogar gesehen."

„Wie gesehen?"

„Ach Sonja, ich habe gesehen, wie er auf der Party geraucht hat. Das waren schon einige Zigaretten. Aber 50 sind verdammt viel. Und warum sollte Roger um einen Bulli herum rauchend unser Haus beobachten?"

„Es könnte doch sein, dass Roger es war."

„Was war? Sonja ich versteh dich nicht!"

„Vielleicht ist Roger seiner Frau und Britta gefolgt. Er ist ihnen hinterhergefahren, in die Eifel. Vielleicht hatte er vorgegeben zu Hause zu bleiben oder einen Ausflug zu machen? Kann sein, stimmst du mir doch zu? Dann hat er die beiden beobachtet, wie sie da so wandern. Ganz einträchtig und vielleicht sogar Händchen haltend. Seine Eifersucht wächst und nagt in ihm schon lange wie ein Parasit in seinem Körper, der ihn von innen nach außen auffrisst."

„Sonja! Wir frühstücken, das ist echt ekelig, wenn du das so erzählst."

„Okay, er ist eifersüchtig. Er wandert ihnen hinterher und lässt sie nicht aus den Augen. Dann stehen beide Frauen an dieser Felskante und streiten sich. Anna geht einfach weiter. Roger nutzt die Gelegenheit und stößt Britta runter. Sie fällt und stirbt. Vielleicht ist Anna auch nochmal zurückgekommen und hat die Tat gesehen? Sie würde doch ihren eigenen Mann nicht verraten. Beide versuchen die Tat als Unfall aussehen zu lassen. Was meinst du?"

„Sag mal Schatz, was hattest du in deinem Kaffee, was ich nicht hatte?"

„Wieso?"

„Ja, irgendwelche halluzinogenen Stoffe, vielleicht?" Schaut er sie mit einem spöttischen Lächeln an.

„Nein, so langsam werde ich aber ärgerlich, du nimmst mich gar nicht ernst!"

„Ja, richtig."

„Aber er hatte doch ein Motiv, da sie fünf Jahre befreundet waren, Britta und Anna, und Anna in sie verliebt gewesen ist. Man kann doch nur in einen Menschen verliebt sein und nicht in mehrere gleichzeitig. Sie hat Roger dann doch schon lange nicht mehr geliebt. Er hatte damit doch ein Motiv die Rivalin umzubringen?"

„Sonja, was soll das? Diese Frau ist tot. Es war ein Unfall. Was willst du?"

„Manuel! Ich kann einfach nicht akzeptieren, dass dieser Todesfall ein Unfall gewesen sein soll. Ich denke, dass es Mord war. Er könnte sie aus Eifersucht gestoßen haben. Vielleicht ist er jetzt auch auf mich eifersüchtig, weil Anna sich ja jetzt auch in mich verliebt hat. Er hätte also wieder einen Grund. So wartet er nur auf die richtige Gelegenheit. Deswegen hat er sich vielleicht einen Bulli gemietet und mich gestern beobachtet. Er versucht, meine Regelmäßigkeiten im Alltag auszukundschaften. Dann entdeckt er eine Schwäche, bei mir. Zum Beispiel stellt er fest, dass ich gern montags früh in den Wald zum Bach mit Chaya gehe. Er kennt Chaya. Sie würde ihn nicht angreifen. Für ein Stück Leberwurst würde sie sich leicht ablenken lassen und alles tun. Dann hätte er ein leichtes Spiel mit mir und kann mich einfach töten."

„Ach so? Gibst du mir bitte noch einmal die Butter? Und ein wenig leiser Sonja, bitte, die Jungs schlafen ja noch. Das soll doch auch so bleiben."

„Hier, bitte die Butter."

„Was sagst du zu meiner Theorie, dass Roger der Täter ist?

„So, bist du jetzt fertig?"

„Mit dem Frühstück? Wir können doch alles für die Jungs stehen lassen. Die Jungs frühstücken doch auch noch nachher, wenn sie wach geworden sind."

„Nee, ich meine mit deinen Fantasien?"

„Manuel, es ist mein Ernst, ich bin davon überzeugt, dass ich in Gefahr bin. Ich habe wirklich Angst, dass ich die Nächste bin, die umgebracht wird, durch Anna oder Roger!"

„So, meine verrückte Tanzmaus, ich gehe jetzt auf die Terrasse raus und werde dort die Aussicht, das Vogelgezwitscher genießen und die Zeitung dabei in aller Ruhe lesen. Von deinen seltsamen Gedanken will ich jetzt nichts mehr hören, gar nichts! Hast du mich verstanden?"

„Mmh... wirst' schon sehen, hoffentlich hast du recht? Ich fege jetzt mal draußen die Filterreste der Zigaretten zusammen."

Sonja bewaffnet sich mit Feger und Handschüppe und geht raus. Sie fegt die Zigarettenstummel alle zusammen.

„Was machst du da, Sonja, am Sonntag. Da arbeitet man doch nicht." ,… fragt die Nachbarin.

„Ach, diese Zigarettenstummel versuche ich zusammen zu fegen. Es war wohl jemand gestern hier, vielleicht einer, der uns beobachtet hat, um irgendwann mal einzubrechen oder so."

„Ach, glaube ich nicht. Der Heizungsmonteur wird es wohl nicht nötig haben einzubrechen."

„Wie meinst du?"

„Ja, wir hatten gestern Wasser auf dem Boden im Heizungskeller entdeckt, und da wir den Hahn, aus dem es ständig tropfte, nicht schließen konnten, haben wir den Heizungsnotdienst gerufen. Ihre Pausen haben sie hier am Bulli gemacht. Da haben sie wohl die Kippen alle verstreut. Aber danke, dann muss ich das jetzt nicht wegfegen. Schönen Sonntag dir noch, Sonja."

Die Röte aus meinem Gesicht verschwindet wieder und meine Haut entspannt sich. Okay, hatte ich einen falschen Verdacht gehabt. Das werde ich aber Manuel nicht mitteilen. Außerdem kann es ja immer noch Roger gewesen sein, der Britta gestoßen hat. Nur, dass mir dafür noch der Beweis fehlt, aber ich werde es herausfinden, wie es war.

Vier Tage später
– Donnerstag ein seltsamer Tag -

„Entschuldige, ich störe dich ungern bei der Arbeit, aber mein Auto springt nicht an."

„Ja, und? Du hast doch heute frei, oder nicht?"

„Nee, ich muss zur Schule, aber ein bisschen später als sonst."

„Was ist mit dem Auto?"

„Ja, weiß ich ja nicht, deswegen rufe ich dich ja an. Das Garagentor stand die ganze Nacht offen, aber am Auto war nichts zu sehen, war ja gestern in der Waschanlage, aber ich habe das Gefühl, dass jemand daran rumgeschraubt hat, vielleicht war es Anna oder Roger?"

„Ach, Sonja, was soll das?" „... fragt er genervt.

„Ist nur so ein Gefühl, aber ich habe auf den Startknopf gedrückt und er gibt nur einen kleinen Mucks von sich, was soll ich machen? Ich stehe jetzt hier wieder in der Küche und weiß nicht, wie ich zur Arbeit kommen kann."

„Frag mal deine Mutter, ob sie dir ihr Auto leiht, und ich schau mir nachher mal dein Auto in aller Ruhe an, okay?"

„Ja, können wir so machen, bis später dann."

„Bis gleich, jetzt muss ich aber noch ein wenig hier arbeiten." Das „Klick" beendet das Gespräch.

Meine Sachen für die Schule sind schon gepackt und in einer Tasche mit dem Schultergurt diagonal übergehängt. Die Tasche ist in dem gleichen Blau wie meine Hose und Bluse, ich fühle mich wieder ganz wohl. Schnell noch den Hausmüll in die eine Hand nehmend und in der anderen Hand ein älteres Brötchen. Das Brötchen ist noch von den Jungs gestern übriggeblieben, hatten wieder keine Zeit, mussten ja so schnell in die Schule und haben ihre belegten Brötchen wieder vergessen. Hoffentlich kriegt meine Hose jetzt keine Flecken vom Hausmüll, keine Zeit mich umzuziehen. Meine Mutti wird mir bestimmt ihr Auto leihen, da gehe ich sofort rüber und frage, dann spare ich mir das Telefonat und die Zeit. Tut mir gut, einfach zu funktionieren, dann denkt man nicht so viel nach. Wie komme ich nur darauf, dass Anna oder Roger mein Auto versucht haben könnten zu manipulieren. Technisches Verständnis hat sie ja. Darin ist sie besser als Roger. Sie repariert alles bei sich zu Hause, sogar den Motor der elektrischen Jalousie bei sich im Wohnzimmer. Irgendwie vertauschte Rollen, sie übernimmt den ganzen männlichen Part zu Hause und er den üblicherweise weiblichen Anteil.

Sonja reißt die Haustür auf. Ein schöner Altweiber - Sommertag mit angenehmer Luft begrüßt sie, die Lampionblumen leuchten im satten Grün des Vorgartens.

Ach, die Nachbarin ist auch schon weg. Eine Orchideenrispe auf der Fußmatte! Was soll das? Anna war hier! Sie muss hier gewesen sein. Als ich vorhin am Auto war und die Jungs zur Schule gegangen sind, lag sie noch nicht da. Anna hasst Orchideen, hat sie mir mal gesagt. Eine „Omapflanze", die sie an ihre kaltherzigen Großeltern erinnert. Als sie mir das mal erzählt hat, habe ich gelacht. Bei uns stehen überall

Orchideen. Die Pflanzensorte kann doch nichts für Annas schlechte Erfahrungen. Es ist die ideale Pflanze für Berufstätige, weil sie völlig anspruchslos ist. Nur Anna hat mit mir mal über Orchideen gesprochen und jetzt liegen an dem gleichen Morgen, an dem mein Auto ungewöhnlicherweise nicht anspringt, weiße Orchideenblüten auf meiner Fußmatte vor der Tür. War das ein Zeichen von ihr? Wofür? Hasst sie mich jetzt auch, wie diese Orchidee? Ist das eine Warnung an mich?

Sonja schüttelt sich. Innerlich stellt sie sich bei den Bewegungen vor, wie die Sorgen und die bösen Gedanken von ihr abfallen. Den Zweig hebt sie auf und will ihn mit in die Schule nehmen.

Kann ich ja in eine Vase aufs Pult stellen. Ein paar Tage bereitet er dann wenigstens den Kindern noch Freude.

Die Mutter von Sonja schaut ihre Tochter besorgt an, aber wie zu erwarten war, verleiht sie gern ihr Auto. Dann fährt sie zur Schule, unterrichtet und plaudert noch kurz mit den Kollegen im Lehrerzimmer über Urlaubspläne, soziale Netzwerke und andere Themen.

Alles wie sonst, ach vielleicht habe ich einfach übertrieben. Manuel hat recht, ich steigere mich da in etwas hinein, aber die Orchidee auf der Fußmatte. Das war schon echt eigenartig.

Sie greift nach ihrem Handy und per WhatsApp fragt sie in die Familiengruppe:

„Was soll ich mitbringen? Kaufe noch ein, was möchtet ihr essen?" Keine Antwort - na dann gibt's eben Spaghetti Bolognese.

Sie hält am Supermarkt in der Nähe ihrer Schule. Irgendwie überkommt sie aber das Gefühl beobachtet zu werden. Beim Aussteigen schaut sie sich immer wieder um, aber sieht keinen, der sich auffällig benimmt oder den sie kennt.

Anna kann es doch nicht sein? Sie hat zwar donnerstags frei, aber was sollte sie hier. Sie wohnt doch in Oberhausen und nicht hier in Herne. Der Einkaufswagen lässt sich schwer schieben. Sie muss immer gegenlenken, damit er geradeaus fährt. Ein Rad ist wohl defekt, aber für die paar Kleinigkeiten, Nudeln, Tomaten und Gewürze, die sie für das Mittagessen braucht, tauscht sie den Wagen jetzt nicht mehr um. Den Einkaufswagen lässt sie vor den Eierkartons stehen, dann muss sie den sperrigen Wagen nicht durch den ganzen Supermarkt schieben. Sie läuft und packt alles ins Auto.

So, jetzt habe ich alles, genug Obst, Gemüse, Nudeln und Gehacktes und Müsli-Riegel für die Jungs hole ich noch.

Als sie wiederkommt, ist ihr Wagen weg. Kein Einkaufswagen mit ihren Waren ist mehr zu sehen.

Das kann doch nicht sein, vielleicht steht er irgendwo? Jemand hat ihn einfach zur Seite in einen anderen Gang geschoben? Da ist er auch nicht! Vielleicht hat jemand etwas darauf gelegt und ist damit zur Kasse gegangen, an der Kasse steht er auch nicht. Das darf doch nicht wahr sein!

„Haben Sie einen Wagen gesehen, etwa halb voll mit Zutaten für Salat, Spaghetti, und Zutaten für Obstsalat?"

„Nein", lächelt sie ein Mitarbeiter im blauen Kittel freundlich an und räumt weiter die Regale ein.

„Tja, dann bleibt mir nichts anderes übrig, als alles noch einmal in einen Einkaufswagen zu sammeln."

Eine weitere Stunde vergeht und sie steht endlich an der Kasse in einer Schlange und denkt über den verkorksten Vormittag nach. Kurz bevor sie an der Reihe ist, blickt sie zum Ausgang des Supermarktes.

„Das ist sie doch!" ,…entfährt es ihr leise. Dann ruft sie laut:
„Anna! Anna! Bleib! Bleib stehen! Bitte!"… ruft sie laut hinter einer Frau her, die von hinten genauso aussieht wie Anna. Blaue Jeans, weiße Bluse und wilde strubbelige, braune Kurzhaarfrisur. Anna, die Frau geht einfach weiter, als hätte sie Sonja gar nicht rufen hören.

Hat sie nicht meinen Einkaufswagen sogar, von gerade, den ich vermisst habe? Auch sie muss gegenlenken, weil der Wagen nicht richtig rollt.

„Ja, bitte? Sie müssen schon die Waren fürs Abrechnen aufs Band legen!" Die Kassiererin schaut Sonja mit großen Augen erwartungsvoll an und alle anderen Kunden starren sie an, als würden sie noch auf ein weiteres Theaterstück von ihr warten.

„Äh, ja … sofort, Entschuldigung. Ich dachte, dass ich jemanden gesehen hätte, den ich kenne."

Die Waren laufen über das Band und ihre plötzliche Röte weicht allmählich wieder aus ihrem Gesicht. Sie packt alles ein, beeilt sich und geht zum Auto. Ihr Blick fällt sofort auf die Zeichnung an der

Windschutzscheibe und den Seitenfenstern. Der Schmutz der Scheibe, hatte ermöglicht, dass ein Finger ihr die Zeichen hat darauf malen können. Der Umriss einer Bombe, gleicht den WhatsApp Bomben, die Anna mir unter die Nachricht geschrieben hatte, als sie schrieb, dass sie Roger alles gestanden und sich mit ihm gestritten habe.

Sie schaut sich um, aber es ist keine Anna zu sehen. Keine derartigen Zeichen auf den anderen Autos. Es war Anna! Eindeutig! Sicher hat sie mich gesehen und beobachtet, wie ich aus dem Auto meiner Mutter ausgestiegen bin. Aber warum? Was will sie?

Sonja versucht Anna per Handy zu erreichen, aber sie geht nicht dran.

Will sie mich warnen und mir die Chance geben rechtzeitig wegzuziehen, in eine andere Stadt? Mein Leben retten?

Als wäre sie ferngesteuert, schließt sie das Auto auf und fährt erstmal durch die neben dem Supermarkt gelegene Waschanlage. Danach geht es ihr schon besser. Das Bombenzeichen ist verschwunden. Ihrer Mama bringt sie anschließend das Auto zurück, aber von dem Vorfall erzählt sie ihr nichts. Zurück zu Hause verstaut sie die Einkäufe. Immer wieder gehen ihr die Bilder von Anna im Kopf rum. Das Telefonklingeln reißt sie aus ihrem Kopfkino.

„Unbekannt" steht im Display.

„Sonja Lichtenmeer!...Hallo? Wer ist da?"

Ein tiefes Atmen ist zu hören.

„Anna, bist du´s oder Roger?....Hallo? ...Was soll das?" Das Atmen wird leiser. Klick, aufgelegt.

Vielleicht hat sich jemand verwählt und traut sich nicht, das zu sagen, ein kleiner Junge vielleicht? Ach, ist noch Zeit, ich lege mich einfach mal etwas zu Chaya aufs Sofa hin.

Wieder das Telefon, es klingelt und schreckt sie auf. Beinahe wäre sie eingeschlafen.

„Hallo?...Wer ist da? ...Was soll das?...“

Wieder das Atmen! Sie legt auf. Wut steigt in ihr hoch.

Was soll das? Ist das ein Scherz von Schülern oder wollen die Goldbergs mich jetzt tyrannisieren. Dann müssen sie sich schon etwas anderes einfallen lassen. So leicht bin ich nicht aus der Ruhe zu bringen? Ablenken, jetzt mit Chaya eine Runde gehen, dann Essen zubereiten, das hilft.

Als sie vom Spaziergang wiederkommt, sieht sie auf dem Display, das noch ein Unbekannt-Anruf eingegangen ist. Angst macht sich in ihr jetzt doch breit und stiehlt ihr die Atemluft. Sie steht kurzatmig vor der Spüle in der Küche und überlegt angestrengt. Dann fällt Sonja auf, dass ihr ein wenig schwindelig wird, weil sie vielleicht zu wenig Sauerstoff eingeatmet hat. Umgehend holt sie tief Luft und versucht sich zu beruhigen.

Womit fange ich jetzt an? Wiederholt sich die Frage in ihrem Kopf, wie ein orange blinkendes Warnsignal an einer Straßenbaustelle.

Ein kühler Luftzug von hinten gleitet allmählich über ihren Hals. Irgendwo ist vielleicht das Fenster offen? Es ist unverkennbar zu spüren. Kein Irrtum! Etwas oder jemand ist hinter mir ...

Langsam, ganz vorsichtig dreht sie sich um. Der Luftzug auf ihrer Haut wird dabei stärker und erreicht jetzt vorne ihren Hals.

Vor ihr steht jemand, ganz nah, sie muss ihren Kopf heben, um zu sehen, wer es ist!
Vor Schreck zuckt sie zusammen, will schreien, aber Manuel schaut sie amüsiert an und fragt sie grinsend:

„Was ist los? Warum erschreckst du dich so? Ich wohne auch hier," sagt er mit einem spöttischen Ton und lacht laut auf.

„Musst du mich denn so erschrecken?",… fragt sie ihn wütend, obwohl sie eigentlich erleichtert ist, dass er es ist.

„Ich habe dich gar nicht kommen hören!"

„Ja, Sonja, wenn man die Haustür hinter sich nicht richtig schließt, dann kann man auch ganz leise reinkommen. Problem, meine Liebe ist, dass jeder so reinkommen kann, wenn du so unvorsichtig bist. Und Chaya hat sich nicht gemeldet, da sie ja wahrscheinlich im Garten ist, und mein Kommen gar nicht wahrgenommen hat."

„Ja stimmt, vorhin nach einem kurzen Mittagsschlaf hatte ich Chaya durch die Terrassentür rausgelassen, aber ich könnte schwören, dass ich die Haustür hinter mir wieder geschlossen habe, wirklich. Das mache ich doch immer, wenn ich alle Einkäufe aus dem Auto ins Haus getragen habe. Ach, Manuel, der Tag war einfach nur gruselig."
Sie erzählt ihm von dem nicht anspringenden Auto noch einmal und von der Orchidee auf der Fußmatte und dem fehlenden Einkaufswagen, der Person, die

Anna glich, von der Zeichnung auf ihrem Auto, dem Anruf des Unbekannten. Sie steht mit hängenden Schultern vor ihm und schaut ihn an.

„Sonja, für alles gibt es bestimmt ganz simple Erklärungen. Das hat doch nichts mit Anna oder Roger zu tun. Immer Anna, ich will nichts mehr von ihr hören!" Er dreht sich um und geht.

Zwei weitere Tage später -
Samstag, Anna hat Geburtstag

Die Morgensonne scheint durch das Dachbodenfenster ihr ins Gesicht. Sie muss sie geweckt haben.

Nein, mit Blick auf die Uhr, verschlafen habe ich nicht. Es ist Samstag, die Jungs sind bei Freunden und übernachten da, und Manuel ist zum Segeln übers Wochenende in Holland. Den ganzen Tag habe ich also für mich. Ich ziehe mir jetzt gleich meine kakifarbene Hose und ein passendes Top dazu an. Na ja, meine blauen Wanderschuhe werden nicht farblich dazu passen, aber da muss ich jetzt durch. Nach der Wanderung sehen sie wahrscheinlich sowieso schlammfarben aus, dann passt es wieder.
Mit dem Frühstück beeile ich mich und gehe schnell mit Chaya eine Runde um den Häuserblock. Chaya muss dann heute zu Hause aufpassen, die Autofahrt wird zu lang sein, warum soll ich ihr das antun?

Sonjas Auto springt mit einem Mal an. Manuel hatte es in die Werkstatt gebracht und eine neue Batterie einbauen lassen.
Anna war das auf jeden Fall nicht.
Die Sache mit dem Orchideenzweig ließ sich dann doch auch gestern aufklären. Stefan hatte seine Zimmerpflanze, eine weiße Orchidee zu wenig gegossen und hatte sie zum Müll draußen bringen wollen, dabei muss ihm ein Orchideentrieb abgebrochen und versehentlich auf die Fußmatte gefallen sein.

Okay, die anderen Vorkommnisse habe ich mir ja auch vielleicht tatsächlich nur eingebildet und die aufgemalte Bombe war vielleicht ein Spaß von Schülern, die mich aus dem Auto haben steigen sehen?

„Hauptstr. 1 Trimbs" gibt sie in ihre Karten App ein, „2 Stunden Fahrzeit und 164 km"

„Karo, ach entschuldige, ich hoffe, dass ich dich nicht geweckt habe? Möchtest du spontan mit mir heute in die Eifel fahren? Wandern mit mir zusammen? ... Ach so, ...ja schade, ...verstehe ich. Dann wünsche ich Dir viel Glück beim Tennisturnier und viel Spaß beim Geburtstagskaffee nachmittags bei Anna, okay, nur Frauen sind bei Anna eingeladen, macht nichts, ist bestimmt schön, wirst´ ja sehen, bis bald dann mal." Und Sonja beendet das Gespräch am Handy.

Eigentlich wäre ich heute auch bei Anna, aber geht ja nicht mehr. Sie hat heute Geburtstag. Ich habe ihr zwar gerade noch meine Glückwünsche per E-Mail gesendet, aber meine Nachrichten landen bestimmt im Spam-Ordner. Alles andere hat sie ja auch bestimmt gesperrt, aber vielleicht diese E-Mail Adresse nicht, weil es ein schulischer Kontakt ist. Immer noch schade, dass alles so gekommen ist. Torte isst sie ja auch nicht so gern. Ich hätte ihr sicher mit einer großen Pyramide aus Mettbrötchen mit unterschiedlichen Gewürzen und frischen Kräutern darauf eine Freude machen können. Oder mit Schnaps oder Likör, die Frauen, die sie für nachmittags eingeladen hat, trinken gewöhnlich Kaffee mit viel Schuss, hatte Anna mal erzählt. Mich wundert nichts mehr, obwohl ich auch mal gern so feiern würde. So jetzt aber ab, auf die Autobahn und konzentrieren, sonst verfahre ich mich trotz meines Navigationsgerätes oder baue einen Unfall.

Die Radiomusik vertreibt ihre düsteren Gedanken an die Goldbergs und nach zweieinhalb Stunden kann sie ihren kleinen Smart auf dem Parkplatz unterhalb des Wanderweges einparken. Es ist noch früh, 9:00 Uhr kein anderes Auto ist bisher auf dem Parkplatz zu sehen. Sie nimmt ihren kleinen kakifarbenen Rucksack, in dem ein paar Müsliriegel und eine Flasche Wasser drin sind und geht los. Der Himmel zeigt eine dunkle Wolkensichel an. Das typische Zeichen für eine Schlechtwetterfront, weiß sie.

Es sieht bedrohlich aus, aber egal, da muss ich jetzt durch. Vielleicht gibt's ja irgendwo eine Schutzhütte. Die Wetter-App hat das Unwetter erst für heute Abend angekündigt. Vom Parkplatz aus ist es nur eine kurze Strecke bis zu dem ausgeschilderten Pfad. Ach schön, wie lange war ich nicht mehr wandern? Sicher mit anderen zusammen würde es wahrscheinlich richtig viel Spaß machen, aber was soll's. Vor dem Unwetter heute Abend werde ich sicher rechtzeitig zurück sein.

Zwei Schritte einatmen und drei Schritte ausatmen, mit gleichmäßig großen Schritten. So findet sie schnell ihren Rhythmus. Bei anfangs leichtem Anstieg ist der Weg eigentlich gut ausgebaut. Links und rechts sind die Hänge mit unterschiedlichen Pflanzen bewachsen und die kleinen Blümchen zeigen schöne abwechslungsreiche Farbtupfer im Grün. Farne, Gräser und gerade gesprossene kleine Bäume wechseln sich ab. Sie bleibt kurz stehen und lauscht. Es raschelt. Wieder ist ein Rascheln und das Knacken eines Stockes zu hören. Zwar ist nichts zu sehen. Aber jetzt wird es lauter, vor ihr. Ein Fuß, dann ein blaues Jeanshosenbein und ein kariertes Holzfäller Flanellhemd folgen. Dieser Jemand springt vor ihr mit Schwung aus dem Dickicht. Steht vor ihr, leicht nach links und rechts wankend und greift sich mit einem kurzen Blick nach unten in seinen Schritt. Sonja bleibt vor Schreck stehen. Ihr ganzer Körper ist angespannt.

Wo kommt der her? War doch keiner auf dem Parkplatz. Was will er jetzt machen? Er versperrt mir den Weg. Vielleicht bin ich schneller als er, wenn's drauf ankommt, aber in meinen Wanderschuhen? Jetzt schaut er mich direkt an. Sein Gesicht ist insgesamt rot, eine knubbelige Nase, großporige Haut und kleine Augen hat er, wie die eines Schweins.

„Tschuldigung, wollte sie nicht erschrecken, musste mal wieder, alles gut?" Und zieht dabei den Reißverschluss seiner schmutzigen Jeans im Schritt hoch. Seine schwarze Regenjacke flattert im Wind.

„Äh … ja, klar", antwortet Sonja und geht dabei langsam an ihm in einem möglichst großen Bogen vorbei.

Sein Geruch erreicht mich trotzdem. Er riecht nach nasser Erde und Alkohol. Ein lang gezogenes Schniefen begleitet mich und er zieht dabei seinen linken Arm so über die Nase, dass sie eine glänzende Spur auf seinem Ärmel hinterlässt.

Sonja versucht das Bedürfnis, sich vor Ekel zu schütteln, konzentriert zu unterdrücken. Er schaut ihr nach. Sie blickt sich erleichtert um, weil sie es an ihm vorbei geschafft hat. Danach atmet sie tief durch und geht erleichtert wieder schneller bergan. Ein kurzer Blick zurück verrät ihr, dass es dem Fremden aber doch so gut zu gehen scheint, dass er in die andere Richtung, bergab wankt.

Hätte ich doch Chaya mitgenommen, dann würde ich mich weitaus sicherer fühlen. Die Autofahrt und die

Wanderung hätte sie ja locker geschafft, warum habe ich sie nicht mitgenommen, könnte mich jetzt weiter ärgern, aber es hilft ja nichts.

Der ausgetrampelte Weg, führt weiter zu einem leichten Klettersteig über einem schroffen Felsen. Die Vögel ziehen mittlerweile tief über die Baumwipfel hinweg. Das Grau der Wolken färbt sich allmählich dunkler.

Hier scheint jetzt der höchste Punkt zu sein. Links vom Weg muss ich mich ein wenig durch das Unterholz zwängen, um an den Rand der Felsen zu gelangen. Die Aussicht ist aber fantastisch.

Tief atmet sie durch und versucht, ihr Blut mit frischem Sauerstoff anzureichern. Aber zu ihren Füßen geht es unter ihr steil bergab, tief, etwa 10-12 Meter tief, sicherlich ausreichend für einen tödlichen Sturz, wenn man unglücklich fällt.
Hier muss es ungefähr passiert sein.
In Richtung Parkplatz, den man aufgrund der vielen Windungen des Weges nicht mehr sehen kann, ist noch ein anderer Weg, der durch das Tal führt. Ein Weg, der zuvor von dem eigentlichen Schieferpfad abzweigt und an der Unfallstelle unten vorbeiführt.

Die Abzweigung muss ich wohl verpasst haben.

Sonst ist nichts zu sehen, keine Kratzspuren, oder Überbleibsel von irgendwelchen Menschen, schon gar nicht von Britta. Weißrot, in dem spärlichen Sonnenlicht, das die dunklen Wolken noch durchlässt, blitzt unten etwas auf.
Was mag das sein? Ist das Plastik? Sind das Reste von Kunststofftüten? Oder sind das die Reste von Plastikbändern? Das müssen die Reste der

Absperrbänder sein, mit denen die Polizei die Absturzstelle nach dem vermeintlichen Unfall markiert haben muss. Was mag passiert sein?

Wieder in die Ferne schauend holt sie tief Luft und versucht neue Kraft zu sammeln. Sie schließt ihre Augen. Erst fest, dann entspannen sich ihre Lieder, und sie versucht an nichts zu denken. Sie atmet ruhig und tief. Als ihr Atem regelmäßig wird, tauchen die ersten Bilder flackernd hinter ihren Augenlidern auf.

Beide genießen die frische Luft und die Sonne auf ihrer Haut, nachdem sie aus Annas weißem Ford Escort ausgestiegen sind. Britta und Anna gehen erst nebeneinander vom Parkplatz zum Wanderweg. Am Weg steht ein Schild, vor dem Britta lachend ein Selfie zur Erinnerung an diesen Moment machen möchte. Sie fassen sich an den Händen, nicken sich einvernehmlich und wortlos zu. Dann beginnen sie ihre Wanderung. Sie sind schon oft gewandert und sind ein eingespieltes Team. Ihr Rhythmus ist schnell und gleich. Bald darauf wandern sie hintereinander her, weil es der Weg nicht anders zulässt. Britta geht vorne und Anna schaut die ganze Zeit auf den Weg und Britta vor sich hin. Sie mustert Britta. Die schwingende Bewegung ihrer Arme, das abwechselnde Spiel ihrer Muskelpartien des Frauenrückens unter dem engen Funktionsshirt, nimmt sie in sich auf und genießt diesen Anblick. Der herzförmige Po Brittas, der sich durch ihren weichen Gang vor ihr hin und her bewegt, erregt Anna. Allein auf dem Weg nimmt Anna schließlich von hinten Brittas Hand und zieht sie entschlossen, die Böschung rechts vom Weg hinauf. Dort nutzen sie wahrscheinlich die Gelegenheit allein zu sein, sich auf dem weichen Moos gegenseitig zu streicheln und die Kleidung der anderen vom Körper zu ziehen. Es ist warm. Sie streicheln sich über die Haut. Ihre Finger gleiten über die erregten Brustwarzen bis hinunter, kneten den Po mit ihren Händen und fühlen sich gegenseitig zwischen den Beinen. Sie genießen die beiderseitige Erregung und greifen sich gegenseitig mit ihren Händen zwischen die Beine. Der Saft fließt zwischen ihren Beinen und benetzt die Kleidung und das Moos unter ihnen. Sie spüren nur noch sich selbst. Mit den Händen schenken sie sich dann gegenseitig den Höhepunkt.

Aber nein, wahrscheinlich war das nicht so. Das wäre ja die Erfüllung für Anna gewesen. Britta hat nur sich im Kopf und ihre Ziele. In diesem Fall denkt sie nur an die Bewältigung des Weges. Sie erreichen nach einiger Zeit des Wanderns die Stelle hier, an der ich stehe. Britta möchte die Aussicht genießen. Anna ist direkt hinter ihr. Anna streicht über Brittas Hand. Erst über ihre Rückseite und dann durch ihre Handinnenfläche. Anschließend über ihren Arm, dann Brittas Schulter und Hals. Britta legt ihren Kopf zurück und lehnt sich rücklings an Anna an. Sie scheint es zu genießen. In Anna keimt die Hoffnung, dass es doch noch zu dem lang ersehnten Sex kommen kann, an diesem Ort oder abends im Hotel. Beide vermissen von ihren Ehemännern zärtliche Berührungen und sehnen sich danach. Von Brittas Kehle aus, gleitet Annas Hand langsam in ihren Nacken und wuselt achtsam ihre Haare. Sie sind ganz weich und seidig. Britta versucht derweil mit ihrem Handy Fotos von der Aussicht zu machen. Anna drückt sich weiter in Brittas Rücken. Britta spürt Annas Brüste im Rücken. Annas Begierde nach Berührungen mit Britta flammt weiter auf. Dabei bedeckt sie Brittas Hals mit kleinen Küssen, die immer wilder werden, bis ihre Zunge das Ohr von Britta berührt. Erregt von Brittas zarter Haut, ihrem Geschmack und Körpergeruch, hat Anna sich schon lange danach gesehnt, Britta so zu spüren. Sie sind allein. Das Verlangen brennt zwischen ihren Beinen und will gelöscht werden.

Gestern Abend ging es wegen des Streits zwischen ihnen nicht. Britta hatte Anna abgewiesen, ihr dann den Rücken zugedreht und ist einfach eingeschlafen. Anna hatte noch lange wach gelegen. Der Schlaf fehlt ihr jetzt. Mit der linken Hand hält Britta ihr Handy hoch, mit der rechten fängt sie Annas Hand und zieht sie hinter sich nach unten. Sie gibt ihr vor der Trennung der Hände einen abschließenden, aber bestimmenden Händedruck und schubst ihre Hand leicht weg. Sie wendet sich kurz zu ihr um und nickt Anna entschlossen zu.

Die Enttäuschung über die wiederholte Abweisung, erst im Bett in der Nacht davor, der Streit und jetzt wieder diese Zurückweisung. Diese Schmach, über fünf Jahre immer wieder, kocht in Anna langsam, aber vehement hoch. Bilder, des Wegschiebens, Fortstoßens, Abstreifens oder des Absagens von Verabredungen rauschen durch ihren Kopf. Das langjährige Leiden und der damit verbundene nie heilen wollende innere Schmerz wandeln sich in Ärger. Anna schaut Britta an und ihr wird klar, dass sie nie ein Paar werden können. Der Ärger steigert sich, nimmt exponentiell zu. Er wandelt sich zu flammender Wut um. Sie geht ein Stück zurück. Es ist ein Versuch, um auch innerlich von Britta Abstand zu gewinnen. Britta, steht da, nichts ahnend, dass Anna so wütend auf sie ist, und lacht in ihr Handy. Sie hat umgeschaltet und macht jetzt Fotos von sich. Sie sieht nur sich selbst. Ihr Lachen ist im Display wie ein Spiegel zu sehen. Anna beobachtet sie. Der Ärger, darüber, dass sie jetzt so unbeschwert in ihr Handy lacht, und sie selbst nicht, nimmt noch weiter zu. Wie eine Jägerin wartet sie still hinter ihr. Sie lauert wie eine Raubkatze. Britta senkt ihren Arm und ist mit fotografieren fertig. Jetzt ist die Gelegenheit da, sich von allen, durch Brittas Abweisungen, und die dadurch verursachten lang erlittenen Qualen zu befreien. Nur ein Schubs, es ist *ganz leicht. Ein dumpfer Aufprall. Mehr ist nicht zu hören. Das war´s. Ein Blick nach unten. Merkwürdig verrenkte Beine sind zu sehen, der Rest wird von einem Busch verdeckt. Sie dreht sich um und geht, ohne sich einmal umzublicken, zurück. Sie fühlt sich gut. Befreit geht sie mit schwingenden Armen, großen Schritten und wippendem Gang den Weg zurück zum Auto und fährt ins Hotel. Keinem fällt auf, dass sie allein ist. Sie geht durch den Personaleingang und bestellt für abends zwei Essen aufs Zimmer. Am nächsten Morgen geht sie zum Frühstücksbuffet und gibt an der Rezeption vor, dass Britta schon nach Hause gefahren ist. Die Rechnung war ja schon im Vorhinein von Britta bezahlt worden. Nach der Rückfahrt tut sie einfach so, als wisse sie von nichts.*

Der Aufschrei einer Krähe im nahe gelegenen Baum lässt sie aus ihrem Tagtraum unmittelbar erwachen.

So muss es gewesen sein! Bei dieser Überlegung saugt Sonja die Luft ganz tief ein. Die ganze Zeit hatte sie wohl viel zu flach geatmet. Ein wenig schwindelig wird ihr. Dann schaut sie noch einmal nach unten und geht sicherheitshalber ein paar Schritte zurück. Der Abgrund kommt ihr jetzt tiefer als zuvor vor. Ein dumpfes Grollen am dunkelgrauen Himmel lässt sie zusammenfahren. Die Wolken haben sich weiter verdichtet und die Farben des Tages gleichen eher den dunklen Kaki-Farbtönen ihres Outfits.

„Bei Gewitter ist ein Berg für einen Blitz eine Einladung," hat ihr bereits seit langem verstorbener Vater oft gesagt. Als stünde er neben ihr, hört sie ihn seinen Spruch sagen.

Besser ich spute mich jetzt und laufe schnell zum Auto zurück. Ich weiß ja jetzt, wie es sich abgespielt haben könnte.

Zurück durch das Unterholz streichen ihr die Zweige durch die Haut des Gesichtes.

Sie flucht und merkt, wie die Äste ihr die Haut im Gesicht aufratschen. Sie fasst sich in ihr Gesicht und sieht an ihrer Hand ein wenig Blut kleben. Ihre Haut fühlt sich wund an. Wieder auf dem Weg rennt sie weiter. Zurück geht es doch immer schneller. Aber der Weg zieht sich.

Hier muss die Stelle mit dem Wildpinkler gewesen sein.

Ihre Schritte werden langsamer, und sie versucht, leiser zu gehen.

Hoffentlich kommt er nicht wieder irgendwo hervor? Mein Atem muss sich erstmal beruhigen. Mein Puls ist viel zu hoch. Zweimal einatmen und dreimal kürzer ausatmen, dann muss es gleich wieder gehen. Mein Knie schmerzt. Runterlaufen mag es nicht. Dann habe ich noch die falschen Schuhe für so einen Lauf an.

Doch dann direkt vor ihr, hell. Sie ist geblendet. Bleibt abrupt stehen und sie hält sich erstmal die Hände vor ihre Augen, bis sich das Flackern hinter ihren Lidern beruhigt. Keine Flammen vor ihr zu sehen, aber es war ein Blitz. Denn unmittelbar danach folgt das immens laute Donnern, das sie kurzzeitig in die Knie zwingt. Das Unwetter ist direkt über ihr.

Sollte doch erst heute Abend kommen, überlegt sie und richtet sich wieder auf. Sie läuft wieder schneller.

Runter, ich muss vom Berg runter. So schnell es geht.

„Von Bäumen fernhalten" hört sie wieder die Stimme ihres Vaters aus der Vergangenheit. Der Schotter spritzt unter ihren Füßen weg. Für die schöne Landschaft um sie herum, hat sie keine Augen mehr. Ihr Blick ist konzentriert auf den Weg gerichtet. Ein schwarzer Schatten zieht vor ihr her. Angst steigt in ihr hoch. Ihr Blick folgt ihm. Aber es ist nur der Schatten eines großen schwarzen Kolkraben über ihr, der noch versucht, rechtzeitig vor dem Unwetter Schutz zu suchen.

Dann verspürt Sonja einen explosiven Schmerz in der Außenseite ihres Knöchels. Sie sitzt auf dem Boden des Weges und überlegt sich kurz, wie das passieren konnte? Sie muss gestürzt sein, aber wie? Einen Augenblick hatte sie nicht auf den Weg vor ihr geachtet, als sie nach dem Vogel geguckt hatte. Da muss sie sich vertreten haben. Ihr wird augenblicklich schlecht. Sie versucht, ihre Übelkeit weg zu schlucken und sich auf das sofortige Aufstehen zu konzentrieren. Denn sie muss von dem Berg schnell runter, wenn sie nicht noch vom Blitz getroffen werden möchte. Sie versucht, sich zuerst auf den schmerzenden Fuß zu stellen. Sie bemerkt, das geht nicht. Die Schmerzen, die von ihrem Knöchel aus hochziehen sind zu groß. Sie schaut zum Himmel rauf. Es donnert. Der Regen nimmt zu. Er klatscht vor ihr so auf den Boden, dass der Dreck hoch spritzt.

Der Wildpinkler, wenn er doch jetzt da wäre, dann könnte er mir jetzt helfen. Ich muss nach Hause, runter vom Berg! An etwas Schönes denken, los! An Anna? Nein! Stefan und Leon! Wie haben sie geschaut, als ich auf der Kirmes mit pinkfarbener Zuckerwatte ankam, als sie noch klein waren. Da waren sie noch so speckbackig, richtig niedlich.

Sie richtet sich langsam wieder auf. Dabei konzentriert sie sich darauf, sich auf ihren gesunden Fuß zu stellen. Anschließend setzt sie den verletzten Fuß auf. Wie ein Messerstich in den Fuß flammt der Schmerz in der Außenseite des Fußes unter dem Druck der Belastung auf. Aber zu sehen ist nichts, nur der Schmerz ist da.

Es hilft nichts. Zähne zusammenbeißen und weiter geht´s den Berg runter. An die Kinder denken. Die großen Augen, ihr Staunen über diese pinkfarbene Zuckerwolke. Sie waren noch keine sechs Jahre alt. Fuß vor Fuß setzen, irgendwann bist du unten, Sonja, du schaffst es! Ich musste zuerst in die Watte beißen. Beim Zuschauen öffneten sich schon ihre kleinen Münder. Die Erinnerungen, wie ich selbst als junges Mädchen mit den Eltern zusammen über die Kirmes ging, und zum ersten Mal dann eine weiße Zuckerwatte von meinen Eltern bekam, ließen mir auch damals die Tränen vor Freude in die Augen steigen. Der süße Geschmack war unvergesslich. Weiter Sonja! Blende den Schmerz aus! Schönes! Denke an etwas Schönes! Weitergehen, einfach immer weiter und tief dabei Luft holen. Den Schmerz weg atmen. Ja, lach ruhig, Sonja auch das hilft! Das Bild von meinen Jungs, in dem sie dann ihr Gesicht vor Ekel in kleine Falten verziehen. Die Nasen waren ganz kraus, weil den beiden die Zuckerwatte widererwartend nicht geschmeckt hat. Es lässt mich immer wieder lachen. Ich hatte gedacht, dass ich ihnen was Gutes damit tue. Endlich, da vorne ist mein Auto.

Einige Autos stehen da jetzt noch, aber sonst ist kein Mensch zu sehen. Der Regen prasselt ungebrochen auf Sonjas Kleidung. Alles klebt vor Nässe an ihrer Haut. Sie öffnet ihr Auto und steigt ein. Dann versucht sie es zu starten.

Der Fuß schmerzt immer noch höllisch, kann ich überhaupt damit Autofahren? Ist ja ein Automatik, dann wird's schon gehen. Ich muss es versuchen.

Die Scheiben beschlagen sofort. Nachdem sie die Lüftung eingeschaltet hat, geben die Fensterscheiben erst nur kleine Sichtflecken direkt an den Lüftungen frei. Nur langsam vergrößern sich die sichtbaren Bereiche. Sie zuckt mit einem Mal heftig zusammen. Ihr Blick rast nach links zum Geräusch. Laut wummert etwas links an die Autoscheibe ihrer Fahrertür. Eine Faust! Immer wieder! Die Faust drückt sich immer kurz auf der Scheibe mit einem dumpfen Knall ab.

Die Knöpfe an den Türen sind unten, und die Scheibe wird es wohl aushalten?

Sie schreit vor Angst und fährt mit so hoher Geschwindigkeit los, dass der Schotter nach hinten schießt. Den Schmerz in ihrem Fuß ignoriert sie. Der Himmel grollt erneut. Ein Blick in ihren Rückspiegel zeigt nur eine dunkle Gestalt, die im dichten Regen steht. Vielleicht war es ja der Wildpinkler, den sie sich noch kurz vorher herbei gesehnt hatte, als sie gestürzt war. Einen Moment überlegt sie kurz, ob es jemand sein könnte, der Hilfe bräuchte, aber ihre Angst ist zu groß, als dass sie umkehrt, um nachzusehen, was los ist.

Eine Woche später
- bei der Familie der Verstorbenen -

Die Kapuze weit ins Gesicht gezogen, sieht keiner meine verkrusteten Striemen im Gesicht. Als ich letztes Wochenende aus der Eifel nach Hause gekommen bin, sah mein Gesicht noch schlimmer aus als jetzt, aber trotzdem könnte es Aufmerksamkeit erregen. Die Äste und Zweige hatten mein Gesicht auf dem Rückweg durch das Dickicht so gepeitscht, dass mir das Blut aus den Kratzern geflossen sein muss.

Derjenige, der an die Scheibe geklopft hatte, wollte mir wahrscheinlich nur helfen. Er muss ja einen Schrecken gekriegt haben, als er mich so gesehen hat. Jetzt ist alles ganz gut verheilt.

Der Nieselregen heute Abend hilft mir. Ich muss die Zeit jetzt nutzen. Nun wird sich keiner auf der Straße gern mehr herumtreiben, der nicht unbedingt raus muss. Mein Fuß tut zwar noch weh, aber der Schmerz lässt immer weiter nach. Wenn ich humple, geht´s. An Annas Haus vorbei, muss leider sein. Da führt kein anderer Weg zu dem Haus, zu dem ich will. Aber vielleicht sind die Goldbergs nicht da? Wenn sie aus ihrem Küchenfenster gucken, dann könnten sie mich sehen. Ansonsten muss ich einfach hoffen, dass sie mich nicht erkennen. Stefans dunkelblauer Kapuzenpulli, eine abgerissene Jeans und schwarze Gummistiefel, selbst wenn ich als Gestalt zu sehen bin, sieht man nicht mein Gesicht von der Seite, und der Pulli lässt mich viel dicker aussehen als ich bin. Ah, die Rollläden bei Annas Haus sind unten. Dann sind sie wohl gar nicht zu Hause. Und wenn, sehen sie mich nicht. Drei Häuser in dieser Reihenhaussiedlung weiter. Da muss es sein.

Eine weiß lackierte Holztür lässt den Eingang freundlich aussehen, nur die Blumen im Vorgarten wirken etwas verwildert. Es kümmert sich offensichtlich jetzt keiner aus der Familie mehr darum. „Familie Fischer" steht über der Klingel auf einem getöpferten Schild.

Meine Jungs kämen nicht auf die Idee so ein Schild zu basteln. Typisch Mädchen, das hatten Brittas Töchter bestimmt mal vor einigen Jahren selbst gebastelt.

Beim Druck auf den schwarzen Klingelknopf in der Hauswand ertönt ein melodischer Dreiklang, der Sonja ein wenig an eine Schulglocke denken lässt. Nach dem zweiten Klingelversuch öffnet ein hager aussehender Mann die Tür. Er wirkt ausgezehrt, als habe er vor kurzem eine Begegnung mit dem Tod gehabt? Mit seiner knochigen Hand hält er die Tür geöffnet. Die Arme sind mit schwarzen und wilden Mustern, zum Beispiel Ranken, Speeren, Schwertern und Totenköpfen tätowiert. Unter dem schwarzen T-Shirt reichen sie bis zum Halsansatz, dann hören die Tätowierungen auf. Möglicherweise ist sein ganzer Körper tätowiert. Sein Hals ist dünn und ziemlich stark faltig, wie der einer Echse. Das Gesicht ist sehr schmal, die Wangen wirken eingefallen und die Haare spärlich, leicht angegraut und mit Gel nach hinten gekämmt. Ansonsten trägt er eine schwarze Jogging Hose mit zwei großen weißen Streifen darauf und blaue Badelatschen dazu. Die Zehen und Füße sehen ungepflegt und rissig aus. Mit zusammengekniffenen Augen schaut er mich an und fragt mit spitzem Mund:

„Ja? Was ist?"

„Ich bin Sonja Lichtenmeer. Bitte entschuldigen sie, dass ich so angezogen bin, das ist sonst nicht meine Art, aber das Wetter lässt ja kaum etwas anderes zu als das hier."

Sonja zwickt dabei kurz mit ihren spitzen Fingern in ihren Pulli und zieht ihn dabei demonstrativ von ihrem Körper ab.

Er schaut sie verständnislos mit weit aufgerissenen Augen und Mund an.

„Äh... Ich bin Reporterin der Ruhrnachrichten und recherchiere für einen Artikel zum Thema Selfie-Unfälle.“

Er lässt die Tür los, schaut sie an. Mit hängenden Schultern dreht er sich langsam um und wendet ihr den Rücken zu.

„Selfie-Unfälle“ sagt Sonja lauter werdend, sind ganz allgemein, die zweithäufigste Ursache bei tödlichen Unfällen, und wie man sie eventuell verhindern kann. Das ist mein Thema für den Zeitungsartikel.“

Er geht einfach in das Dunkel zurück, aus dem er vermutlich gekommen ist.

Und jetzt? Holt er etwas und kommt er gleich wieder? Die Tür bleibt einfach offenstehen, soll ich ihm jetzt einfach hinterhergehen? Vielleicht möchte er gar nicht darüber reden?

Sie wartet. Ihr Blick fällt auf die weiß lackierte antike Holzkommode im Flur. Viele verschiedene Bilderrahmen aus Holz, Acryl oder Metall stehen darauf. Darin sind Fotos von unterschiedlichen Menschen zu sehen und auch einige auf denen Britta zu erkennen ist. Auf einem Foto sind alle vier zusammen wandernd in den Bergen zu sehen. Da sieht der tätowierte Mann noch ganz sportlich und frisch aus, nicht so eingefallen wie jetzt. Auf einem anderen Bild steht sie im schwarzen Badeanzug mit ihren beiden Töchtern im Wasser und winkt lachend in die Kamera. Sie hat darauf eine passable Figur und sieht sehr schön und besonders glücklich aus. Ein Bild steht aber auch da, das zeigt Britta in einem schwarz-weiß Foto im schwarzen breiten Rahmen. Sonja erinnert sich wieder an den Sinn ihres Besuchs.

Nein, was mache ich aber eigentlich hier. Ich werde diesem eigenartigen Menschen nicht einfach folgen und ihn mit Fragen bedrängen. Er trauert doch um seine Frau. Wie komme ich nur dazu? Er denkt bestimmt in seinem Kummer nicht daran, die Haustür wieder zu schließen. Er hat mich sicherlich hier einfach vergessen. Ich werde jetzt mal einfach wieder zum Auto zurückgehen.

Sie lehnt sich weit vor, damit sie ihren Fuß nicht über die Türschwelle setzen muss und greift nach dem silbernen Türknauf der Haustür, um sie zu schließen. Mit ihren Fingerspitzen fühlt sie das kühle Metall schon, als eine fremde Hand ihr rechtes Handgelenk auf einmal umschließt. Erschrocken blickt sie auf die Hand und stoppt augenblicklich in ihrer Bewegung. Instinktiv will sie ihre Hand zurückziehen, aber so einfach geht es nicht. Ihr Blick folgt dem Arm, der zu der fremden Hand gehört, die sie festhält. Ein Mädchen, etwa 15 Jahre alt, steht auf der untersten Treppenstufe rechts hinter dem Eingang:

„Entschuldigung, ich wollte Sie nicht erschrecken. Sie sind ja richtig zusammengezuckt", sagt sie freundlich und zieht ihre Hand von Sonjas zurück.

„Ach bitte, ich wollte nur die Tür schließen, dein Vater hat sie einfach nach unserem kurzen Gespräch offenstehen lassen."

„Ist schon okay, was wollten Sie denn von ihm?"

„Äh ... ach so ja, ich bin Reporterin und recherchiere über Selfie-Unfälle. Wenn ich mich nicht täusche, ist deine Mutter, tja wie soll ich sagen, auf diese Weise verunglückt. Ist doch richtig, oder? Stand zumindest im Polizeibericht so."

Das Mädchen ist barfuß, aber ihre schwarz lackierten Fuß- und Fingernägel passen zu der schwarzen engen Jeans und dem dunklen T-Shirt mit ziemlich tiefem Ausschnitt. Die Augen sind mit schwarzem Kajal dick umrandet und betonen das Dunkle ihrer Augen. Schwarz gefärbt und auf toupiert wirken die Haare strubbelig und ein wenig ungepflegt stumpf.

„Ja ist richtig, angeblich."

Dabei betont sie das letzte Wort besonders deutlich. Sie schaut traurig, aber in ihren Augen blitzt ein trotziges Feuer.

„Aber irgendetwas stimmt da nicht."

„Wie?"

„Ja, die Bullen haben zwar behauptet, dass es ein Selfie-Unfall war. Und auf den letzten Fotos war sie mit Anna oder dann auch nur sie allein darauf zu sehen. Aber merkwürdig ist, dass Anna, unsere Nachbarin, mit der sie so lange befreundet war, gesagt hat, dass sie am Sonntagmorgen nochmal zu dem Felsen gegangen sein muss."

Dabei zeigt sie nach rechts in die Richtung, in der Annas Haus steht.
„Ja?",... frage ich.

„Sie hatte mich am Samstagabend schon nicht mehr angerufen, wie ich das mit meiner Mutter eigentlich vereinbart hatte. Mein Vater hatte mich dann Sonntag abgeholt, aber bei dem hatte sie sich auch zuvor nicht gemeldet. Davon wollte die Polizei gar nichts wissen."

„Kam das denn öfter vor? Dass sie sich an solche Vereinbarungen nicht gehalten hat?"

„Ja, schon mal, aber sehr selten, dann rief sie auch später danach immer noch an. Aber wir hatten es ja so verabredet, weil ich von einer Klassenfahrt wiedergekommen war, und sie dann hören wollte, wie es mir geht und wie es mir gefallen hat. Das war schon sonderbar. Aber na ja, kann man jetzt auch nichts mehr machen, is´ so."

Wenn ich das Mädchen so betrachte, dann wirkt sie echt traurig. Trägt sie ihr Outfit eher aus Trauer über ihre verstorbene Mutter? Oder ist sie eine Gothic Anhängerin oder sogar Satanistin. Na ja, ist aber eigentlich völlig unwichtig für meinen Fall?

„Hat sie denn gern Selfies gemacht?"

„Ja, schon gern, hatte sie sich aber anfangs gegen gewehrt. Dann hatte ich ihr das gezeigt, wie das mit dem Handy funktioniert. Meine Mutter war gleich so begeistert. Sie hat Alles fotografiert. War manchmal nervig, weil sie mich damit zu gespammt hat. Aber egal, hat ihr ja Spaß gemacht. Mama hat sie mir dann auch immer gleich geschickt."

„Neigte sie denn dazu Selfies in gefährlichen Situationen zu machen, so aus Nervenkitzel oder Sensationslust heraus oder hat sie vielleicht damit Anerkennung für ihren Mut gesucht, was meinst du?"

„Nö, eigentlich gar nicht, weiß auch nicht, was sie dazu getrieben hat, das da am Abgrund zu machen, Übermut oder so? Sie ist uns allen hier etwas fremd in letzter Zeit geworden. Immer hat sie was mit Anna gemacht. Die war oft auf ihren Selfies mit drauf. Für uns hatte sie eigentlich gar keine Zeit mehr."

„Wie lang ging das denn schon so?"

„Tja, wenn ich so überlege, dann schon als ich auf die weiterführende Schule kam, also schon so vier bis fünf Jahre."

„Was haben sie denn gemacht? Ihr hättet doch alle zusammen mit ihnen etwas unternehmen können?"

„Ja, war auch anfangs so, dann haben auch wir Mädchen etwas mit Marie und Lina zusammen gemacht, die sind ja ganz nett. Auch die Väter sind mal zusammen ein Bier trinken gewesen. Lina guckt zwar so komische Filme, aber muss man ja nicht mitmachen. Aber irgendwann, war dann nur noch Besuch in Gottesdiensten, Literaturabende und Wandern angesagt. Dazu hatten wir dann auch keine Lust. Eigentlich war meine Mutter seit ein paar Monaten kaum noch zu Hause. Die Woche war sie als Lehrerin in der Schule unterwegs. Dann hat sie bis abends korrigiert oder Unterricht vorbereitet und Benotungen begründet. Sonst war sie am Wochenende immer mit Anna unterwegs."

„Wann hast du das letzte Mal von ihr etwas gehört?"

„Vor meiner Klassenfahrt nach Rom, am Mittwoch, da hat sie mich noch mit Anna morgens zusammen zum Flughafen gebracht. Anna ist wieder gefahren. Lieber wäre mir aber gewesen, wenn meine ganze Familie oder zumindest nur meine Mutter mich gebracht hätte, aber Anna hatte es ja übernommen.

Ich hab' ja nur so `Tschüss´ zu meiner Mutter gesagt ... hätte ich gewusst, dass es das letzte Mal in unserem Leben ist, dass ich sie sehe, dann hätte ich ihr so vieles noch sagen wollen, und sie fest umarmt. Ich hätte ihr gesagt, dass ich sie sehr lieb habe."

Ihre Stimme klingt erstickt und Tränen rinnen ihr über die Wangen. Nach einer kleinen Pause spricht sie weiter: „Mamas Sachen hat das Hotel dann einfach irgendwann im Paket an uns geschickt, was ja nicht viel war, Kulturbeutel, Schlafanzug und so etwas."

Sie versenkt ihren Kopf zwischen ihren Händen und ihre Schultern zucken. Ein leises Schluchzen ist zu hören.
Sonja fühlt mit ihr und legt ihr sanft ihre Hand auf die Schulter.

„Eine Mutter weiß, dass ihre Kinder sie lieben. Das galt auch ganz sicher für deine Mutter. Es tut mir sehr leid für euch und natürlich für dich. Ich frag' auch jetzt nichts mehr. Bitte verzeih mir."

„Ach is' schon gut, vielleicht hat es ja für Ihren Artikel etwas geholfen. Wär' schon gut, wenn diese Selfie-Unfälle zurückgehen würden. Wenn man das verhindern könnte, solche Unfälle sind im Leben so was von überflüssig, wie 'ne Krankheit."

„Ja, hast du recht, danke dir noch einmal, wünsche dir und deinen Lieben alles Gute, und dass ihr bald darüber hinwegkommt."

„Ja danke" und wischt sich die Tränen von den Augen, sodass der Kajal ihrem Gesicht horizontal schwarze Streifen durchs Gesicht zieht.

Sie schließt die Tür vor Sonja, und sie humpelt langsam zum Auto zurück. Wieder an Annas Haus vorbei, das noch unverändert verschlossen aussieht. Sonja sitzt in ihrem Auto. Sie hält den Zündschlüssel startbereit in ihrer rechten Hand. Dann schaut sie unbeweglich auf den Schlüssel in ihrer Hand liegend und vergisst, dass sie eigentlich losfahren wollte:

Samstag wollte Britta sich bei ihrer jüngsten Tochter melden, weil sie von einer Klassenfahrt wiedergekommen war. Das hat sie nicht getan, weder bei der Tochter noch bei ihrem Mann. Aber mir hat Anna doch gesagt, dass Britta Sonntagmorgen nochmal zu dem Abgrund gegangen ist, um Fotos zu machen. Dann sei sie mit dem Zug oder Mietwagen nach Hause gefahren. Sie hätte dann doch ihre persönlichen Dinge mitgenommen, Kulturbeutel und Pyjama. Das hätte doch auffallen müssen. Diese Sachen sind ihrer Familie aber später nach Hause geschickt worden. Da stimmt doch etwas nicht! Hoffentlich hat Anna mich gerade nicht gesehen? So, jetzt weg hier und ab nach Hause. Was, ist das? Komisches Geräusch, irgendwie zieht auch mein Smart so nach links. Langsam fahren, Lenkrad mittig stellen, Hände kurz loslassen, und da! Lenkrad und Auto ziehen eindeutig nach links. Soll ich einfach gegenlenken, vielleicht ist ja nur meine Spur verstellt, aber nein dieses Geräusch, was ist das nur?´ Rechts, ist eine Bushaltestelle, eben da halten und gucken, bevor ich da vorn in die Autobahnausfahrt abbiege. Ein Platten! Einfach so und was mach ich jetzt?

„Manuel, hoffentlich störe ich dich nicht bei der Arbeit? ... Okay danke, dass du dir Zeit nimmst! Bin in Oberhausen, und habe einen platten Reifen. .... Ja, ich fahre ihn auf einen Parkplatz, dann können wir ihn heute Nachmittag abholen, danke! Was ich hier mache? Das willst du nicht wissen. Ich liebe dich trotzdem, bis gleich, tschüss."

Okay, zweieinhalb Stunden bis nach Hause, mit öffentlichen Verkehrsmitteln, zeigt die VRR APP an, unglaublich, und das im Ruhrgebiet, in dem verkehrsdichtesten Raum Deutschlands.

„Hallo Pia, kannst du mich aus Oberhausen abholen, ich stehe direkt an der Ausfahrt „Oberhausen-Zentrum", mein Auto ist liegen geblieben, supergut, du bist eine ganz tolle Nachbarin und Freundin, tausend Dank!"

Endlich zu Hause angekommen, wartet Sonja auf Manuel und sie holen das Auto gemeinsam ab. Die nächste Werkstatt ist nicht weit von ihnen entfernt. Manuel hat dafür extra ein Notrad montiert, wenn er es auch murrend gemacht hat. Es geht schnell, die Werkstatt hat ausnahmsweise wenig zu tun. Der Werkstattmeister kommt ihnen entgegen und hält etwas hoch. Es glänzt silbern und dünn.

„Was ist das?" Fragt sie ihn neugierig.

„Das ... junges Fräulein, ist ein zehn Zentimeter langer Nagel, der senkrecht in ihrem Reifen steckte, eigentlich unmöglich! Entweder sie sind verbogen, stecken irgendwie waagerecht im Profil, und ein Teil von dem Nagel steckt im Reifen, aber so wie bei Ihnen? Das habe ich noch nicht gesehen! Er sieht neu aus. Vielleicht ist es ein Zufall? Oder jemand hat Ihnen absichtlich den Nagel in den Reifen geschlagen, oder den Nagel entsprechend vor der Fahrt so an den Reifen gelehnt, sodass Sie sich den Nagel bei der Anfahrt so reingefahren haben?" Dabei hält er den Nagel so, dass er ganz waagerecht in dem Reifen gesteckt haben muss.

Anna? War das Anna oder ihr Mann Roger, oder vielleicht jemand ganz anderes? Meine aufkommende Angst verdrängt den Ärger über die Begrüßung „Fräulein!".

Donnerstag - vier Tage danach

Roger und Anna gehen mir die ganze Zeit, seit der Sache mit dem Nagel im Reifen, nicht aus dem Kopf. Aber vielleicht war es ja doch ein Zufall mit dem Nagel und ich mache mich selbst nur verrückt? Es ist einfach auch zu dumm, dass ich mit niemandem richtig darüber reden kann. Manuel will nichts mehr davon hören. Wenn er die Namen hört, dann verfinstert sich sein Blick und er steht demonstrativ auf und verlässt den Raum, in dem wir beide sind.
Als sei mein Problem damit gelöst? Meine anderen zwei Freundinnen hören sich meine Erlebnisse zwar an, aber ich habe nicht den Eindruck, dass sie sehen, wie ich unter der Situation leide. Wohl zu meinem Trost erzählen sie mir, dass sie auch die ein oder andere lesbische Bekannte in ihren Bekanntenkreisen haben, um die sie dann aber ganz bewusst einen Bogen machen, weil ihnen die Sache nicht geheuer sei. Die Hilfe, die in ihrer Aussage vermutlich stecken sollte, erkenne ich nicht. Denn für einen Bogen um Anna ist es definitiv zu spät und ich hätte es ja auch gar nicht gewollt. Heute muss ich erstmal zu einer Konferenz und danach werde ich einfach eine große Runde mit Chaya am See gehen, um den Kopf wieder freizubekommen.

„Pling"

Mist, ich habe mein Handy nicht stumm geschaltet. Die strafenden Blicke der Kollegen treffen mich nun, aber was soll's, ich versuche weiter den Vorträgen konzentriert zu lauschen, aber was ist das?

„Guten Morgen, ich hätte große Lust, mal wieder mit dir zu reden, und du?"

Wie eine kalte Dusche erfasst mich unvermittelt ein Gefühl. Meine Haut brennt augenblicklich. Als würde das Handy in meiner Hand anfangen zu glühen und die Hitze steigt von den Fingern über meine Hände in meine Arme, den Rest des Körpers und kämpft gegen die anfängliche Kälte, die mich beim Lesen der Nachricht erfasst hat.

„Hallo, Abstimmung, Hand hoch?" ‚...fragt der Kollege Sonja, der sie mit seinem Ellenbogen dabei anstößt.

„Äh, ja, ich bin dafür, worum ging´s?"

„Mensch, Sonja, was ist los mit Dir? Du bist gerade noch blasser als sonst geworden, und du hast von Natur aus schon so eine weiße Haut? Es ging um den Antrag, dass die Beurteilungskriterien für alle noch transparenter gemacht werden sollen, warum passt du nicht auf?"

Sonja zeigt ihm die Nachricht auf ihrem Handy, und er zuckt nur die gepolsterten Schultern seines Jackets und schaut sie ratlos an.

„Das ist die Frau, die meine beste Freundin geworden ist und die sich in mich verliebt hat."

„Ja und? Damit ist das ja dann wohl nun erledigt, oder?"

Er schaut mir mit seinen blaugrauen Augen aus seinem gealterten Gesicht kurz, aber sehr eindringlich in die Augen, als sei ich eine kleine Schülerin, der er jetzt mal sagen wolle, wo es lang ginge. Es liegt immer eine gewisse Magie in diesem Blick, der Schüler dazu bewegt zu funktionieren. Aber bei mir hat dieser Blick schon zu meinen Schulzeiten nicht geholfen. Als wenn das so einfach wäre? Können Männer das einfach so abschütteln? Haben sie kaum Fähigkeiten Emotionen zu empfinden? Antworte ich jetzt? Wenn ja, was schreibe ich ihr?

„Guten Morgen...gerne!!! Weißt du doch! Freu mich sehr über Deine Nachricht,...sitze aber gerade den ganzen Tag ... in einer Konferenz. Wann hättest du Zeit und Interesse?"

Die Konferenz geht indessen weiter und Sonja versucht sich wirklich auf die Beiträge zu konzentrieren und stellt wie gewohnt zu den angeführten Themen interessierte Fragen. Ihr Kollege nickt ihr anerkennend zu und sie merkt, dass sie langsam wieder in ihre Rolle zurückfindet. Doch die Vorfreude auf das Gespräch mit Anna brennt ihr unter der Haut und sie kann es kaum abwarten. Gleich ist Pause, vielleicht kann sie dann mit ihr telefonieren oder heute Abend mit ihr sogar persönlich sprechen? Sie überlegt, wie es ihr in der Zeit ergangen ist, und ob sie glücklich ist?

Die Vorsitzende unterbricht endlich die Sitzung mit der Maßgabe sich in einer Stunde wieder in dem Raum einzufinden und sich jetzt gemeinsam in die Mensa zu begeben.

„Kommst du mit? Sollen wir etwas zusammen essen?",...fragt mein Kollege mich.

„Ja gern, können wir machen, aber ich esse nur einen Salat, mehr kriege ich jetzt nicht runter."

Er schaut mich besorgt an. Er weiß, dass ich sonst immer gern ein deftiges Schnitzel mit Pommes dazu esse.

Wieso sind Männer eigentlich so unsensibel? Es müsste ihm doch klar sein, dass mich die Nachricht meiner Freundin innerlich aus der Bahn geworfen hat.
Er sitzt wieder neben mir und isst seine Riesenportion Schnitzel mit Pommes frites.

„Ping"
„Okay, dann melde dich einfach, wenn du Zeit hast. Ich bin zu Hause. Freue mich!"

Sie schreibt, als würde sie alles ganz gelassen sehen. Ich könne mich einfach bei ihr melden, wann ich Zeit habe,...toll. Und dann schreibt sie auch noch, dass sie sich freut, unglaublich. Ich dachte, dass ich nie wieder von ihr etwas lesen oder hören oder geschweige denn sie sehen werde. Auch wenn ich das Gegenteil davon gehofft habe. Manchmal habe ich mir vorgestellt, dass ich sie einfach zufällig irgendwo beim Einkauf oder Spaziergang treffe. Ich habe immer nach ihr Ausschau gehalten. Jede Frau mit dunklen, kurzen und strubbeligen Haaren hätte meine Anna sein können. Aber immer, wenn ich sie in Augenschein genommen habe, war sie es nicht. Nur das eine Mal im Supermarkt, da hätte sie es tatsächlich sein können. Und nun fordert sie mich zu einem Telefonat auf.
Mein Herz schlägt schneller und eine innere ganz tief empfundene Freude erfasst mich. Ich kann den Abend kaum erwarten, bis ich in Ruhe mit ihr sprechen kann. Was haben wir uns alles zu erzählen? Wird es so sein wie früher?

„Heute 19:00" schreibe ich ihr.

Ich halte die Luft an und meinen Blick unentwegt auf das Display gerichtet.

Da kommt sofort ein Emoji mit einer Hand, die den Daumen nach oben zeigt.

Juchhu, alles wird wieder gut. Ich habe sie wieder meine Freundin, meine beste Freundin, die Teil meines Lebens geworden ist, ein Teil von mir eben. Ich werde mich wieder vollständig fühlen. Der Riss in meinem Herzen kann gekittet werden. Ich lächle still in mich hinein und versuche die Freude vor meinen Kollegen zu verbergen. Endlich fühl ich mich wieder frei und glücklich. Wie habe ich dieses Gefühl vermisst. Der Schatten, der die ganze Zeit auf meiner Seele gelegen hat, ist mit einem Mal verschwunden. Mein Hunger ist da und ich kann endlich wieder mit Appetit essen.

Den Gesprächen versucht Sonja wieder zu folgen und schaut ihre Kollegen beim Essen abwechselnd und interessiert an. Und den Salat kann sie endlich wieder ganz aufessen. Ansonsten hatte sie in letzter Zeit wenig gegessen.

Zwischenzeitlich hat sie den Eindruck, dass es gar keine Pause ist, weil fortwährend über die Tagesordnungspunkte gesprochen wird, die in der Sitzung zuvor schon behandelt wurden. Dann wechselt das Thema zum Essen selbst. Es mag daran liegen, dass der Mensabetreiber neu ist. Aber jedem fällt nun ein Essen ein, dass ihm irgendwann mal gar nicht geschmeckt hat. Sei es in einer Mensa oder zu Hause.

Bin ich froh, dass ich mit meinem Salat schon fertig bin, sonst hätte ich spätestens jetzt bei dem Thema „ungewollte kleine Lebewesen wie zum Beispiel Maden oder Kellerasseln im Essen" keinen Appetit mehr.

Die Raucher gehen raus und mein Kollege möchte mit mir über die bevorstehenden gemeinsamen Aufgaben des Klassenleiterteams und der Hygienemaßnahmen sprechen.

„Ping! ...Es gibt keinen Weg zurück. Wir haben uns nichts mehr zu sagen."

Ich lese die Nachricht noch einmal. „...nichts mehr zu sagen." Ich hätte ihr so viel zu sagen, warum nimmt sie uns oder mir diese Chance jetzt mit einem Mal. Mir wird augenblicklich schlecht. Ein Blick auf den Namen oben zeigt mir aber unmissverständlich, dass es der richtige Chatverlauf, „Anna" ist.

„Sonja, was sagst du dazu?" Er stupst mich an meinem Arm an.

„Äh ..., was ist?"

„Sonja, was ist denn los mit dir? Du bist ja ganz blass und schaust so ins Leere, völlig daneben. So kann ich dich gar nicht!"

Sonja zeigt ihm wortlos die letzte Nachricht.

„Ja und? Ist doch jetzt erledigt!"

Ich nicke nur. Erledigt ..., wie stellt er sich das vor? Ich kann doch nicht so tun, als gäbe es sie nicht mehr. Zu der Übelkeit gesellt sich jetzt noch ein Schwindel in meinem Kopf.

„Ulrich, lass uns darüber ein anderes Mal sprechen. Mir geht es nicht gut. Bitte entschuldige, aber ich gehe jetzt zu unserer Vorsitzenden und werde mich krankmelden müssen."

Er schüttelt nur den Kopf missbilligend.

Sonja rennt zur Toilette. Diese Nachricht braucht sie sich nicht immer wieder anzuschauen. Der Text hat sich in ihr Gehirn eingebrannt und die Enttäuschung hat alle Hoffnung auf das Wiederaufleben der Freundschaft ausgelöscht. Sie beugt sich über die Toilette und ihr Mageninhalt entleert sich. Erleichtert, dass es kein schwerer Kampf mit dem Essen war, nimmt sie ihre Tasche verschämt auf den Schoß und entschuldigt sich bei der Vorsitzenden für ihre Flucht zur Toilette.

Sonja fährt los und schaltet ihr Navi ein. Ihr Auto kennt eigentlich den Weg. Sie ist den Weg schon so oft gefahren, dass er ihr ins Blut übergangen ist. Dennoch weiß sie, dass ihre Gedanken immer wieder abschweifen werden und sie dann Gefahr läuft, sich zu verfahren. Das Navi spricht mit ihr und reißt sie immer wieder aus dem Sumpf ihrer Gedanken. Sie kommt heil zu Hause an. Chaya begrüßt sie unbändig und versucht sie, an der Hand zu lecken, wedelt wild mit ihrem Schwanz und hört sich an wie ein roarender Löwe. Sie gibt erst Ruhe, als Sonja sie überall mit ihrer Hand streichelt und beruhigend auf sie einredet. Ihre Aktentasche bringt sie nach oben ins Büro und schmeißt sich dann auf ihr Bett. Sie versucht sich, in ihr Kopfkissen zu vergraben. Schon einmal hat sie sich so in ihrem Leben gefühlt. Nachdem sie einen schweren Autounfall gehabt hat. Ein Junge hatte Suizid begangen. Er war von einer Brücke bei Bochum Gerthe direkt vor ihr Auto auf die Autobahn gefallen. Der Arzt hatte ihr anschließend nachts auf Manuels Drängen hin eine Spritze zur Beruhigung gegeben. Es war nicht ihre Schuld, aber irgendwie doch, denn sie ist ja über ihn gefahren und hatte ihn mit dem Überrollen des Autos getötet. Dieses Erlebnis begleitet sie den Rest ihres Lebens. Nun kommen weitere schlechte Erlebnisse dazu. Diesmal tötet Annas Nachricht mich.

Nachmittag desselben Tages

Innerlich verletzt hatte Sonja nur wenig geschlafen. Erholt hat sie sich nicht von Annas Nachricht. Lediglich ihr Körper fühlt sich ein wenig besser an. Chaya quietscht und möchte gern raus. Sonja zieht sich an. Nach einem kräftigen Kaffee werde ich mit Chaya zum Kemnader See gehen. Das sind bestimmt hin und zurück dann zehn Kilometer. Dann wird sie ausgelastet sein und mir wird die Bewegung und die frische Luft auch guttun.

Der Weg zieht sich an einer Straße entlang, an der viele Autos vorbeifahren, um den Stau auf der Autobahn zu umgehen. Oft muss Sonja mit Chaya in die Wiese springen, um den Autos Platz zu machen. Idyllisch ist der Weg keineswegs und sie merkt ihren Rücken und die Verspannungen in den Schultern. Als sie an der Burg Kemnade ankommt und über die weite Ruhraue durch das Gras geht, befreit sie sich von ihren trüben Gedanken. Sie nimmt mit jedem Atemzug die Schönheit der Landschaft in sich auf. Ein alter Ruhrarm speist das Wasser um die alte Wasserburg. Schilfgräser säumen die kleinen Teiche und die Bäume wirken bizarr. Ein brauner Labrador kommt angelaufen und begrüßt Chaya stürmisch. Besorgt sucht Sonjas Blick nach dem dazugehörigen Herrchen. Da kommt ein Mann auf sie zu, der ihr freundlich zuwinkt. Er trägt eine kaki-farbene Hose, große braune Gummistiefel und eine Jacke mit großen Blättern darauf. Die Jacke wirkt wie der Camouflage Look eines Soldaten. Beim Näherkommen sieht sein Gesicht wie das eines trotzigen Jungens aus, der aber mittlerweile ca. 55 Jahre ist. Er hat fast eine Glatze, die dem eher rundlichen Gesicht aber steht. Seine Statur ist relativ groß mit ca. 1,90 m, aber das rechte Bein zieht er beim Gehen ein wenig nach.

„Hallo, entschuldige, ich bin Michael Schrunz und das ist mein Hund „Whisky". Er hat dich hoffentlich nicht angesprungen. Das soll er nämlich nicht."

„Ach, das macht gar nichts," entgegnet ihm Sonja lachend, „selbst wenn, dann sind es nur ein paar schmutzige Abdrücke von Hundepfoten, die man wieder heraus waschen kann."

„Magst du mitkommen, dahinten sind noch zwei, wir könnten dann zusammen über die Wiese gehen? Die Hunde scheinen sich ja gut zu verstehen."

„Ja klar, gern."

„Ich bin Sonja Lichtenmeer und nicht so oft hier, meistens gehen Chaya und ich da auf dem Berg dort oben in den Wald. Da ist kein Mensch. Aber ist ja sehr schön hier. Sie kann frei laufen und mal mit anderen Hunden spielen."

Die beiden anderen Frauen stellen sich mit ihren Hunden Sonja vor und die kleine Vierergruppe geht über die Wiese.

„Chaya ist ein sehr schöner Hund. Sie sieht aus wie ein weißer Wolf. Ich fotografiere sie und dann gebe ich Dir einen Stick mit den Fotos darauf, sodass du dir die Fotos kopieren kannst, die dir gefallen, okay?"

„Ja, das ist nett."

„Ist Chaya eigentlich kastriert?"

„Nö, ging erst nicht, weil sie krank war, und nachher wollten wir es auch nicht mehr, warum?"

„Whisky, will ich bald kastrieren lassen. Es ist dann alles einfacher. Er haut sonst einfach manchmal ab. Ich selbst bin ja auch sterilisiert, ist ja kein großer Eingriff und es kann gar nichts mehr passieren."

Sonja geht mit ihm zusammen weiter und die anderen beiden Frauen gehen hinter ihnen. Sonja schweigt erstmal, bis Michael das Gespräch von Neuem beginnt.

„Wohnst du denn hier in der Nähe?"

„Ja, ich wohne dort oben auf dem Berg," und zeigt auf den großen bewaldeten Hügel in der Landschaft.

„Ach, da kommt noch einer aus eurer Nachbarschaft hierher zur Hundewiese, der ist schon etwas älter und auch sehr nett."

„Wie alt ist Whisky denn?"

„Er ist vier Jahre alt und Deine?"
„Meine Chaya ist erst drei, aber sie spielt lieber mit anderen Hunden als mit mir, wie man gerade sieht."

„Tja, mein Hund ist ein bisschen gemütlich und zu dick, sagen alle."

„Tja, `wie der Herr so das Gescherr´, sagt man doch", und Sonja schaut ihn schelmisch von der Seite an.

„Stimmt wohl," und streicht sich dabei über den Bauch. „Tja, ich kann nicht so viel laufen, da mir meine Knochen so weh tun, deswegen fahre ich immer hier zur Wiese, dann ist es leichter für mich, dem Hund seinen Auslauf zu geben."

„Oh, entschuldige ...“

„Ach, es ist nur, dass ich gelenkkrank bin, da kann ich nicht so viel laufen.“

„Das tut mir sehr leid, Arthrose? Das ist ja schlimm!“

„Könnte man vielleicht operieren lassen, mit großem Risiko, und man kann sich ja auch nicht alle Gelenke erneuern lassen. So weit ist die Medizin noch nicht, dass man aus Dir einen Robocop machen kann, oder?“

„Tja, wenn nur nicht der Hund wäre!“

„Ja, aber bewegen muss man sich ja, sonst werden die Gelenke ja schnell steif. Aber sicher hast du doch jemanden, der auch mal mit dem Hund gehen kann, oder?“

„Ach ja, ...meine Frau kann nicht, die ist auch berufstätig und meine Kinder sind zu eingespannt.“

„Bist du nicht berufstätig?“

„Doch bin ich, aber ich kann mir als Unternehmensberater selbst die Zeit einteilen.“

„Na, das ist doch prima.“

„Ja, aber manchmal habe ich doch so große Schmerzen, dass ich nicht richtig laufen kann, aber ich muss ja mit dem Hund dann gehen. Ich habe sogar einen Schwerbehindertenausweis, auch wenn man es mir nicht so ansieht. Vielleicht stelle ich jetzt doch mal einen Antrag auf Verschlimmerung.“

„Wenn du möchtest, kann ich dir Infomaterial dazu geben."

„Ach ja, das würdest du tun? Für mich? Das ist aber superlieb von dir?"

„Das war eine schöne Runde zusammen mit den Hunden. Die sind jetzt alle müde. Danke an euch, dass ich mitkommen durfte."

Sonja gibt allen die Hand. Michael greift ihre Hand und fragt, darf ich dich zum Abschied umarmen und dir ein Küsschen geben? Mach ich ja bei allen so."

„Ach, nein bitte nicht! Sonst hatte ich bisher kein Problem damit, aber neuerdings schon."

„Okay, aber es ist doch nichts dabei? Guck, ich verabschiede mich auch von den anderen so und wir haben uns doch so gut unterhalten."

„Bitte nicht, ich kann das nicht mehr so einfach, Berührungen tun mir neuerdings und eigentümlicher weise weh, damit muss ich erst lernen umzugehen. Außerdem erspart man sich so Ansteckungen von Krankheiten. Selbst wenn mein Mann mich berührt, muss ich mich erst kurz daran gewöhnen."

„Okay, kommst du denn wieder ... Montag morgen, ist das für dich und für alle eine Möglichkeit?"

Sonja nickt und eine nimmt schnell die Daten für eine Hundegeh-WhatsApp-Gruppe auf.

Es fängt an zu regnen.
„Soll ich dich eben nach Hause bringen, Sonja?"

„Nein danke, aber lieb von dir, Michael, ich laufe gern."

Der Regen nimmt zu und die Turnschuhe von Sonja sind schnell durchnässt. Chaya stellt ihre spitzen Schäferhundohren horizontal, sodass ihr kein Wasser in die Ohren tropfen kann. Immer wieder schüttelt sie sich zwischendurch, sodass Sonja auch noch das Wasser und den Dreck von ihr abbekommt. Der Schuh an ihrer linken Ferse scheuert und sie merkt, wie das Brennen am Fuß zu einer Blase im Schuh wird. Doch sie hat einen Punkt im Innern, an dem sie meint, dass es ihr nicht mehr schlechter gehen kann, in diesem Moment überwunden. So zieht sie ihre Bluse aus dem Hosenbund und öffnet ihre oberen Blusenknöpfe. Anschließend zieht sie ihre Turnschuhe und Socken aus und hält sie in ihrer linken Hand. Die ausgezogene Jacke liegt über ihrem linken Arm und sie geht einfach weiter. Der Regen trifft sie weich und umspült ihre sensorischen Nervenenden auf ihrer Haut. Ihre Fußsohlen genießen die unterschiedlichen Untergründe und das weiche fließende Wasser unter ihr. Ein Nachbar fährt an ihr vorbei und sie winkt ihm fröhlich zu. Sie erinnert sich daran, wie sie das als Kind oft gemacht hat. Wenn es regnet ist sie einfach rausgerannt, ohne Rücksicht auf ihre Mutter oder Oma, die dann mit einer Jacke sorgenvoll hinter ihr herliefen.

Es macht mich glücklich, und ich muss nicht wissen, warum es so ist. Endlich spüre ich meinen Körper wieder auf eine ganz besondere sinnliche Weise. Es tut nichts mehr weh. Ich bin zum ersten Mal seit langer Zeit wieder richtig innerlich zufrieden, obwohl noch ein kleiner Schatten in mir ist.

Einen Tag später - Freitag

Diese Angst in mir, dass Roger und Anna mir etwas antun könnten blieb, auch wenn sie nur unterschwellig da war. Sie flaute die Woche über ein wenig ab, vor allem gestern Nachmittag als diese wunderbare naturgegebene Regendusche über mich einbrach. Aber die Furcht blieb mir in den Knochen irgendwie stecken. Auch Manuel muss die Aussage des Werkstattmeisters letztes Wochenende zu denken gegeben haben, denn er rief mich in der Woche mehrmals an und erkundigte sich, wie es mir geht. Aber ich wollte ihn nicht wieder mit meinen Goldberg-Sorgen nerven, sodass ich ihm immer bestätigte, dass doch alles in bester Ordnung sei. Heute habe ich mir etwas vorgenommen. Nach Schulschluss schreibe ich kurz meiner Familie, dass es heute später wird. Danach fahre ich einfach zu Anna hin. Sie wird bestimmt schon da sein, ansonsten werde ich auf sie warten. Vielleicht öffnet sie mir gar nicht die Tür oder sie schreit mich an oder prügelt mit ihren Fäusten auf mich ein, ich weiß gerade nicht, was ich schlimmer fände.

Sonja klingelt, wie schon so oft zuvor an der Tür, aber heute ist es anders. Sie weiß nicht, ob sich die Tür für sie öffnen wird. Doch dann tut sich ein Spalt in der Tür auf, der immer größer wird. Da steht sie nun vor ihr in der Tür. Ein kurzes Erstaunen huscht über Annas Gesicht. Das sollten die einzigen Regungen sein, die sie Sonja gönnen würde.
Ihre Lieblingsjeans, weiße Bluse, alles wie immer und irgendwie doch nicht.

„Warum bist du hier?" Fragt sie in sachlichem Ton und hält den Türknauf dabei in der Hand fest umschlossen. Breitbeinig versperrt sie den Eingang.

„Darf ich reinkommen? Ich habe etwas mit Dir zu besprechen, dass wir besser nicht hier draußen bereden sollten."

„Okay, wenn du meinst, dann komm rein."

Keine Umarmung, keine Wärme, kein Lächeln, keine Anna, nicht die Anna, die ich kenne. Vielleicht fällt es ihr auch schwer?

Beide setzen sich ins Wohnzimmer und schweigen erstmal. Sie wissen nicht, wo sie hingucken sollen. Dann überwindet Sonja sich und fängt Annas Blick mit ihren Augen auf.

„Anna, ich bin hier, weil mein Verdacht sich bestätigt hat, dass etwas mit Brittas Unfall nicht stimmt."

Diese braunen Augen ... unglaublich, ach würde sie mich doch anlächeln, aber das wird nicht passieren, vielleicht nie mehr. Aber das muss mir jetzt egal sein. Ich muss mich jetzt konzentrieren.

„Äh ... du hast mir gesagt, dass Britta Sonntag morgen dann nochmal dahin gegangen war und anschließend wohl mit einem Mietauto oder der Bahn nach Hause gefahren sei, stimmt´s?"

Keine Regung, sie starrt mich weiter an.

„Äh also ... dann hätte sie aber doch ihren Kulturbeutel und Schlafanzug mitgenommen? Hat sie aber nicht!" Wieder zeigt Anna keine Reaktion.

Sonja setzt nach: „Du hast sie schon einen Tag vorher von der Felskante gestoßen, weil du die ständige Qual, fünf Jahre lang, eine lange Zeit der ständigen

Zurückweisung von ihr, nicht mehr ertragen hast. Sie hatte Fotos von der Aussicht und anschließend von sich gemacht. Die Gelegenheit war da. Du brauchtest ihr nur einen leichten Schubs zu geben. Sie fiel und war augenblicklich tot. Du bist zum Hotel zurück, vielleicht ungesehen vom Hotelpersonal und von anderen Gästen. Du bist bestimmt durch den Personaleingang und hast zwei Essen aufs Zimmer bestellt. Morgens hast du im Hotel und anschließend der Polizei vorgegeben, dass du von nichts wüsstest. Sie sei ja schon öfter morgens einfach weggefahren."

„Möchtest du einen Tee, Sonja?" ‚…fragt Lina mich. Sie steht regungslos mit ihrer Schultasche in der Wohnzimmertür.

Wie viel hat sie von unserem Gespräch mitbekommen?

„Äh … ja gern, danke."

Lina geht in die Küche und ich höre, wie sie ihre Tasche, wie alle Schulkinder wahrscheinlich das so machen, in den Flur schmeißt. Das andere Geräusch muss jetzt vom Wasserkocher stammen. Anna blickt auf ihre Füße.

Sie hat ganz neue tiefbraune lederne Riemchensandalen an, die ihre gepflegten Füße zeigen. Mein Blick versucht, ihre Seele zu erreichen, aber sie schaut mich nicht an. Es passiert nichts. Sie bleibt bewegungslos so vor mir sitzen. Das Schweigen greift mich innerlich an.

„Anna, ich habe Angst vor dir. Jetzt willst du mich umbringen." ‚… flüstert Sonja leise, aber so, dass Anna es hören muss.

„Der Nagel im Reifen meines Autos, warst du das?"

Lina kommt mit dem Tee.

„Hier Sonja, Tee aus frischen Pfefferminzblättern von der Fensterbank aus der Küche. Trinkt Mama auch gern. Ich habe die Blätter mit der Schere etwas kleiner geschnitten, damit sich das Aroma richtig entfalten kann. Möchtest du auch Zucker?"

„Nein danke Lina, das ist sehr lieb von dir," und Sonja versucht, ihr in die Augen zu blicken. Aber sie lässt es nicht zu, weil sie ihren Kopf zur Seite dreht und scheinbar aus dem Fenster schaut.

„Ich geh dann mal nach oben in mein Zimmer Hausaufgaben machen, damit ich nachher noch etwas unternehmen kann."

„Okay, was hast du denn vor?" ..,fragt Sonja sie etwas verlegen.

Anna rührt sich nach wie vor nicht.

„Weiß ich noch nicht, bis später" verabschiedet sie sich.

„Mmh lecker der Tee, Anna, probier´ doch mal!"

Anna hebt langsam ihren Kopf und schaut Sonja mit einem düsteren Blick an.

Meine Haut fängt unter ihrem Blick an zu stechen, ein Zeichen von Stress.
Was hab´ ich getan? Bin ich blöd? Ich konfrontiere sie mit meinem Verdacht und Beweisen, einen Menschen

getötet zu haben und sitze jetzt hier bei ihr im Wohnzimmer und trinke Tee?

Wieder nimmt Sonja einen großen Schluck aus der Tasse, mit dem Gedanken, dass sie, sobald wie möglich wieder aufbrechen sollte. Ihre Handwurzelknochen treten dabei weiß hervor, weil sie ihre Hände so um die Tasse presst, als gebe die Tasse ihr scheinbar Halt.

„Was willst du, Sonja?"

„Wahrheit" und trinkt dabei den Tee weiter.

„Wahrheit! Was verstehst du unter Wahrheit?"

„Anna, ich muss es wissen, was ist genau passiert?"

„Ja, wir sind zusammen losgegangen. Dann wollte sie hier und da gucken. Sie blieb immer wieder stehen, hier die Blümchen und dort die Steinchen bewundern. Wir kamen nicht weiter. Das war voll nervig, wir kamen gar nicht in einen richtigen Laufrhythmus. Ich hasse das. Da bin ich einfach weitergegangen. Anschließend haben wir uns dann bei der Wanderung aus den Augen verloren. Passiert ... manchmal. Aber warum sollte ich sie umbringen?" ,...fragt sie mit scharfem Tonfall."

„Is´ doch klar! Aus Rache, weil sie deine Liebe nicht wollte. Anna, sie ist doch auch verheiratet gewesen und hatte zwei Mädchen, wie du auch. Sie war in der gleichen Situation wie du. Nur sie war nicht in dich verliebt. Du fühltest dich immer wieder zurückgewiesen. Das hat dich jedes Mal geschmerzt. Du warst diejenige, die in sie die ganze Zeit verliebt gewesen ist, und zwar eine lange Zeit." ,...entgegnet ihr Sonja vorwurfsvoll.

Der Tee wärmt mich innerlich auf. Ich nehme noch einen großen Schluck.

„Das weiß ich doch, aber zum einen war ich schon lange damit fertig und zum anderen war sie weder bisexuell noch lesbisch. Das war uns beiden, Britta und mir, völlig klar! Ich war schon lange nicht mehr in sie verliebt. Was soll das Ganze jetzt von Dir? Darf ich dich daran erinnern, dass du dich in mich verliebt hast!" ‚...entgegnet sie mit lehrerhaftem Ton.

Mein Mund brennt innerlich so merkwürdig und das Trinken des Tees macht es nicht besser. Einfach ignorieren, wird schon gleich wieder weggehen.

„Äh ... ja, ich habe mich verliebt, aber das hat jetzt gar nichts damit zu tun! Du hast die Polizei angelogen. Sie haben deswegen gar nicht erst ermittelt."

„Das ist nicht mehr wichtig, sie ist tot, und nichts wird sie wieder lebendig machen!"

Das Brennen wird immer unangenehmer und jetzt kommt auch noch ein seltsames Jucken im Mund dazu, was ist das nur?

„Hast du bitte ein Glas Wasser für mich? Irgendwie hab´ ich etwas im Mund, was ich vielleicht einfach runterspülen muss."

Anna steht auf und geht in die Küche.

„Britta hat auch abends gar nicht mehr ihre Familie angerufen, obwohl doch ihre Tochter von einer Klassenfahrt zurückgekommen ist."

Mir wird jetzt richtig schlecht, und seltsam, aber ich sehe auch alles um mich herum mit einem Mal unscharf. Es schwankt um mich herum alles, als sei ich gerade auf einem Segelboot. Wer ist das über mir? Ist das Anna, die sich über mich beugt? Warum? Will sie mich jetzt erwürgen? Ein Stimmengewirr, Sonja, mein Name immer wieder, brabbeln, das Helle und Verschwommene geht jetzt in ein schwammiges Grau über und wird nun zu einem schwarzen Nichts.

„Piep ... Piep... Piep", höre ich in regelmäßigen Abständen. Ich kann das Geräusch nicht zuordnen. Was mag das sein? „Piep... Piep", wieder, unaufhörlich, wie nervig? Mein Handy nicht, hört sich anders an, Vögel auch nicht, irgendwie elektronisch, was nur? Ich muss es wissen. Es piept einfach immer weiter. Wie anstrengend, wie habe ich nur dabei schlafen können?

Meine Augen, warum bekomme ich meine Augenlider nicht hoch? Doch jetzt, wenn ich mich ganz doll anstrenge und versuche, die Augenbrauen nach oben zu ziehen, dann vielleicht? Ein wenig Licht, dann grelles Licht, scheint mir durch die Sehschlitze. Was ist das nur? Warum fällt mir denn das Augenöffnen so schwer? Hat mir jemand die Augen verbunden oder sogar zugeklebt? Alles weiß? Weiße Wand ... bin im Bett, aber ich bin nicht zu Hause. Weiße Bettwäsche, also nicht mein Bett, wo bin ich nur? Zugezogene weiße Lamellenvorhänge, wo kommt dieses verdammte Piepen her? Ein Monitor mit einer grünen Kurve darauf, bei jedem Schlag nach oben ein Piep. Herzfrequenz? ... meine vielleicht? Langsam hebe ich meinen rechten Arm, Kanüle drin. Was soll das? Fühle mich schlapp, aber warum? Sonst Stille, keiner ist im Raum, allein! Warum bin ich hier? Wo war ich vorher? Ach, ja Anna, bin ich jetzt noch bei Anna? In ihrem Keller vielleicht? Aber Tageslicht scheint hinter dem

Vorhang zu sein. Ein Lichtschacht in ihrem Keller könnte es sein. Meine Lider wollen nicht mehr oben bleiben. Was haben sie mir gegeben? Meine Augenlider werden immer schwerer. Ich versuche sie mit Hochziehen der Augenbrauen wieder aufzureißen, aber es geht nicht. Mein Körper fühlt sich schwerer als sonst an, und ich merke, wie mich die Schwärze wieder umfängt.

„Hallo, hallo Frau Lichtenmeer! Frau Sonja Lichtenmeer!" ,…höre ich eine Stimme immer rufen. Irgendetwas schlägt mir leicht gegen die Wange.

„Was soll das?" ,…fragt Sonja benommen.

Wieder der Kampf meine Augenlider hochzureißen, aber diesmal scheint es einfacher zu gehen. Eine Gestalt steht vor mir. Die Augen muss ich erstmal ein paarmal zusammenkneifen, damit ich den Eindruck habe, etwas schärfer sehen zu können.

„Wer sind Sie? Warum schlagen Sie mir mit ihrer Hand ins Gesicht?" …hört sich Sonja selbst sagen.

Irgendwie hört sich meine Stimme anders an. Nach meiner Mandel OP war es so ähnlich. Auch jetzt schmerzt mein Hals innerlich.

„Ja, Sie sind jetzt wach. Ich bin Dr. Götzburg. Freut mich sehr, dass es Ihnen schon wieder besser geht. Sie sind über´n Berg."

„Wieso, ging es mir denn schlecht?" ,…hört Sonja erneut ihre Stimme sprechen, die sich jetzt schon ein wenig bekannter anhört.

„Sie sind im Augusta Krankenhaus in Bochum. Sie haben sehr großes Glück gehabt. Ihre Bekannte oder Freundin, bei der sie waren, hat sofort den Notarzt gerufen, als sie bewusstlos wurden. Der Wagen hat sie erst zum Krankenhaus nach Oberhausen gebracht, aber dann umgehend zu uns. Der Notarzt erkannte zum Glück Ihre Symptome. Er hatte Sie bei einem zweijährigen Kind einen Monat zuvor gesehen. Es ist also reiner Zufall. Das Kind hatte sich in einem unbeaufsichtigten Moment die Blätter einer giftigen Zimmerpflanze in den Mund gesteckt und darauf gekaut. Leider konnte man das kleine Mädchen nicht mehr retten. Sie hingegen haben jetzt überlebt. Ihr Mund war ebenso aufgequollen wie der des Mädchens, und der Arzt hat dieses Mal sofort richtig geschaltet und sie zu uns gebracht.

Wir sind hier spezialisiert auf Vergiftungen. Sie haben großes Glück gehabt. Wir haben Ihnen den Magen ausgepumpt, aber es war kaum noch etwas drin. Denn Sie hatten das gleiche Gift in ihrem Körper wie das nun leider verstorbene Mädchen. Wie kann das sein? Wollten Sie sich etwas antun? Woher wussten Sie, dass die Pflanze so giftig ist?"

„Nein, wusste ich nicht, natürlich nicht, was soll das?,… ich war bei meiner Freundin und wir haben gequatscht, ansonsten weiß ich im Moment gar nichts."

„Frau Lichtenmeer, wenn Sie sich etwas antun wollten, dann muss ich einen Psychologen einschalten. Wenn Sie absichtlich mit den Blättern der Pflanze Dieffenbachia vergiftet worden sind, dann muss ich die Kripo einschalten",… sagt er mit eindringlichem Blick.

„Okay, also ich weiß es nicht, ich war bei meiner Freundin, dann habe ich mit ihr zusammen einen heißen Tee getrunken. So Kräuter von ihrer Fensterbank waren darin, frische Pfefferminze, vielleicht ist von der Pflanze, von der sie da reden, etwas versehentlich in den Tee gekommen. Ist doch auch kein Problem, mir geht's doch wieder gut. Vielleicht habe ich ja allergisch auf die Pfefferminze darin reagiert, war eventuell ja `ne andere Sorte?",… erklärt Sonja ein wenig gelangweilt.

„Frau Lichtenmeer!", und dabei schaut er sie mit seinen grau-grünen Augen fest an.
„Sie wären beinahe gestorben! Wenn der Notarzt nicht vorher diese Symptome bei dem zweijährigen Mädchen gesehen hätte, dann hätte ich sie vielleicht tatsächlich auf eine Allergie und nicht auf eine Vergiftung hin behandelt. Dann wären Sie jetzt tot!"

Er hatte sich dabei immer weiter zu ihr nach unten gebeugt, um ihr direkt in die Augen blicken zu können. Nun richtete er sich wieder auf, drehte sich abrupt um und ging einfach ohne ein Wort des Abschieds zur Tür hinaus.

Nett, fühl mich ja jetzt richtig gut! Lernen die nicht so etwas im Studium, einem solche Sachen schonend beizubringen! Blöder Arzt! Okay, mir geht's gut.

Kanüle raus, Pflaster von der Brust ab, das Gerät schaltet Sonja aus und versucht sich schnell anzuziehen. Zwischendurch muss sie sich immer wieder am Bett oder an dem daneben stehendem Stuhl festhalten, da ihr Gleichgewichtssinn sich noch nicht wieder vollkommen normalisiert hat.

Wenn sie mich umbringen wollte, würde sie mich auch hier finden. Vielleicht hatte sie Hemmungen bekommen, weil ihre Tochter Lina inzwischen aufgetaucht war. Ich muss auf jeden Fall hier so schnell wie möglich raus.

„Ihr Gerät? Es ist aus, warten Sie. Ich bringe es wieder in Ordnung," sagt die Krankenschwester, die bereits in der Tür steht.

„Nein, alles gut, ich fühle mich putzmunter. Ich gehe jetzt auf eigene Verantwortung. Ich bin privat versichert, da bleibe ich nicht länger als nötig. Keinesfalls bin ich ihr wertvolles Versuchskaninchen. Gleich rufe ich meinen Mann oder meine Nachbarin an, die holen mich ab."

„Okay, das muss ich aber jetzt melden, bevor sie gehen. Sie müssen auch ihren Entlassungsschein noch unterschreiben", ...antwortet die nette Schwester mit sorgenerfülltem Gesicht.

„Tun Sie das und schöne Grüße an ihren äußerst einfühlsamen Herrn Götzburg," und die Wut sammelt sich in ihrem Bauch bei dem Gedanken an den ignoranten Arzt

Samstag – Die Nacht ist schlaflos.

Dunkel, aus der Ferne eine Melodie. Die Musik wird zunehmend lauter und reißt Sonja aus dem Schlaf. Sie taumelt in die Richtung des Klingeltons. Tastend sucht sie das Telefon, bis ihre Hand es endlich umfassen kann.

„Sonja Lichtenmeer"

„Frau Lichtenmeer, sind Sie die Mutter von Stefan Lichtenmeer?"

„Ja?"

„Entschuldigen Sie, aber es wichtig. Mein Name ist Dr. Weiß", spricht eine Stimme, vielleicht eine Frau, sachlich in ihr Ohr.

„Ja?", *und die Angst in mir lässt mein Herz im Hals klopfen.*

„Ihr Sohn liegt für heute Nacht zur Beobachtung auf der Intensivstation bei uns im Augusta Krankenhaus in Bochum, wirklich nur zur Beobachtung. Ihr älterer Sohn Leon ist auch hier und wartet darauf, dass er aufwacht. Wir haben ihrem Sohn Stefan schmerzstillende Mittel gegeben. Es sieht so aus, als sei er zusammengeschlagen worden."

„Oh, ...kann ich kommen? ,...fragt Sonja mit zittriger Stimme."

„Ja, können Sie, wir sind hier. Bitte bleiben Sie ruhig und fahren Sie vorsichtig! Es ist alles in Ordnung und es geht ihm den Umständen entsprechend gut, wirklich."

„Okay, ich mach' mich sofort auf den Weg, bis gleich."

Oh Gott! Zusammengeschlagen? Da, meine Jeans und meinen Pulli, schnell überziehen, keine Zeit verlieren. Mir ist schwindelig und schwummerig im Magen, liegt bestimmt noch an dieser blöden Vergiftung, die ich hatte. Warum nur, zusammengeschlagen, warum? Wer war das? Wo wollten die Jungs nochmal hin, ach hatten sie mir doch gar nicht gesagt, wollten nur bei Leons Freund Moritz übernachten. Was ist nur passiert?

Chaya kommt verschlafen vom Sofa runter und umkreist Sonja langsam beim Anziehen der Schuhe, wohl in der Hoffnung, dass es jetzt für sie einen Spaziergang geben könnte.

Chaya, du bist später dran. Nur schnell los, Manuel anrufen? Kann ich später noch machen, erstmal zu den Kindern, konzentrier dich! Damit du auch ankommst! Eine verunfallte Mutter nützt ihnen gar nichts. Auf die A40, so geht's am schnellsten, kein Stau um diese Uhrzeit, nur 20 Minuten, jetzt einen Parkplatz und schnell zum Eingang laufen, wenn auch humpelnd, tut immer noch weh dieser blöde Fuß.

Sonja reißt die Eingangstür auf und hechtet zur Infostelle. Eine Frau sitzt im Glaskasten und schaut sie gleichgültig an.

„Wo finde ich die Intensivstation?"

„So, guten Abend erstmal, wer sind Sie denn?"

„Ach bitte, mein Sohn ist verletzt worden, vielleicht eine Schlägerei und eine Frau Dr. Weiß hat mich gerade angerufen und mir erlaubt jetzt zu kommen, ach ... wo muss ich denn nun hin?"

„Ach so, die Frau Dr. Weiß! Dann gehen Sie bitte hier durch und folgen Sie einfach den Hinweisschildern. Vor der Station ist ein Klingelknopf. Den müssen Sie drücken und erstmal warten, bis Sie reingeholt werden."

„Danke" Sonja versucht zu rennen, immer weiter, durch die labyrinthischen Gänge des weißen Gebäudes. Sie muss noch mehrere Türen aufreißen, bis sie am Ziel ist.

Da endlich, der Klingelknopf an der Wand, von dem die Dame an der Info gesprochen hat. Drücken, hoffentlich hört es schnell jemand. Es dauert ewig, viel zu lange, aber ich bin richtig. Das weiß ich. Auf der milchigen Glastür vor mir steht ja „Intensivstation". Ich laufe auf und ab und warte einfach. Warten habe ich schon immer gehasst, schon als kleines Mädchen habe ich es nie verstanden. Warum muss man auf alles warten? Dafür braucht man Geduld. Die habe ich nicht, nie gehabt. Also, möglichst viel selbst machen, war meine Devise immer. Dann muss man nicht auf andere warten, die für einen etwas leisten sollen. Aber jetzt hier? Habe ich keine Macht darüber, was passiert? Nicht auszuhalten, wann kommt endlich jemand? Immer dieses Warten!

Sie läuft auf und ab. Dabei versucht sie bewusst ihre Füße abzurollen, damit sie ihren Körper spürt. Erst setzt sie die Fersenkante auf. Sie senkt den Fuß und rollt über die Ferse und die Außensohle des Fußes weiter ab. Schließlich bleibt nur der Ballen und die Zehen abzurollen. Am liebsten macht sie das im Sommer und genießt die weiche Wiese unter ihren

Füßen. Sie hofft, dass dieses intensive Körpergefühl unter ihren Fußsohlen sie von ihren Gedanken ablenkt.

Dann öffnet sich die Milchglastür nach einer gefühlten Ewigkeit und eine kleine Krankenschwester, vielleicht erst 17 Jahre alt, steht vor ihr.

„Ich möchte zu meinem Sohn, Stefan Lichtenmeer."

„Ja, kommen Sie bitte mit. Ziehen Sie den Kittel, die Überschuhe und die Kopfbedeckung über. Auf die Handschuhe und den Mundschutz können wir momentan verzichten."

Sonja folgt ihr. Über die Anweisung denkt sie nur kurz nach.

Wieso braucht man keine Handschuhe? Ich könnte doch jetzt gefährliche Keime oder einen Virus eintragen?

Sie hüllt sich in die zarte Papierhaut zum Schutz der Patienten ein, benutzt kurz den Desinfektionsspender für ihre Hände, und nimmt sich vor, nicht unnötiger weise irgendetwas anzufassen. Die Schwester öffnet ihr die nächste Tür.

„Bitte erschrecken Sie nicht, es sieht schlimmer aus als es ist."

„Ja, das kann man wohl sagen. Warum diese vielen Schläuche?"

„Er bekommt eine Salzwasserlösung und Schmerzmittel. Wir haben seinen Kopf untersucht, aber bis jetzt nichts Auffälliges gefunden. Aber zur Sicherheit sollte er diese Nacht hier auf der

Intensivstation verbringen. Hier haben wir ihn einfach besser unter Kontrolle. Ich lass sie mal allein, ihr Sohn Leon ist ja auch hier, wenn etwas sein sollte, dann klingeln sie einfach. Hier den roten Knopf einfach drücken. Ein anderer Patient braucht mich."

„Und Frau Dr. Weiß?"

„Kann gerade nicht, vielleicht kommt sie später."

Die Tür schließt sich hinter ihr.

„Oh Leon... hat er gebrochen? Hat er innere Blutungen? Was ist nur passiert?"
Sie greift nach Leons Schulter. Er sitzt auf einem Stuhl vor Stefans Bett.

„Ach Mama, nein, sie hat recht, er sieht fürchterlich aus, aber es ist nicht so schlimm." Dabei steht er auf und umarmt seine Mutter fest.

Seine Umarmung tut mir gut.

Dann sprudelt es aus ihm heraus und die Tränen schießen ihm in die Augen: „Wir waren zusammen im Kino in Bochum mit Moritz und Kati."

Dabei schaut er Sonja in die Augen und mit beiden Händen hält er ihre Hände fest umklammert, so als wolle er ihr dadurch seine Stärke einflößen.
„"The Nun" haben wir gesehen. Jetzt guck nicht so. Der Kinofilm heißt so. Ein schauriger Film, war aber echt gut. Wir sind danach raus und wollten nach Hause. Es regnete leicht. So richtig hatte keiner von uns mehr Lust noch in eine Kneipe ins Bermudadreieck zu gehen. Wir sind dann gemeinsam zur Unterführung gegangen. Weißt du? Zur Kreuzstraße und dann durch

den Tunnel unter der Bahn her. Weil wir doch auf dem Parkplatz „Hermannshöhe" geparkt hatten. Da, wo wir immer parken, wenn wir in die Stadt wollen. Ist ja recht günstig da. Eigentlich war alles wie sonst, aber irgendwie hatte ich die ganze Zeit das Gefühl gehabt, dass uns jemand gefolgt ist. Ich weiß nicht warum, aber es war mir alles ein wenig unheimlich. Als wir aus dem Union Kino gekommen sind, konnte ich nur einen rothaarigen Mann ausmachen, der scheinbar den gleichen Weg wie wir hatte. Er starrte die ganze Zeit auf sein Handy, während er ging."

„Rote Haare? Entschuldige, dass ich dich unterbreche, aber wie sah er aus?" Sonja schaute ihn unversehens an.

„Er hatte rötliche Haare und einen rotbraunen Vollbart. Seine kurzen Haare sahen komisch aus, als hätte er sie selbst mit der Schere rundum gerade geschnitten. Seine Frisur wirkte wie ein roter Helm. Er trug eine blaue Jeans und einen beigefarbenen Anorak."

„War das Roger?"

„Keine Ahnung, wer ist Roger?"

„Na, der Vater von Maria und Lina Goldberg!"

„Kenn ich nicht, den Vater." Dabei zuckten seine Schultern kurz.

„Okay, ich suche gleich mal nach einem Foto von ihm, und dann?"

„Wir gingen durch die Unterführung, um zum Auto zu kommen. Da stinkt´s immer voll nach Pisse."

Während er das sagt, kräuselt sich seine Nase, so angewidert ist er.

„Es war kein Mensch sonst da, aber gruselig ist´s da immer. Es war ja schon dunkel und nur eine Leuchte im Tunnel an der Decke gab ein wenig Licht. Die knallbunten Graffitis an den Wänden glotzten uns an."

„Weiter?"

„Dann kamen uns fünf schwarz angezogene junge Männer entgegen. Die dunklen Halstücher waren bis über den Mund gezogen. Sie sahen aus wie Extreme von Demos. Sie rempelten uns erst an. Es wirkte absichtlich. Keiner, glaub ich, wagte von uns darauf zu reagieren. Als sie schon fast vorbei waren, müssen sie sich umgedreht haben. Drei packten uns, Moritz, Kati und mich. Sie hielten unsere Arme nach hinten. Dabei drückten sie unsere Arme so nach oben, dass wir zu dritt in einer nach vorn gebeugten Haltung stehen mussten, um nicht die Schultern ausgekugelt zu bekommen. Ich hörte Stefan schreien! Mama es war so schrecklich! Ich versuchte, nach hinten zu schauen. Zwei Typen schlugen auf ihn ein. Stefan sackte bald in sich zusammen.
Ich versuchte mich aus dem Griff zu befreien, aber es ging nicht, die Schmerzen waren zu groß. Ich kam nicht raus. Der Griff, Mama, der war so fest, dass alle Versuche von mir, sich daraus zu befreien, jedes Mal schmerzten. Das waren Profis im Straßenkampf. Die wussten, was sie taten. Stefan krümmte sich schon am Boden und zwei traten mit ihren schwarzen Kampfstiefeln auf ihn ein. Das Stöhnen und Schreien von Stefan wurde immer leiser. Mama, das werde ich nie mehr vergessen können. Jetzt wird er getötet, vor meinen Augen, dachte ich.
Keiner war sonst da. Niemand, der uns hätte helfen können. Ich rief um Hilfe, aber mein Angreifer bog

meine Arme daraufhin noch weiter nach oben, sodass mir der Schmerz die Luft nahm. Dann meinte ich, zu hören, wie Stefans Knochen brachen und die Haut aufplatzte. Sie umkreisten ihn wie wilde Hunde ihre Beute und traten hier und da noch mal auf ihn ein. Wie auf ein Signal hörten sie mit einem Mal auf und ließen uns zurück. Sie verschwanden im Dunkel der Nacht. Wir stürzten zu Stefan hin, der noch bei Bewusstsein war. Das Blut lief ihm aus allen Öffnungen und Platzwunden an Händen und Gesicht. Moritz hat sofort mit seinem Handy einen Krankenwagen gerufen."

„Das habt ihr gut gemacht!"

Dabei versucht Sonja ihm seine Ponyhaare aus dem Gesicht zu streichen und die Falten von seiner Stirn immer wieder mit ihrem Daumen glatt zu streicheln.

„Mama, ich konnte nichts machen, es war so furchtbar. Ich konnte ihm nicht helfen, gar nichts, einfach so … nur zusehen."

„Bitte mach dir keine Vorwürfe, gegen die hättet ihr gar nichts ausrichten können."

„Könntest du sie beschreiben oder eventuell sogar wiedererkennen?"

„Nein, ein Polizist war auch schon vor dir hier und hat mich das gefragt. Er hatte auch ein paar Fotos von Straftätern dabei. Das Krankenhaus hatte gleich die Polizei benachrichtigt. Das müssen die wohl immer in solchen Fällen machen. Nee, die waren vielleicht etwas älter als ich, so groß wie ich, etwas schmaler, und waren alle schwarz angezogen. Es ging auch alles so blitzschnell und ich hatte nur noch versucht, mich irgendwie aus dem Griff zu befreien, um Stefan zu helfen, aber ich konnte nichts machen!"

„Er wird schon wieder, er ist ein zäher Junge. Gut, dass euch anderen nichts passiert ist."

„Mama, irgendwie hatte ich das Gefühl, dass die Begegnung nicht zufällig war. Aber es kann natürlich sein, dass ich mich täusche. Und vielleicht hatten sie es auf Stefan abgesehen, weil er ja der Jüngste von uns war. Die zwei Jahre Unterschied zwischen uns sieht man ihm schon an."

Tja, das stimmt. Leon war vor zwei Jahren regelmäßig ins Bodybuilding Studio gegangen und man sieht ihm die Arbeit mit seinem Körper an. Sogar durch den weiteren Pulli erkennt jeder, wie sich seine trainierten Oberarme abzeichnen.
Stefan hingegen ist schmal und wirkt zart. Nur wenn man ihn kennt, weiß man wie viel Energie er in seiner drahtigen Figur hat.

„Und der rothaarige Mann?"

„Den habe ich nicht mehr gesehen. Er muss vor dem Tunnel abgebogen sein."

„Guck mal, das ist der Mann von Anna. Hier ist Anna und im Hintergrund ist er zu sehen. War er das?" Sonja zeigt ihm die Fotos auf dem Handy.

Die Fotos von dem Abend im Tennisclub, hatte Karo mir einfach als Erinnerung zugeschickt. Sie hatte beinahe alle fotografiert und erst nachher gefragt, ob einer damit nicht einverstanden sei, fotografiert zu werden.

„Kann sein, weiß nicht genau. Ich meine, dass er etwas breiter war, aber ich kann es dir nicht genau sagen."

„Leon, meinst du, dass du nach Hause fahren kannst, oder soll ich dich bringen?"

„Nein, ist okay Mama, Moritz hatte Kati nach Hause gebracht, aber ich kann ausnahmsweise ein Taxi nehmen, okay? Ich werde dann zu Hause mal schlafen. Dann komme ich wieder und löse dich wieder ab. Am Montag können wir ihn wohl schon wieder mit nach Hause mitnehmen, hatte die Ärztin gesagt. Aber lass ihn nicht allein, er soll ein vertrautes Gesicht sehen, wenn er aufwacht, ja?"

„Ist doch klar, danke. Ruh dich aus. Ich hab´ dich sehr lieb. Danke, dass du dich so gut um ihn gekümmert hast, mein Großer!"

„Logisch, ich hätte gern mehr für ihn getan, aber ich konnte nicht, so gern hätte ich ihm geholfen, aber ich kam nicht aus diesem Griff frei, bis nachher, Mama."

Als ich die Zimmertür hinter ihm schließe, merke ich, wie ich mit einem tiefen Atemzug in mich zusammensinke. Die Tränen fließen mir so raus. Das Weinen schüttelt meinen ganzen Körper. Warum nur? Was würde ich darum geben mit Stefan zu tauschen. Seine Angst und seine Schmerzen auf mich zu nehmen, wäre für mich leichter als meinen Sohn hier so liegen zu sehen. War es nun Zufall? Sind die Fünf auf Krawall aus gewesen? Oder hatten sie einen Auftrag erledigt? Könnte Roger doch dahinter stecken. War er doch der Typ mit dem Handy vor dem Tunnel? Eifersucht ist ein starker Beweggrund. Diese feige Art würde schon zu ihm passen.

Sonja zieht sich am Stuhl hoch und setzt sich vor Stefans Bett. Wenn er schläft, dann liegt er mit den an das Gesicht gezogenen Händen und angewinkelten Beinen genauso da, wie er als kleines Baby geschlafen hat.

Vorsichtig lege ich meine Hand in seine und lege meinen Kopf auf sein Kopfkissen. Das tröstet uns beide. Seine Haare riechen wie immer gut, leicht nach Honig. Die Atemzüge sind gleichmäßig und das Piepen der Geräte höre ich immer leiser werdend. Wilde Träume von Irrwegen mit endlos hohen Mauern und Wänden durch nicht enden wollende weiße Gänge treiben mich durch den Schlaf. Bis eine Stimme mich erreicht und mich aus dem schier unendlichen Labyrinth reißt.

„Mama! Gut, dass du auch geschlafen hast. Papa habe ich angerufen, der ist auch später hier. Ich löse dich wieder ab." Leons Stimme fängt Sonja auf.

„Ach, das ist lieb, komm wir gehen erstmal zusammen etwas essen. Hier im Krankenhaus gibt es ein kleines Restaurant. Ich brauche erstmal einen Kaffee."

„Nein, das machen wir anders, ich hole uns irgendetwas zu Essen und zu Trinken. Dann essen wir hier gemeinsam, damit ist immer jemand von uns bei Stefan."

„Okay, versuchen wir so zu machen."

Leon verschwindet wieder durch die Tür und Sonja schaut Stefan an. Seine aufgeplatzte Wunde über der rechten Augenbraue wird sicher eine Narbe hinterlassen. Die Wunde an seiner linken Wange vielleicht auch. Ansonsten sieht die Haut an seiner Stirn und seinen Wangen so blutunterlaufen aus, dass die Flecken blau bis fast schwarz aussehen, noch schlimmer als vorhin.

Die zugequollenen Augen zucken leicht. Sie öffnen sich zu einem leichten Schlitz.

„Oh Stefan, bist du wach?"

„Mmmh!"

„Es wird alles gut, du bist in Sicherheit. Wir passen auf dich auf. Du bist nicht allein. Ich hab´ dich so furchtbar doll lieb." Dabei kämpfe ich darum, meiner Stimme eine Festigkeit zu geben, und versuche dabei die Tränen runter zu schlucken.

„Mahs is mit gen andern?"

„Was meinst du? Was mit Leon, Moritz und Kati ist?"

Stefan nickt nur leicht.

Meine Tränen wollen meinen Schmerz ertränken, aber ich lasse es nicht zu. Er soll mich stark sehen.

„Es geht ihnen gut. Leon ist hier. Er holt gerade etwas zu essen. Möchtest du etwas zu Essen oder zu Trinken haben?"

Er schüttelt den Kopf unmerklich hin und her und nimmt dann doch einen kleinen Schluck aus der Schnabeltasse, die auf seinem Tisch steht. Seine Augenschlitze glänzen dankbar. Er schläft wieder ein. Der Tag fließt so dahin, bis Manuel abends endlich kommt.

Stefan erzählt ihm alles noch einmal und das Sprechen scheint ihm nun leichter zu fallen und gutzutun.

Er ist im Laufe des Tages auf die Station gebracht worden, und morgen früh können wir ihn abholen. Er hat noch einmal Glück gehabt.

In einer Woche muss er nochmal zur Kontrolle kommen. Die Fäden lösen sich selbst auf. Die Prellungen und die zwei Rippen müssen so heilen. Das wird dauern.

„Manuel, bleibst du heute Nacht hier?"

„Ja, mache ich, ich habe mir für morgen freigenommen. Ich liebe dich!"

Ich ihn auch, besonders dafür, dass er jetzt hier ist.

MomoHugru
Montags-morgens-Hunde-Gruppe

„Guten Morgen, schön, dass du wieder dabei bist."
„Danke, guten Morgen die Damen und guten Morgen Michael. Und alles gut, oh du hast Gehhilfen dabei? Was ist passiert?" ‚...fragt Sonja und schaut ihn mit weit aufgerissen Augen an.

„Ja, du weißt doch, ich kann nicht so gut laufen und irgendwie ist meine Arthrose viel schlimmer geworden. Deswegen parke ich jetzt hier auch unter den Bäumen, dann muss ich nicht erst über den ganzen Parkplatz gehen, um zu euch zu kommen. Und wie geht es dir?" Dabei sucht er Sonjas Blick mit seinen Augen einzufangen, aber sie schaut schon wieder nach den Hunden.

„Ganz gut, aber das Wochenende war sehr anstrengend. Stefan, mein jüngerer Sohn, ist in Bochum nach einem Kinobesuch überfallen worden."

„Ach, und nun?"

„Erst habe ich einen furchtbaren Schrecken gekriegt, als ich ihn nachts im Krankenhaus besucht habe. Aber er sah schlimmer aus als es jetzt ist. Heute ist er auch schon wieder zu Hause. Ich habe ihn morgens aus dem Krankenhaus abgeholt. Viele Prellungen und zwei gebrochene Rippen, aber das muss jetzt von selbst heilen."

„Okay, und wie ist das passiert?" Dabei gehen sie gemeinsam zur Wiese hinter der Wasserburg Kemnade.

„Leon und Stefan waren mit einem befreundeten Pärchen vom Kino aus auf dem Weg zum Auto und da wurden sie von fünf schwarz angezogenen jungen Männern in dem Tunnel zur „Hermannshöhe" überfallen. Sie wurden festgehalten und auf Stefan haben sie eingetreten. Gott sei Dank war ihr Freund so geistesgegenwärtig und hat sofort einen Krankenwagen gerufen."

„Oh Mann, da hast du ja was mitgemacht, tut mir echt leid."

„Tja, passiert einfach manchmal so, obwohl ... ich bin mir nicht ganz sicher, ob das eine Zufallstat war. Wir haben schon Anzeige erstattet."

„Ach, kannst du mal Whisky mitnehmen? Ich muss mal 'ne Pause machen. Geht der wohl mit dir mit? Ich setz mich dann mal hier auf die Wiese und warte bis ihr wieder da seid."

„Oh ja klar, komm Whisky, komm! Ja, so ist's gut, fang die Chaya! Bis gleich."

Armer Kerl, was muss er für große Schmerzen haben, wenn er sich hier einfach auf die Wiese setzt. Tja, ich habe auch nochmal im Netz recherchiert, aber bei Arthrose kann man nicht viel machen. Akupunktur soll ja helfen, aber ich bin ja keine Ärztin, warum sollte ich ihm das dann empfehlen? Aber der Hund ist ja noch so jung, wie soll das werden?

Die Hunde spielen und Sonja und die kleine Gruppe ziehen ihren Kreis über die weite Ruhrwiese. Die Sonne lugt ein wenig hinter den Wolken hervor. Auf dem Weg rennen die Hunde, auf den am Boden sitzenden Michael, zu.

Es sieht schon ein wenig befremdlich aus, wenn so ein starker und großer Mann in Camouflage Kleidung einfach so hier mitten auf dem Boden sitzt, überlegt Sonja.

Er steht wie ein alter Mann auf. Dabei stützt er sich erst auf den Boden und dann stöhnend auf sein Knie auf.

„Ah und heute Mittag muss ich schon wieder mit dem Hund gehen. Ich weiß gar nicht, wie ich das schaffen soll?"

Keiner aus der Gruppe reagiert auf Michaels Bemerkung. Die Gespräche laufen so weiter über Hunde, Ernährung und über das anhaltende Sonnenwetter und die damit verbundene Trockenheit. Vielleicht bietet ihm jemand seine Hilfe an? Schließlich scheinen sich die anderen und er ja schon länger zu kennen. Aber bis jetzt kommt nichts in der Richtung. Mir tut er schon leid und was habe ich für'n Glück, dass ich im Moment so gesund bin, aber man weiß ja nie? Kann ja jeden mal treffen.

„Ach, da waren wir stehen geblieben, du machtest vorhin so eine Andeutung, Sonja, dass es vielleicht keine Zufallstat war, das mit deinem Sohn?"

„Michael, das hängt mit einer seltsamen Geschichte zusammen, die ich erlebt habe. Ich habe eine Frau kennengelernt. Wir sind uns in vielem sehr ähnlich und es gab sofort eine innere Bindung zwischen uns. Unversehens hielt ich sie für meine beste Freundin. Sie hat sich dann aber in mich verliebt, und ihr Mann war vielleicht Samstagabend in der Nähe der Schlägerei. Zumindest hat mein Sohn dort einen Mann gesehen, der ihm sehr ähnlich sah. Er ist sich nicht ganz sicher.

Aber so viele Männer mit roten und dazu noch schlecht geschnittenen Haaren kann es auch bei uns im Ruhrgebiet nicht geben. Vielleicht hat er ja aus Eifersucht eine Gruppe beauftragt, um mir und meinen Lieben zu schaden."

„Mmh – meinst du? Und du? Hattest du dich denn auch in diese Frau verliebt?"

„Na ja, ich war nicht ganz abgeneigt von dem Gedanken. Der Alltag verschluckt mich scheinbar manchmal. Ich mag sie einfach sehr gern. Sie hat mit mir etwas gemeinsam unternommen. Das fand ich sehr schön."

„Und der Mann deiner Freundin kann sich dann nicht vorstellen, na ja.... du weißt schon ... mit zwei Frauen... An...,... gleichzeitig,... na ja, wie soll ich es sagen, zusammen zu sein?"

„Typisch, so denken Männer, du brauchst gar nicht so zu grinsen. Nein, da kann er keinen Gedanken daran haben. Für Männer ist sie auch nicht so attraktiv. Es war einfach eine Verirrung der Gefühle, weil wir uns innerlich so nahestanden. Wir waren wie ein Mensch, diese Frau und ich. Warum erzähle ich dir das eigentlich?"

„Ganz einfach, weil es manchmal einfacher ist, einem Fremden etwas zu erzählen als jemandem, den man kennt."

Sie nähern sich dabei allmählich wieder ihren Autos auf dem Parkplatz.

„Ja, da könntest du recht haben. Es tut gut mit dir darüber zu sprechen, danke fürs Zuhören. Soll ich nun deinen Hund mitnehmen und holst du ihn nach deiner Arbeit bei mir ab?"

„Das würdest du für mich tun?"

„Ja, mache ich doch gern, die Hunde verstehen sich doch gut. Meine Adresse sende ich dir dann gleich."

„Ja meinst du, dass er einfach mit dir mitgeht und in dein Auto springt?"

„Ja klar, siehst du doch, für ein Leckerli macht ein Labbi doch alles."

„Danke, das ist sehr lieb von Dir, ehrlich!"

„Wann holst du ihn ab? So gegen 16:00 Uhr?"

„Ja, mache ich, danke noch einmal – bis später – jetzt umarmen?"

„Nein, kann ich nicht, tut mir leid, den Kontakt zu der Freundin gibt es nicht mehr. Sie hat mich auch immer umarmt, zur Begrüßung, und manchmal auch zwischendurch, die Hand gehalten und zum Abschied immer wieder fest umarmt. Nun darf ich nicht mehr ein Teil ihres Leben sein. Umarmungen mit anderen Menschen erinnern mich aber immer daran. Es schmerzt. Jede Art von körperlicher Berührung tut mir weh. Selbst bei meinem Mann. Deswegen,...verstehst du? Berührungen muss ich mir jetzt gut vorher überlegen, weil sie mir nicht mehr alle guttun."

„Aber ich bin doch ein Mann!"

„Das stimmt, aber ich kann es nicht erklären. Die kleinste Berührung auf der Haut durch andere

Menschen, egal ob Männer oder Frauen lässt mich momentan einen körperlichen Schmerz empfinden. Bei Menschen, die ich schon lange kenne, ist das nicht so. Vermutlich habe ich einfach eine ungeheure Angst davor zu Fremden wieder Vertrauen fassen zu können."

„Ach, das wird sich schon irgendwann mal wieder geben. Dann tschüss bis nachher, aber ich umarme ja immer alle."

Sonja dreht sich um und hört gar nicht mehr, was er sagt.

„So kommt ihr kleinen Hundis, ihr müsst im Kofferraum bleiben und ich gehe schnell einkaufen und dann ab nach Hause."

Sie stellt ihr Auto vor dem Haus ab und lässt ein Fenster einen Spalt offen, damit der Geruch der nassen Hunde verfliegen kann.

„Hallo! Wer ist da?"

„Ich bin´s! Stefan. Wo bist du?"

„Ich liege vor dem Fernseher im Wohnzimmer."

„Gleich muss ich noch einmal zur Schule fahren, achtest du ein bisschen auf die Hunde?"

„Wieso Hunde .... Mama?" „...ruft Stefan merklich erstaunt.

„Ja, Whisky und Chaya!"

„Okay, aber warum bringst du einen fremden Hund mit?"

„Ja, weil sein Herrchen nicht mehr laufen konnte?"

„Wieso hat er dann einen Hund, wenn er nicht mehr gehen kann?"

„Ooooch, du stellst Fragen? Kann er ja, aber heute war seine Arthrose so schlimm, dass er nicht mehr weitergehen konnte. Stell dir vor, er musste sich zwischendurch sogar einfach auf die Wiese setzen, weil es nicht mehr anders ging. Er holt ihn gegen 16:00 Uhr wieder ab."

„Wieso hilfst du ihm?" „...ruft er vom Sofa aus.

„Hättest du doch auch gemacht, er war doch in Not! Da ist man doch für andere Menschen da!"

„Aha, okay, dann bis gleich Mama, du bist ja schon wieder auf dem Sprung."

„Brauchst du noch etwas?"

„Nein, alles gut Mama!"

Jetzt schaut er schon ins Handy wie sein Papa, wenn wir miteinander sprechen.

Am selben Tag, Nachmittag

„Warum hast du denn keinen Schlüssel mit?" ‚...ruft Stefan gequält und windet sich aus dem Sofa raus. Es klingelt erneut an der Haustür. Beide Hunde bellen wie verrückt im Garten und springen immer am Gartentor hoch.

„Oh, hallo!"

„Ja, hallo, ich bin Roger der Vater von Maria und Lina, die mal hier waren. Vielleicht erinnerst du dich? Mann du siehst ja echt übel aus."

„Ja, tut auch ganz schön weh." Dabei tippt er leicht an seinen blauen und noch recht geschwollenen linken Wangenknochen.

„Und was wollen Sie?"

„Ja ... kann ich reinkommen?"

„Nee eigentlich nicht, ist auch keiner da."

Die Hunde beruhigen sich auf Stefans Handzeichen hin. Chaya hat nun einen Stock gefunden, den versucht ihr Whisky vergeblich abzujagen. Stefan schaut dem Spiel kurz zu und wendet sich dann wieder Roger zu.

„Mmmh, ach so, na dann, ich lass Dir mal ein Päckchen da, ist für dich, tut mir echt leid mit Dir, okay?"

„Ja okay, ich nehm´ das Päckchen an."

„Dann tschüss und schöne Grüße an Deine Eltern."
„Mmh, richte ich aus."

Und Stefan schließt die Tür hinter ihm etwas verwirrt und geht langsam wieder auf seinen bereits eingemuldeten Platz im Sofa zurück.
Etwas später hört Stefan den Schlüssel in der Haustür klickern.

„Bist du es Mama?"

„Nee, ich bin´s, der Papa, was ist los? Warum haben wir jetzt noch einen verrückten Hund im Garten?" Die Hunde bellen erneut laut am Zaun.

„Hat Mama mitgebracht," ruft Stefan vom Sofa aus.

„Wie, mitgebracht, wo ist sie denn?" ‚…fragt er und steht in der Wohnzimmertür mit erstaunten Gesichtszügen.

„Sie musste noch einmal zur Schule fahren."

Stefan wendet dabei den Blick nicht vom Fernseher.

„Und der fremde Hund, der da unentwegt draußen bellt?"

„Den hatte Mama heute Morgen von der Hundewiese mitgebracht, weil da wohl einer nicht mehr laufen konnte, oder so? Der Whisky, so heißt der Hund, hat aber in alles einfach reingebissen, in die Stuhllehne, ins Sofa sogar einfach in den Blumentopf. Das Wort „Nein" kennt der gar nicht. Da habe ich die beiden einfach rausgeschmissen."

„Das hast du gut gemacht. Unglaublich, die Mama macht auch immer merkwürdige Sachen."
Seinen Rucksack stellt er dabei in den Flur und zieht sich Schuhe und Jacke aus. Weil er so in Gedanken

versunken ist, lässt er die Schuhe und die Tasche einfach im Flur stehen.

„Ich setze mich gern zu dir und esse etwas mit dir zusammen, ist das okay?"

„Ja klar, Fernsehen gucken und dabei essen, ist immer gut."

„Was guckst du denn?"

„Ach, so ´nen alten Film von Fitschcock oder so, „Marnie"?"

„Hitchcock meinst du sicher ... Alfred Hitchcock, oh ja, der Film ist gut, den guck ich auch gern. Hier die Nudeln von gestern, schmecken noch."

„Papa, aber die Hunde wollen rein. Es fängt an, zu regnen. Sie stehen vor der Tür."

„Okay, bleib sitzen, ich mach´ das schon."

„Da, Decke!" Und zeigt gebieterisch auf das große Kissen von Chaya hinter dem Sofa.

Chaya folgt dem Befehl mit gesenkten Ohren, aber Whisky denkt überhaupt nicht daran und springt an Manuel so hoch, dass er beinahe nach hinten fällt und seine Pfoten lange braune Streifen aus nassem Lehm von oben nach unten über Manuels Hemd ziehen.

„Was ist denn los" fragt Sonja aufgeregt mit ihrer Aktentasche in der Tür stehend.

„Ja, das frag´ ich dich! Du schleppst hier einen unerzogenen und dreckigen Köter an, der überhaupt kein Benehmen hat und auch noch drei Meilen gegen den Wind nach Gülle oder so stinkt! Während unser Sohn hier krank und pflegebedürftig auf dem Sofa liegen muss, um sich zu erholen. Dann lässt du ihn auch noch allein mit den Hunden!"

„Mal langsam, Whisky komm hier und mach Platz! So ist es fein! Was willst du? Ich habe einem Mann heute Morgen geholfen. Ich hatte ihn letzte Woche auf der Wiese hinter der Burg kennengelernt. Wir haben uns gut unterhalten und heute konnte er nicht mehr richtig laufen, wegen seiner Arthrose. Irgendwie hatte er wohl einen Entzündungsschub. Er holt ja gleich den Hund wieder ab."

„Ja und dann sag ihm aber, das war's jetzt."

„Wie meinst du das?"

„Ja, dass es eine Ausnahme war, und wir jetzt nicht immer auf seinen Hund aufpassen."

Beide stehen voreinander, dabei hält Sonja mit ausgestreckten Armen ihre Aktentasche mit beiden Händen vor sich.

„Ja, war's ja auch, er schien, in Not zu sein, und ich fühle mich einfach gut, wenn ich helfen kann. Er saß sogar auf der Wiese, weil er nicht mehr laufen konnte, dann sind wir mit seinem Hund, der ihm sehr wichtig ist, weiter gegangen. Er stöhnte und hätte ja auch vorhin wieder mit ihm gehen müssen. Manuel, ich habe gewartet, aber keiner der anderen hat ihm Hilfe angeboten. Du weißt doch wie das ist. Aber ihr hättet doch auch geholfen!"

„Na ja, und über was hattest du dich denn mit ihm unterhalten?"

„Ja, ich habe ihm das von Anna und so erzählt."

„Warum?"

„Weil es einfach guttat, mit irgendeinem Menschen darüber mal zu sprechen! Du willst es ja nicht hören!"

„Und du kommst nicht auf die Idee, dass er vielleicht etwas anderes von Dir will oder nur eine billigen Hundesitter sucht?" Manuels Stimme wird dabei unmerklich immer lauter.

„Nein, er war in Not, er konnte nicht mehr laufen. Er hat sich meine Geschichte angehört und versteht mich."

„Ach Sonja, was willst du überhaupt? Das mit Anna ist doch vorbei und Geschichte."

„Vielleicht ja nicht, sie meldet sich ja irgendwann mal wieder oder wir sehen uns zufällig wieder?"
Dabei zuckt sie mit ihren Schultern kurz. „Und wir wissen ja auch gar nicht, ob ihr Mann nicht die Schläger beauftragt hat. Es war ja einer in der Nähe, der ihm wohl ähnlich gesehen hat. Frag die Jungs doch!"

„Sonja, ich habe Roger heute angerufen. Ja, er war´s!"

„Wie er war´s! Das sagst du mir einfach so, jetzt ... und nun? Er hat die Schläger bezahlt oder was? Warum?"

„Nein, du verstehst mich falsch." Dabei wirkt sein Ton jetzt kontrollierter und er spricht langsam.

„Er war in der Kreuzstraße, als ihn unsere Jungs gesehen haben."

Sonja lässt ihre Tasche fallen. Und Manuel umgreift mit seiner rechten Hand zart ihre Schulter und hält sie fest.
„Aber er hat die Schläger nicht beauftragt, und er hat sie auch gar nicht gesehen. Er war in der Straße, ja, aber mehr auch nicht. Er hat da nach dem alten Fotostudio Seidel gesucht, weil er sich neue Bewerbungsfotos anfertigen lassen wollte. Dann musste er aber feststellen, dass es das Studio schon seit einigen Jahren gar nicht mehr gibt."

„Warum hat er den Jungs dann nicht geholfen, und warum erzählst du mir jetzt erst davon?" Ihre Stimme hebt sich dabei, das passiert ihr immer, wenn sie so aufgeregt ist.

„Wann hätte ich es dir denn sagen sollen? Ich hatte mir das heute Nacht überlegt. Dann habe ich Roger in der Firma, in der er arbeitet, angerufen und ihm erzählt, was vorgefallen ist. Es tat ihm sehr leid, dass er zwar in der Nähe gewesen ist, aber gar nichts davon mitbekommen hat, dass eine Gruppe in der Fußgängerunterführung Stefan so zusammengeschlagen hat."

„Ach, deswegen war er hier!" ‚...ruft Stefan liegend vom Sofa aus.

„Wie, er war hier?" ‚...fragen beide erstaunt und drehen sich zu ihrem Sohn um.

„Ja, er war an der Tür vorhin, ich sollte euch liebe Grüße bestellen, und er hatte nur gesagt, dass es ihm leidtäte, wie ich aussehe. In das Päckchen hatte ich reingeschaut, da sind Pralinen drin, aber die mag ich nicht so gern, könnt ihr haben, ist ja Schnaps drin." Dabei streckt er ihnen mit seiner Hand das geöffnete Päckchen mit Pralinen darin entgegen.

„Okay, das wäre dann ja nun geklärt. Und Sonja, wenn du meinst, dass du mit Fremden darüber reden musst, dann ist das deine Sache. Ich weiß nicht, worüber du mit mir wegen Anna noch reden möchtest? Du leidest, das tut mir leid, aber da kann ich dir nicht helfen. Du hattest gedacht, dass sie eine Freundin für dich ist. Ist sie aber letztlich nicht, wie sich herausgestellt hat. Meines Erachtens ist sie ganz bewusst vorgegangen und hat dich manipuliert."

Er schaut Sonja ziemlich mit zusammengekniffenen Augen ärgerlich an. Dabei hat er seine Hände wieder in seinen Hüften abgestützt und steht aufrecht vor ihr.

„Warum sollte sie das machen, versteh´ ich nicht?" „…antwortet Sonja ihm mit leiser Stimme und weicht ein Stück vor ihm nach hinten zurück.

„Weil sie alles haben will und insbesondere dich, eine Affäre oder sogar eine Beziehung mit dir, wäre das Größte für sie. Dann kann sie vielleicht das endlich ausleben, was sie bisher entweder mit anderen Frauen schon erlebt hatte, oder was sie gern mal mit dir schon immer ausprobieren möchte. Und wenn du zu ihr gehen möchtest und bei ihr bleiben willst, dann ist das so. Ich kann und werde dich nicht halten, wenn dir danach ist!" Sein Gesicht verzog sich dabei zu einer unansehnlichen Fratze. Ein ungutes Gefühl überkam Sonja.

Eine schlaflose Nacht

Nach ihrem Streit mit Manuel hatte Sonja wieder mal eine schlaflose Nacht. Seine Worte gingen ihr nicht aus dem Kopf. Ständig wiederholten sich die Satzsequenzen in ihrem Kopf:
„Weil sie alles haben will ...“ ... „Eine Affäre oder sogar Beziehung mit dir“. Erneut versucht Sonja, sich wieder auf den Bauch zu drehen. Normalerweise gelingt es ihr, in der Position am besten einzuschlafen. Aber nach mehreren bewusst ruhigen Atemzügen merkt sie, dass es wieder nicht klappt. Sie würde wohl noch eine Weile wach bleiben müssen, bis das Schlafen für sie wieder möglich sein würde. Sie weiß, dass sie sich auch mit dem Gedanken, um 6:00 Uhr wieder aufstehen zu müssen, zusätzlich unter Druck setzt. Aber es gibt leider einfach keine „Schlaf an/aus“ App, die sie wirksam hätte einsetzen können.

Hatte Manuel vielleicht Recht damit? Wie war das denn noch mal?

Sie steht auf. An Schlafen ist nicht mehr zu denken. Wenn Sonja manches nicht wusste, dann versuchte sie, meist ihre Antworten aus Büchern oder dem Internet zu beziehen.
Wenn Anna sie zielgerichtet versucht hat zu manipulieren, dann war sie vielleicht gar nicht einfach nur verliebt in sie oder bisexuell. Sie hatte immer Frauen besonders angeschaut oder von ihnen erzählt. Dann war sie eventuell lesbisch?
Sonja kocht sich eine Tasse Tee und genießt, nachdem er ein wenig abgekühlt ist, den Geschmack des „Gute Nacht“ Tees. Sie deckt sich dabei auf dem Sofa mit einer kuscheligen Wolldecke zu und nimmt ihr „Möppelchen“, so heißt ihr Laptop in ihren Schoß. Chaya hüpft aufs Sofa an ihre Seite und scheint ganz

begeistert zu sein, dass sie die Nacht nicht wie sonst im Wohnzimmer allein verbringen muss. Okay, sie tippt ein: „lesbisch". Und findet, wie sie erwartet hatte, einen annähernd wissenschaftlichen Artikel einer Studentin über den Begriff selbst, über das Selbstverständnis, den Feminismus, das Lesbische in der Literatur, Lebensentwürfe, Butch und Femme Konzepte, Filme und weitere Links. Sie liest sich alles gewissenhaft, wie sie in solchen Sachen sein kann, durch. Vieles davon wusste sie bisher nicht und ist erstaunt darüber, dass sie trotz eifrigen Zeitungs- oder Bücherlesens keine Ahnung davon hatte. Sie steht auf und kocht sich noch so einen Tee wie gerade. Das Recherchieren gefällt ihr auf jeden Fall besser, als sich im Bett nachts immer um sich selbst zu drehen und zu hoffen, dass man keinen Hustenanfall davon bekommt, der Manuel vielleicht wecken könnte.

Ja, ich liebe ihn, Manuel, er bringt mich jeden Tag zum Lachen. So rief er mich gestern Abend zum Beispiel: „Sonja, willst du nicht endlich zum Schlafen ins Bett kommen?" Mit strenger Stimme. Ich war traurig, weil ich noch den Tisch abräumen musste und das Ende des Films nun nicht mitkriegen sollte. Da steht er einfach so vor mir, dreht sich um und wackelt mit dem Po wie Chaya das macht, wenn sie sich freut. Vor Lachen konnte ich kaum die Treppe ins Schlafzimmer hochsteigen. Okay, aber weiter geht´s.

Sonja liest weiter und während sie liest, kommt Manuel langsam die Treppe runter. „Ist irgendwas mit dir nicht in Ordnung? Geht´s dir gut?"

„Ach, lieb, dass du fragst, nein... Alles okay, aber deine Worte von vorhin lassen mich nicht los?"

„Okay, was meinst du? Kann ich mit unter deine Decke, ist ja doch ein wenig kalt, guck mal wie Chaya sich freut."

„Ja ... klar, ich freu´ mich auch. Ich habe gerade viel gelesen zu dem Bereich lesbisch. Und wenn ich hier diesen Artikel gelesen habe, dann denke ich, ja das trifft auf Anna zu, da sie auch kein besonders gutes Verhältnis zu ihrer Mutter hatte. Viele sind dadurch in ihrer Kindheit geprägt worden, vermissen das Mütterliche und suchen den Rest ihres Lebens eine mütterliche Freundin als Ersatz. Der andere Artikel hier zeigt, dass lesbische Frauen sich auf die Suche nach anderen Frauen begeben, indem sie immer wieder Gespräche auf homosexuelle Themen lenken. Damit wollen sie austesten, ob man selbst offen für solche Themen ist. Und du glaubst es nicht, aber hier steht auch drin, dass überlang dauernde Umarmungen oder sich an der Hand halten, ein Zeichen für eine solche sexuelle Neigung sind. Auch die Frage, bist du in deinen jetzigen Partner damals verliebt gewesen, ist eine solche Testfrage."

Manuel nickt und hört ihr zu. Er legt seinen Arm um Sonja und schaut sich die Artikel an, die sie ihm alle nacheinander zeigt.

„Aber hier steht auch, dass viele Frauen gar nicht wissen, dass sie lesbisch sind und das manchmal erst viel später entdecken, auch wenn sie selbst schon leibliche Kinder mit einem Mann haben. Frauen, die es wissen tragen oft Erkennungszeichen, wie diese zwei Ringe hier mit dem Kreuzchen dran oder Armbänder oder Ketten in Regenbogenfarben."

Manuel nickt wieder mit ernster Miene und schaut Sonja an.

„Und du, bist du nun lesbisch?"

„Nein, aber ich habe schon manchmal geträumt von ihr und ich wäre auch neugierig darauf sie zu spüren, aber ich könnte dich nie verletzen, dafür liebe ich dich zu sehr. Und mit zwei Frauen könntest du ja wohl nicht leben?"

„Nee, kann ich nicht! Das siehst du wohl vollkommen richtig." Dabei gleitet sein Arm langsam von ihrer Schulter runter.

„Tja, fasse ich das jetzt Mal alles so zusammen, dann könnte es tatsächlich sein, dass sie zielgerichtet vorgegangen ist, um irgendwann Sex mit mir haben zu können, aber letztlich beweisen kann ich das nicht, denn hier steht überall dabei, dass lesbische Freundinnen so vorgehen können, aber dass es auch sein kann, dass sie sich dessen gar nicht bewusst sind. Man soll sie auf gar keinen Fall darauf ansprechen, da sie ansonsten einen traumatischen Schock erleiden könnten."

„Aber wenn sie das möchte, dann kann sie doch in einen Swinger Klub oder Ähnliches gehen, um einfach mal den Sex auszuprobieren?"

„Ja, vielleicht wäre das eine Möglichkeit für sie, das setzt aber doch eine große Portion Mut voraus, meinst du nicht? Und außerdem ist das nur eine Befriedigung der Lust und keine Beziehung."

„Und wie ist es mit dir?" Dabei schaut er Sonja tief in die Augen.

„Was meinst du? Ob ich mal Sex mit einer Frau haben möchte? Nee, kann ich mir gerade nicht vorstellen, überhaupt mit jemandem Sex zu haben, den ich gar nicht kenne. Bei Anna ist das anders, weil sie mir innerlich so nah ist. Es ist vermutlich das Bedürfnis, sich selbst zu spüren, da sie mir so gleich ist. Aber auch das kann passieren, habe ich gelesen."

„Ich verstehe dich, ja!" ,…sagt er sanft und streicht mit seiner Hand über ihren Kopf als sei sie ein kleines Kind, das er trösten müsse.

„Und kommst du jetzt wieder mit nach oben ins Bett?" Dabei nimmt er Sonjas Hand und schaut sie erwartungsvoll an.

„Ja gern und danke dir, dass du für mich da bist."

Er hält Sonjas Hand weiterhin fest und geht die Treppe voraus hoch. Dann legt er sich in sein Bett und hält die Bettdecke an dem einen Zipfel nach oben und schaut Sonja leicht amüsiert an.
„Jetzt komm schon, kuschle dich einfach an mich und wir schlafen einfach gemeinsam ein, okay, oder darf ich dich noch ein wenig verwöhnen?"

„Oh ja, ich weiß, guck mal hier, und da und hier auch noch, da fühle ich mich äußerst vernachlässigt. Dabei zeigt Sonja auf die verschiedensten Stellen an ihrem Körper. Manuel küsst sie überall an Hals und Brust. Seine Küsse steigern sich in der Leidenschaftlichkeit. Er versenkt sein Gesicht in ihrer Haut, um ihren Duft aufzunehmen. Dann verharrt er zwischen ihren Beinen. Im Rhythmus von schlagenden Schmetterlingsflügeln bewegt er seine Zunge hin und her. Danach revanchiert sich Sonja bei ihm, bis beide danach erschöpft nebeneinander einschlafen.

Der Tag danach - Montag

Die Nacht war kürzer als sonst, aber schön, sodass sich der Unterricht in der Schule danach auch leicht ertragen lässt. Es ist ein trüber Tag und die Sonne will nicht so richtig hinter den Wolken hervorkommen.

Als Sonja nach Hause kommt, schaut sie zwischendurch auf ihr Handy, so wie sie es die letzten Tage auch immer gemacht hat. Morgens beim ersten Kaffee ist es schon zu einem Ritual geworden, aber jedes Mal legt sie es dann mit einem unmerklichen Nicken weg, da Annas Whatsapp-Kontakt immer noch gesperrt erscheint. Zwischendurch am Tag schaut sie auch kurz danach, aber es bleibt unverändert.

Diese verdammte Zeit, sie will einfach meine Wunden nicht heilen, ist vielleicht bei anderen Menschen so, aber Anna hat mich im Innersten einfach zu tief berührt!

„Ja, ist gut Chaya." Dabei lässt Sonja die wilde Begrüßungszeremonie von Chaya über sich kurz ergehen und genießt das Gefühl in ihrer Hand, wenn sie über ihren weißen Pelz streichelt.

„Ich lass dich wieder in den Garten, dann kannst du schnüffeln und toben, wenn ich hier aufgeräumt habe, danach komme ich auch raus," spricht sie mit Chaya und während sie die Terrassentür öffnet, schießt ihr Hund mit einem freudigen Satz in den Garten. Sonja räumt, wie gewohnt ihre Einkäufe ein, hängt die Wäsche auf, bringt ihre Tasche ins Büro und sucht wieder ihr Notenbüchlein, um die mündliche Mitarbeit der Schüler zu dokumentieren. Sie hört kurz Chaya draußen bellen und anschließend ein Fiepen.

Wahrscheinlich hat sie wieder eine Biene gejagt und danach versucht sie mit ihrem Maul zu schnappen.

Sie findet ihr kleines Notenbuch und kocht sich eine große Kanne Tee, um ihn dann mit raus zu nehmen. Sie geht durch die Terrassentür, und sucht mit ihrem Blick nach Chaya. Ihre Augen suchen die Ränder des Gartens ab, aber können weder ihren weißen Pelz noch ein Rascheln in den Blättern irgendwo ausmachen. „Chaya!" ,...ruft sie, aber sie hört nichts. Sie ruft immer lauter.

Ist sie vielleicht wieder über den Zaun einem Häschen hinterher gesprungen. Dann kommt sie ja gleich wieder, wenn sie die Spur verloren hat.

Sonja freut sich über eine Stunde für sich allein, in der sie in aller Ruhe die Noten eintragen und ihren Tee genießen kann. Sie lauscht, irgendetwas hat sie gehört. Sie kann es nicht richtig zuordnen und versucht durch Drehen ihres Kopfes heraus zu finden, aus welcher Richtung das Geräusch kommt. Da sie es nicht zuordnen kann, steht sie auf und versucht dem Geräusch nachzugehen. Sie geht in Richtung des Gartentors und sieht den weißen Pelz Chayas zwischen den Sträuchern schimmern.

„Chaya? Was ist? Komm doch her? Warum liegst du da?"

Das leise Fiepen wird immer lauter, je näher Sonja dem Geräusch kommt. Jetzt kann sie es erst richtig wahrnehmen, es ist klar, dass Chaya diese Geräusche von sich gibt. Sonja stürzt zu ihr hin. Ihre weiße Hündin liegt blutüberströmt unter dem dichten Laubwerk der Himbeersträucher. Blut sickert fortwährend aus ihrer Brust zwischen ihren Vorderläufen.

„Oh nein, Chaya!" Verzweifelt versucht sie, ihre Hand auf die Wunde zu pressen, um das Blut daran zu hindern auszulaufen. Aber das Blut sickert ihr rot zwischen den Fingern durch. Chaya schaut mit halbgeöffneten Augenlidern vor sich hin. Sonja zieht ihre Bluse aus und bindet Chaya schnell, aber vorsichtig ihren Kopf anhebend die Ärmel der Bluse über ihren Hals und einen der Vorderläufe Chayas, sodass die Wunde vom Stoff ein wenig bedeckt ist.

„Ich komme gleich wieder, Chaya!"

Aus dem Wäschekorb, der noch im Flur stand, reißt sie ein T-Shirt raus, zieht es sich kurz über und greift sich den Autoschlüssel. Sie rennt zu ihrer leise winselnden Hündin, öffnet schnell die Gartentür und greift unter sie. Mit aller Kraft nimmt sie den 35 kg schweren Hund in ihre Arme, der kurz ein lautes Jaulen von sich gibt. Sie rennt zu ihrem Auto und öffnet mit dem Schlüssel in der Hand und Chaya dabei festhaltend schnell den Kofferraum ihres Autos. Vorsichtig legt sie Chaya mit tröstenden Worten rein und achtet dabei darauf, dass sie ihren Kopf sanft ablegt. Dann hüpft sie schnell auf den Fahrersitz und fährt zum Tierarzt. Sie versucht, bewusst alle aufkommenden Gedanken zu unterdrücken, da sie sich auf die überschnelle Fahrt konzentrieren muss, um keine anderen Autos oder Fußgänger zu übersehen. Sie weiß, jeder Fehler würde unnötig viel Zeit kosten und Chaya jegliche Chance nehmen. Sie fährt direkt vor die Tür der Praxis, parkt und hechtet aus dem Wagen zum Kofferraum. Wieder greift sie Chaya möglichst behutsam aber zügig unter ihren Körper. Das Fell fühlt sich stumpf und nass an. Die Ärmel ihrer Bluse sind dunkelrot durchtränkt. Nur ein leises Fiepen, als sie Chaya in ihre Arme wuchtet, ist zu hören. Sie rennt zur Tür und lässt ihr Auto einfach mit geöffneter Kofferraumklappe so stehen.

„Bitte, helfen sie uns! Mein Hund! Bitte! Er hat eine stark blutende Wunde vorn!"

„Ja hier sofort hinlegen, in dieses Zimmer, der Doktor kommt gleich." ,...antwortet eine Sprechstundenhilfe ruhig.

„Sofort bitte! Ja bitte!" Dabei legt sie den Körper Chayas vorsichtig auf den metallenen Tisch im Praxisraum.

Wie kann sie so ruhig dabei bleiben, verstehe ich nicht, mein Hund verblutet hier, wieso ist diese Frau so unerträglich ruhig?

Mit der linken Hand presst sie den durchnässten Knoten der Bluse auf die Wunde und mit der anderen Hand streichelt sie fortwährend über den Rücken ihres Hundes.

„Ja, was haben wir denn da?"

„Oh bitte, helfen sie ihr! Ich war im Garten und hatte sie gesucht, da lag sie da einfach unter den Himbeerbüschen am Gartenzaun und fiepte leise vor sich hin. Ich weiß nicht, was und wie es passiert ist ... bitte"
Dabei schaut Sonja den hereinkommenden Tierarzt flehentlich an und hält ihre Hände fest ineinander gefaltet, wie für ein Gebet in der Kirche.

„Ja klar, das ist mein Job, Anke machst du mal eine Infusion fertig, Kochsalzlösung? Okay wollen sie hierbleiben? Können sie, wenn sie möchten?"

„Gut, dann bleibe ich. Meine Hand lege ich hier vor ihre Nase, dann kann sie mich schnuppern. Das beruhigt sie meistens."

„Ja, das ist in Ordnung, wir müssen nur hier frei hantieren können, aber so wird's schon gehen."

„Mm.. ist sie in etwas Spitzes gefallen oder gesprungen, ein Gartenkunstwerk oder so?"

„Nein, wir haben nichts Derartiges im Garten. Das wäre ja auch für die Kinder viel zu gefährlich gewesen."

„Okay, irgendwas Scharfkantiges, sieht aus wie eine Stichwunde, von einem Messer, mit relativ breiter Klinge ... vielleicht Küchenmesser? Oder so? Das können wir später noch genauer sehen. Also der Stich, womit auch immer, ist, durch die Pleura in den Pleuralsack, wohl hier am Brustbein entlang in Richtung Herz eingedrungen. Die Aorta scheint noch heil zu sein, aber die Venen sind massiv verletzt. Der Stich ging eher in die rechte Seite rein, zum Glück, das Herz auf der linken Seite eines Hundes ist größer. Das Herz wurde offenbar knapp verfehlt. Der Herzvorhof flattert aber."

Mit der Betäubungsspritze schließen sich langsam Chayas Augen ganz.

„Wir werden die Wunde kurz rasieren und nähen, mehr können wir für ihren Hund nicht tun."

Sonja nickt und sucht mit ihren Augen jede kleine Regung ihres Hundes aufzunehmen.

„Ich will ganz ehrlich zu Ihnen sein, aber ihr Hund hat kaum eine Chance das hier zu überleben. Er hat zu viel Blut verloren." Dabei streicht er mit seiner Hand über Chayas Fell.

„Ja … tun sie, was sie können, bitte!" Und Sonja schaut ihn und die Sprechstundenhilfe abwechselnd flehentlich an.

„Sie könnten schon mal nach vorn gehen und ihre Daten angeben, da war ja vorhin keine Zeit dafür. Wenn sie möchten, dann können sie auch schon bezahlen, da meine Anke schon alles eingegeben hat. Hier können sie jetzt auch gar nichts helfen."

„Okay, ja mach ich." Dabei geht Sonja aus der Tür und schaut sich noch einmal um. Ihr Hund liegt in der Sonne auf dem silbrig glänzenden Tisch. Das Blut ist dunkel verkrustet.

Es sickert kein Neues mehr nach, das ist doch schon mal gut, denkt sie und geht zum Anmeldebereich.

Sonja gibt die Daten an und die andere Sprechstundenhilfe im Büro vorn am Eingang druckt ihr gerade die Rechnung aus, als der behandelnde Arzt auf sie zu kommt.

„Es war wohl doch ein Messer. Die Schnittbreite und -länge gleicht dem eines größeren Küchenmessers. Wir konnten nichts mehr tun. Es tut mir leid. Ihr Hund ist gerade gestorben, möchten sie ihn mitnehmen oder soll er hierbleiben?"

„Aber, das kann doch nicht sein …?"

„Sie können sicher sein, dass sie keine Schmerzen mehr gehabt hat."

„Aber, … aber ich war jetzt nicht bei ihr! Sie konnte mich gar nicht mehr sehen oder vielmehr noch riechen!" ‚… antwortet ihm Sonja mit erstickter

Stimme. Nach einer Pause des Schweigens sagt Sonja mit erhobenem Kinn: „Nein ... ich nehme sie mit! Ich muss mich noch von ihr verabschieden."

„Das verstehe ich, Anke wird ihnen helfen, ihren Hund ins Auto zu legen. Es tut mir sehr leid. Sie haben auch keine weiteren Kosten zu befürchten."

Sonja nickt nur und diese Anke geht schon mit ihrer Hündin auf den Armen an ihr vorbei und legt sie in den Kofferraum. Sie legt ihre Hand auf den Hund. Es ist kein Leben mehr in ihr. Kein Zucken, Schnuffeln oder leichtes Wackeln mit den Ohren, auch kein kleinster Laut mehr von ihr. Ihre Augen sind geschlossen und alles an ihr ist schlapp und kraftlos. Ihre rosa Zungenspitze schaut ein Stück zwischen den Zähnen hervor. Sonja kämpft gegen ihre Tränen.
Sie bedankt sich bei Anke kurz und schließt leise die Kofferraumklappe, als könnte sie Chayas ewigen Schlaf damit stören. Sie versucht nach Hause zu fahren, aber ihre Gedanken schweifen immer wieder ab. Sie fährt hinter einem LKW her und stellt fest, dass sie die richtige Abfahrt verpasst hat und in die falsche Richtung gefahren ist. Bei der nächsten Gelegenheit wendet sie und fährt nach Hause.

Warum nur? Wer hat das nur getan? Chaya hatte doch keinem etwas zuleide getan.

Wie eine telefonische Ansage wiederholten sich die Fragen in ihrem Innern.

Am späten Nachmittag – Abschied

Tiefer, ich muss noch tiefer mit dem Spaten rein. Dort lassen kam gar nicht in Frage. Hier soll sie liegen. Nur an dieser Stelle auf dem Hügel hat sie immer am liebsten gelegen. Von da aus hat sie immer in die anderen Gärten und auf uns runter geschaut. Sie meinte immer, auf uns aufpassen zu müssen.

Sonja gräbt mit dem Spaten ununterbrochen. Seit zwei Stunden versucht sie, die Erde im oberen Stück ihres Gartens aufzubrechen, Stücke abzutragen und erstmal auf einen Haufen neben sich zu schichten. Sie schwitzt, aber sie spürt nur den inneren Schmerz über den Verlust ihres Hundes.

Immer wieder stellt sie sich mit ihren 61 kg mit den Füßen auf den Spaten und versucht durch den Druck ihres Gewichtes, Teile des harten Lehmbodens abzubrechen. Dabei meint sie, dass es jetzt vielleicht besser geht und sie in weichere Bodenschichten stechen kann, aber dann trifft sie auf Sandsteine, die sie dann mit den bloßen Händen aus der Erde holt. Ihre Finger sind schon aufgeschürft, blutig und die Fingernägel eingerissen. Tief versunken in ihre Tätigkeit, merkt Sonja gar nicht, dass die Jungs neben ihr stehen. Erst als Stefan sie anspricht, was sie denn da macht, erschrickt sie.

„Ach Mensch, hast du mich erschreckt, sag doch etwas, wenn du da stehst. Was macht ihr denn schon hier."

„Ja, zum Sport bin ich nicht mehr gegangen, weil mir alles noch ein wenig weh tut, da müsstest du mir aber noch eine Entschuldigung schreiben. Na ja, deswegen bin ich früher zu Hause," meint Stefan.

„Und du?"

„Mama, ich habe nach der 7. Stunde regulär heute Schluss, hast du vergessen? Ich hatte dir auch meinen Stundenplan in die Küche gehängt."

„Warum gräbst du denn hier so ein längliches Loch? Kommt da ein Fundament für eine Mauer rein?"

„Das ist ein Grab ... für Chaya" und sie sackt dabei in sich zusammen und versucht sich an dem Stiel des Spatens festzuhalten.

„Wieso das denn? Wo ist sie überhaupt?" ,...fragt Leon.

„Ist sie ... tot?"

Beide Jungs setzen sich neben sie auf die Erde und nehmen ihre Mutter dabei in den Arm. Sie schweigen und hören Sonjas Weinen zu. Leon streichelt ihr mit seiner rechten Hand immer wieder über die Schulter. Nach einiger Zeit geht das Weinen in ein stockendes Schluchzen über. Es dauert eine Weile, bis Sonja allmählich wieder Sauerstoff beim tieferen Atmen in ihre Lunge ziehen kann. Stefan kramt in seiner Hosentasche und findet ein knuddeliges Papiertaschentuch und reicht es seiner Mutter.

„Hier, sieht komisch aus, ist aber noch nicht benutzt, wirklich."

„Ach, danke, das wäre auch kein Problem, wie lieb von dir! Von euch meine ich." Dabei schnäuzt sie sich kräftig ihre Nase. Das Weinen hört nicht auf.

„Is´ Chaya jetzt tot, Mama?" ‚…fragt Leon mit leiser Stimme.

„Ja..ist sie" antwortet Sonja.

„Wie?" fragt Leon ebenfalls mit leiser Stimme.

Mit schluchzenden Lauten antwortet Sonja: „Ich hatte sie in den Garten gelassen und war drinnen. Da muss wohl jemand gekommen sein und hat sie am Gartentor mit einem Messer erstochen."

Beide nicken nur und streicheln Sonja liebevoll über ihren Kopf, so wie man ein kleines Kind streichelt.

„Okay, ich helfe dir jetzt mal eben." Dabei nimmt Stefan ihr den Spaten aus der schlaffen Hand und vergrößert mit kräftigen Spatenstichen das Loch. Leon bleibt indes bei seiner Mutter sitzen und umarmt sie. Dabei fängt er auch an zu weinen.

„Ich hatte sie auch so lieb, Mama, ich muss auch weinen, kann nichts dafür."

Sie legt ihre verletzte und lehmige Hand auf seine: „Ist in Ordnung, du darfst ruhig weinen, wenn dir danach ist, lass es einfach raus, es hilft."

„So fertig Mama, und jetzt?" ‚…fragt Stefan.

„Jetzt holen wir sie aus dem Kofferraum und legen sie da rein. Ich hätte sie auch beim Tierarzt lassen können, aber das wollte ich nicht. Ich möchte mir gar nicht ausmalen, was sie mit ihr gemacht hätten. Das war doch immer hier ihr Lieblingsplatz, dann soll sie auch für immer hier schlafen."

„Ja, Mama das ist ein schöner Gedanke," meint Stefan, „ich hole sie, okay? Ihr könnt hier sitzen bleiben."

Sonja genießt das Rauschen der Blätter über ihr und viele Szenen mit Chaya zusammen fließen ihr vor dem inneren Auge her:
Das kleine weiße Wollknäuel, als sie vom Züchter abgeholt wurde, wie sie sich in jede kurz geschnittene Wiese rein gekuschelt hat, wie sie die Gurke wieder ausgespuckt hat, weil sie ihr nicht schmeckte und viele andere Szenen, mit denen sie sich immer mehr in ihr Herz reingelebt hat. Jetzt ist sie tot und ein Teil von mir ist mit gestorben.

Stefan kommt und Chaya liegt steif in seinen Armen. „Mama, sie fühlt sich gar nicht mehr wie unsere Chaya an, sondern wie ein ausgestopftes Tier aus dem Museum, nur dass sie viel schwerer ist."

„Ja, das ist die Leichenstarre, sie würde erst nach etwa acht Stunden wieder aussetzen, aber wollen wir so lange warten?"

„Nee, nicht unbedingt Mama, aber was ist mit Papa? Sollten wir nicht warten, bis er da ist?"

„Warum?"

„Nur so ..." ,...meint Leon.

„Also was ist jetzt, sie wird mir langsam echt schwer auf den Armen."

„Ja komm, wir legen sie langsam da rein," und Sonja schließt ihre Augen, fühlt und streichelt ihr noch einmal über ihren Pelz.

Alle drei fassen mit an und versuchen, sie so in das Erdloch zu legen, dass sie mit den Wänden nicht in Berührung kommt. Stefan fängt an die Erde mit dem Spaten auf Chaya zu schütten. Das dumpfe Geräusch, wenn die Erde auf den toten Körper fällt, erschüttert Sonja wieder so, dass sie wieder mit ihren Tränen kämpfen muss. Sie sind fast fertig, da kommt Manuel in den Garten.

„Was macht ihr da?"

„Was machst du schon hier, du kommst doch sonst viel später nach Hause?"

„Ach, es war so ärgerlich bei uns, da habe ich mir einfach eher freigenommen."

„Oh Papa, wir haben gerade Chaya begraben", sagt Leon leise in weinerlichem Ton.

„Ach Quatsch, das ist ein blöder Spaß von euch! Aber da fall´ ich nicht drauf rein."

„Nee," sagt Leon mit zittriger Stimme, „das ist kein Scherz, Papa! Jemand hat sie so verletzt, dass sie gestorben ist."

Manuel guckt uns fassungslos an, sein Mund öffnet sich dabei leicht. Er schaut mit großem Blick von einem zum anderen.

„Warum sagst du nichts? Sonja?"

„Ich ... ich kann nicht."

„Wie und dann verbuddelt ihr sie hier einfach so in unserem Garten?"

Sonja schaut ihn an.

„Was meinst du, hätte ich sie dort lassen sollen? Dann wäre sie in irgendeinem Abfallcontainer gelandet oder man hätte Seife oder Kosmetik aus ihr gemacht?"

Manuel schaut sie regungslos an.

„Bei jeder Creme oder jedem Waschmittel frag´ ich dann, und möchtest du davon auch etwas für deine Hände, ist ja vielleicht ein wenig Chaya drin?"

„Sag, mal spinnst du? Was soll das? Aber du hättest doch auch mit der Beerdigung noch auf mich warten können."

„Toll, wie lange denn? Dann wäre es ja auch wahrscheinlich wieder zu dunkel gewesen und Gartenarbeit liebst du ja sowieso über alles."

„Oh Mann, lass mich in Ruhe. Dafür bin ich jetzt eher von der Arbeit gekommen?"

„Du fragst ja nicht mal, wie es passiert ist?" Sonjas Stimme ist dabei immer lauter geworden und überschlägt sich manchmal „Jemand hat sie erstochen, am Gartentor, einfach so."

„Ja, das tut mir leid, aber dafür kann ich überhaupt nichts!"

„Doch, ich wollte schon immer mal Kameras am Haus haben. Das hätte diese Leute vielleicht davon abgehalten so etwas zu tun."

„Wieso?"

Die beiden Jungs schauen zwischen ihren beiden Eltern hin und her wie Zuschauer bei einem Tennisturnier.

„Ja, wenn sie Kameras gesehen hätten, dann hätten sie sich bestimmt nicht so einfach getraut, Chaya etwas anzutun."

„Ja klar, ich bin jetzt schuld, dass irgendwelche Bekloppten deinem Hund etwas angetan haben?"

„Es war auch dein Hund!"

„Ach weißt du? Lass mich doch einfach in Ruhe!" Manuel dreht sich um und geht einfach ins Haus. Stefan und Leon schauen mit gesenktem Kopf zu Boden.

„So, jetzt beten wir noch, okay?"

„Mama, können wir das so machen, dass das Jeder für sich im Stillen macht, weil wir ihr sicherlich alle etwas anderes zu sagen haben?"

Sonjas Blick wird bei der Frage Stefans wieder ganz weich und sie nickt zustimmend.
Nachdem die Jungs eine Weile da noch gestanden haben, gehen sie nacheinander ins Haus zurück. Sonja bleibt noch lange mit gefalteten Händen stehen.
Es fängt an zu regnen. Sie schaut den Regentropfen zu, wie sie sich mit der Erde von dem frisch aufgeschütteten Erdhaufen vermischen.

Irgendwo dazwischen sind die Tropfen meiner Tränen.

Einen Tag später

Entsperrt! Sie hat ihren WhatsApp Account entsperrt! Ich kann Sie wieder in ihrem Profilbild sehen. Wie schön, ich brauche jemanden, mit dem ich über alles reden kann. Die Trauer um Chaya scheint mich zu ersticken. Mit Manuel war gestern gar nicht mehr zu reden. Wir sind uns aus dem Weg gegangen. Er hat die Autos gesäubert und ich bin einfach so ganz allein, eine große Runde spazieren gewesen. Die Wege, die mein Hund und ich meistens zusammen gelaufen sind, die bin ich gestern Abend noch einmal abgelaufen. Wie reagiere ich jetzt darauf? Was schreibe ich ihr? Ich möchte nicht noch einmal von ihr so zurückgewiesen werden. Irgendetwas Unverbindliches? Wie geht's? Oder guten Tag? Hey? Nein, alles doof, ich schreibe einfach:

„Hallo"

Es ist erst 8:45 Uhr, sie wird es wahrscheinlich erst heute Nachmittag sehen und dann darauf antworten können. Bis dahin muss ich mich wohl gedulden. Das Warten ist grausam, aber wenn sie mich schon entsperrt hat, dann ist das bestimmt jetzt ein entgegenkommendes Zeichen von ihr.

Sonja räumt die Bälle und Knochen von Chaya aus dem Garten zusammen und wirft alles in einen Müllsack. Die Leine, das Halsband und die Fressnäpfe packt sie in eine extra Tasche. Ihre Traurigkeit erfasst sie und scheint ihr wieder den Hals zuzuschnüren. Als sie Alles gepackt hat, fällt sie doch in sich zusammen und weint. Nach einiger Zeit versiegen langsam ihre Tränen, aber sie fühlt sich ein wenig besser. Als sie die Taschen und Tüten und das Hundekissen in ihren Kofferraum gepackt hat, sieht sie auf dem Boden in der Garage noch die Abdrücke von Chayas Pfoten nach dem letzten Hundespaziergang und wieder zieht es Sonjas Herz vor Traurigkeit krampfartig zusammen. Sie wischt alles und auch den Garagenboden. Es ist als versuche sie ihre Traurigkeit wegzuputzen.

Nach dem „Ping" schaut sie aufgeregt auf ihr Handy:

„Mir geht es gut, ich brauche noch Zeit!"

Aha und warum hat sie mich dann entsperrt, wenn sie doch keinen Kontakt mit mir haben möchte? Und ist ja schön, dass es ihr gut geht, aber warum fragt sie mich denn nicht mal, wie es mir geht?

Allmählich steigt die Wut in Sonja hoch. Sie fährt zum Containerhof und entsorgt Chayas Sachen, die nicht mehr zu gebrauchen waren. Dann fährt sie zum Tierheim und gibt die noch brauchbaren Sachen wie zum Beispiel die Fressnäpfe bei der freundlichen Dame an der Tür des Tierheims ab.

„Lieben Dank für Ihre Spende, das können wir immer gut verwenden", sagt die kleine etwas rundliche Frau, die eine gedrungene Figur und wilde lange Haare hat, die schon grau durchsetzt sind. „Tut mir sehr leid, dass ihr Hund offenbar verstorben ist. Möchten Sie nicht eben mal mit reinkommen?"

„Ach nein, ich muss eigentlich gleich zur Schule fahren und habe gar keine Zeit."

„Ach, wenn Sie mir dann eben mal tragen helfen könnten. Ich bin nämlich allein und schaffe es jetzt nicht die Säcke hier von Ihnen in die Gartenhütte zu bringen."

Widerwillig greift sich Sonja einen Kunststoffsack, während sie eintritt, und sie die Tür für die Tierpflegerin aufhält. Der beißende Gestank von Futter und Tierurin erreicht ihre Nase und setzt sich darin scheinbar in ihr fest. Die Tierpflegerin muss Sonjas angewiderten Gesichtsausdruck und ihr Reiben über die Nase wahrgenommen haben.

„Ja, entschuldigen Sie, wenn man hier täglich arbeitet, dann riecht man das nicht mehr. Wir müssen noch hier durch. Hier sind die Katzen, die haben wir mittlerweile nach Farben sortiert, so viele haben wir in den verschiedenen Zimmern. Jetzt müssen wir hier durch und über die Wiese, auf der die Hunde gerade spielen, hinten zu der Holzhütte dort." Sonja folgt ihr.

„So viele Hunde und ist ja toll, dass die sich alle so gut verstehen, dass sie in einem großen Gehege auf der Wiese hier gehalten werden können."

„Ja, das geht ja auch nicht anders. Und wenn ein Hund gar nicht zu den anderen Hunden passt, dann ist er auch meist nicht mehr vermittelbar und muss dann eingeschläfert werden."

Sonja setzt vor der Hütte die Säcke ab und schaut sich die um sie herum tobenden Hunde an. Manchen sieht man an, dass sie von ihren vorherigen Besitzern schlecht behandelt worden sind, weil sie noch Narben haben oder rasierte Stellen von Operationen aufweisen.

„Und was ist mit dem kleinen Kerl da, der da hinter dem Zaun in dem anderen Gehege sitzt?"

„Das ist Pepe, der ist erst letzte Woche zu uns gekommen und noch ein wenig schüchtern. Aber ich kann ihn mal eben rauslassen. Zur Eingewöhnung lassen wir ihn jeden Tag ein wenig länger zu den anderen Hunden."

„Ach nein, lassen Sie ruhig."

„Doch, mach ich gern. Er war auch heute noch nicht draußen."

Pepe zwängt sich zwischen der Tür und der Wand durch, gerade eben als sie geöffnet wird und schießt auf Sonja schwanzwedelnd zu.

„Oh, er wirkt aber gar nicht schüchtern und man kann ihn einfach mal auf den Arm nehmen, da er nur halb so groß wie meine Chaya ist ... äh war ...Entschuldigung .. bin da noch nicht drüber weg, war erst gestern."

„Ja, das ist echt erstaunlich, sonst weicht er zurück, wenn jemand auf ihn zukommt. Er stammt von einer älteren Dame, die ins Altersheim musste. Leider konnte sie den Hund nicht mitnehmen und hat ihn zu uns gebracht."

„Wie alt ist er denn?" ‚…fragt Sonja und kuschelt ihm dabei den Pelz hinter seinen wuscheligen hellbraunen Ohren.
„Er ist erst 4, aber eben kein Rassehund. Rassehunde lassen sich immer einfacher vermitteln. Er ist einfach ein mittelgroßer Mischlingshund und wir wissen nicht, welche Hunderassen alle in ihm stecken. Kastriert ist er auch und die Dame war auch mit ihm ein paar Wochen in der Hundeschule. Also so´n paar Sachen kann er."

„Tja, sehr süß der Kleine, aber ich muss jetzt los."

Sonja gibt der Tierpflegerin Pepe auf den Arm, aber der springt sofort runter und rennt mit eingezogenem Schwanz in seinen Zwinger zurück. Sonja verabschiedet sich und fährt zur Schule. Sie hat Gewissensbisse, weil ihr der kleine Kerl nicht aus dem Kopf geht und sie ihn jetzt dort lassen muss. Aber Chaya ist erst einen Tag tot. Sie versucht sich, auf den Unterricht zu konzentrieren, aber der kleine Pepe mit seinem wuscheligen und kurzen Fell huscht in ihrem Kopf immer hin und her. Auf der Rückfahrt nach Hause fährt sie an dem Tierheim noch einmal vorbei und parkt ihr Auto wieder vor der Tür. Die kleine Frau öffnet wieder die Tür und strahlt Sonja an.

„Ja ich weiß, das haben Sie bestimmt absichtlich gemacht, dass sie mich gerade durch das Gehege geführt haben."

Sie grinst Sonja mit gespielt unschuldigem Blick an.

„Wenn Sie eine Leine und ein Halsband für den kleinen Pepe haben, dann nehme ich ihn jetzt mit zu mir."

„Aber selbstverständlich, hier ist das Halsband und die Leine, hier noch unterschreiben. Ich hole Ihnen eben den kleinen Kerl."

Sonja zupft mit ihren Fingern vor Nervosität an ihren Augenbrauen, wieder muss sie warten. Sie geht hin und her. Da kommt sie wieder und der kleine Hund quietscht vor Freude und strampelt als wollte er in ihren Armen los schwimmen. Sonja nimmt ihn auf ihren Arm und er leckt ihr das Kinn.
„Danke, eigentlich wollte ich das gar nicht, aber er hatte einfach blitzschnell mein Herz erobert."
„Ich bin sicher, dass er es bei Ihnen gut haben wird, auf Wiedersehen dann."

„Na, hoffentlich nicht so bald," antwortet Sonja lachend und dreht sich im Weggehen nochmal zur Tierpflegerin um. Sie verfrachtet ihn in den Kofferraum, fährt an einer Tierhandlung vorbei und kauft ihm ein Liegekissen und das andere Zubehör neu. Freudig fährt sie nach Hause. Es dauert noch bis die Jungs nach Hause kommen und der kleine Kerl erkundet sein neues Zuhause. Sonja amüsiert sich über ihn, mit einem Blick auf die frisch umgegrabene Stelle im Garten. Entschuldige, aber wir haben uns beide jetzt gebraucht, ich vergesse dich trotzdem niemals.

Stefan und Leon kommen nacheinander nach Hause und sind anfangs etwas irritiert, aber es dauert nicht lang und sie fangen, an mit Pepe zu spielen. Die Haustür öffnet sich und Manuel fragt mit tiefer Stimme: „Was ist denn hier los?"

„Papa, guck mal, Mama hat einfach einen neuen Hund aus dem Tierheim mitgebracht, ist der nicht süß? Er heißt Pepe und ist supertoll lieb. Und hier, sitz machen kann er auch und sogar den Ball bringen?"

„Aha, Sonja? Können wir mal miteinander sprechen? Lass uns mal in die Küche hier gehen und wir machen die Tür mal zu, okay?"

Er hält ihr die Tür auf und als sie an ihm vorbei in die Küche geht, meint sie, einen leichten Parfüm Geruch wahrzunehmen.

„Was ist?"

„Sag mal, bist du von allen guten Geistern verlassen? Chaya ist gerade tot. Wir wissen noch nicht einmal, wie das passiert ist. Dann kommst du einen Tag später mit einem neuen Hund an. Warum brauchst du überhaupt einen Hund? Hättest´ mich mal fragen können, ob ich das auch will?"

Sonja schaut ihn fassungslos an. Der Ärger steigt, wie einem überkochenden Topf in ihr hoch.

Mittwoch

Ihre Nerven fühlten sich innerlich wie aufgeschürft an. Der Streit mit Manuel gestern hat sie viel Kraft gekostet. In der Nacht hatte sie stundenlang darüber nachgedacht, ob sie Pepe wieder zurückbringen sollte. Wie konnte es sein, dass ihr das kleine braune Fellknäuel in so kurzer Zeit ans Herz gewachsen war, dass sie dafür ihre Ehe aufs Spiel setzte? Sollte sie Pepe jetzt einfach wieder zurückbringen? War es gefährlich für ihn bei uns? Sie würde auf Pepe sicherlich besser aufpassen und vielleicht war es nur ein Irrer, der die Gelegenheit genutzt hatte, sich an Hunden zu rächen. Solche Leute gibt es ja immer wieder, die Rasierklingen in Fleischknödel verpackt haben oder Ähnliches auslegen, weil sie mal schlechte Erfahrungen mit einem Tier gemacht haben. Dann meinen sie, alle Tiere müssten nun ausgerottet werden. Pepe hatte bei ihr wenigstens eine Chance und die Jungs mochten ihn auch. Und Manuel? Vielleicht gibt sich das noch.

Sie hatte sich gerade zum Powernapping ein wenig aufs Sofa zu Pepe gelegt, als das Telefon bimmelte. Sie ging dran und bereute es in diesem Moment sofort. Scheinbar geduldig hörte sie sich die Beschwerde des völlig aufgebrachten Vaters einer Schülerin auf der anderen Seite des Telefons an. Sie zupfte dabei nervös an ihren Augenbrauen und gab ihm schließlich einen Gesprächstermin in der Schule, dann legte sie mit einem tiefen Seufzer auf.

Irgendwie gibt es Tage, da denkt man, dass es besser sei, wenn es möglich wäre, diesen Tag einfach im Leben so zu löschen, als ob man die Deletetaste der Computertastatur drücken könne.

Die Jungs kommen und werfen ihre Schultaschen wieder wie gewohnt in den Flur. Sofort knien sie sich runter und öffnen ihre Arme als wollten sie ein kleines

Kind auffangen, was ihnen entgegenläuft. Sie knuddeln Pepe und der wirft sich gleich auf den Rücken und lässt sich sichtlich genüsslich den Bauch kraulen. Dann fangen sie an, mit ihm zu spielen. Sonja lächelt, geht in den Keller und hängt die Wäsche ab, faltet und sortiert sie. Sie hört den Schlüssel in der Haustür.

„Manuel, bist du´s?"

Sie wartet, aber hört keine Antwort. Vielleicht ist ihre Frage im Spiel der Kinder mit dem Hund untergegangen?
Sie hievt die schwere Kiste mit der Wäsche die Treppe rauf und weist die beiden Jungs an, die Wäsche in ihren Schränken zu verteilen. Auf dem Sofa sieht sie Manuel sitzen, wie er wieder in sein Handy guckt.

„Hallo, du bist ja da, wie geht es dir?"
Er schaut sie nicht an.

„Bist du jetzt so konzentriert auf das, was du liest, dass du mich nicht hörst?"

„Nö, ich will nicht mehr mit dir sprechen."

„Warum nicht? Wegen unseres Streits gestern?"

„Du hast auch nicht mit mir über diesen Pepe vorher sprechen wollen, warum sollte ich dann jetzt überhaupt noch mit dir reden?"

„Ach Manuel, freu dich doch lieber mit mir und den Kindern über den Hund. Der ist doch ganz lieb."

Dabei geht sie zu ihm und versucht ihm über seine Haare zu streichen, aber er weicht mit dem Kopf zur

Seite aus. Wieder riecht sie einen anderen Duft an ihm.

„Sag mal, hast du ein neues Rasierwasser?"

„Wieso?"

„Du riechst irgendwie anders."

„Und, gefällt´s dir?"

„Mmh, finde ich ein wenig feminin den Duft, aber wenn er dir gefällt?"

„Ja, er gefällt mir."

„Sag, hast du mal in den Polizeiberichten nachgeschaut, ob es vergleichbare Fälle hier in unserer Nähe gab, in denen Tiere abgemurkst worden sind."

„Nein, habe ich nicht, warum?"

„Ja ... hätte doch sein können, dass es noch andere Fälle gibt. Ansonsten könnte ich ja jetzt denken, dass es einer gemacht hat, um uns persönlich Schaden zuzufügen."

„Aha... und wer sollte deiner Meinung so etwas tun? Wir haben doch keine Feinde, die so mit uns umgehen würden."

„Das meinst du! Aber Anna oder Roger wären vielleicht schon fähig dazu?"
Er antwortet nicht mehr und den Rest des Tages gehen sie sich aus dem Weg und reden nur das Notwendigste miteinander.

Freitag

„Gehst du gleich mal zur Schulleitung, sie möchten dich sprechen!"

Mit ernstem Gesicht schaut sie Sonja an. Erstarrt blickt Sonja zur Kollegin zurück. Aber diese stellt nur ihre Schultasche wie eine gerade errichtete Mauer vor sich auf den Tisch und setzt sich Sonja gegenüber auf ihren Platz. Eigentlich gibt es in einem Lehrerzimmer gar keine festen Plätze, aber irgendwie hat doch jeder seinen Platz mit zahlreichen Büchern oder Stiften markiert.

Sonja zuckt nur beinahe unmerklich leicht mit den Schultern und geht zum Schulleitungsbüro. Innerlich ist sie ziemlich aufgeregt und überlegt, warum sie zum Gespräch muss. Der Schulleiter und die Stellvertreterin schauen sie mit ausdruckslosen Gesichtern an und bitten sie mit einer Geste ihnen gegenüber Platz zu nehmen.

Sie setzt sich langsam hin. Erst nach einer Weile bemerkt sie, dass sie die Stuhllehnen mit ihren Händen fest umklammert festhält. Sie versucht, nicht darauf zu schauen und ihren Griff zu lockern.

„Also, um gleich auf den Punkt zu kommen, warum ich unbedingt heute mit Ihnen sprechen muss. Es gibt offensichtlich Schüler, die Ihnen nicht wohlgesonnen sind."

„Aha?" Und Sonja schaut verunsichert, die Stellvertreterin an, die mit Stift und Zettel offensichtlich bewaffnet nun beginnt ihre ersten Worte ins Protokoll zu schreiben. Dann blicken beide den Schulleiter mit gespanntem Gesicht an.

„Also ... ich will das mal so versuchen zu erklären. Ich unterrichte ja nebenbei auch noch ein paar Stunden

Deutsch, wie sie ja wissen." Sonja nickt nur dazu. „Ja und deswegen habe ich den Schülern verschiedene Romananfänge gegeben, und ihre Aufgabe war es eine Kurzgeschichte dazu zu schreiben."

Regungslos schaut Sonja ihm auf seine faltigen Lippen und wartet. Eine Pause entsteht. Sie presst ihre Hände so auf die Armlehnen, dass das Weiße ihrer Knöchel hervortritt.

„Also,"...beginnt er wieder und schaut sie direkt an. Wann geht er eigentlich endlich mal in Pension, dann wären wir ihn alle los, erwischt sie sich bei dem Gedanken. Das Problem ist einfach dabei, dass ein Schüler eine Geschichte geschrieben hat, in der er ihr Haus aufsucht und so einen Hass gegen sie hegt, dass er ein Feuer entfacht. Das Haus brennt ab und sie kommen dabei um.

„Und warum?" ,...fragt Sonja, „äh ... Ich meine, warum legt er das Feuer in der Geschichte?"

„Weil sie ihn nicht mögen und ihm eine schlechte Note auf das Zeugnis gesetzt haben."

„Äh ... und kenne ich den Schüler?"

„Nein, ich denke nicht, sie hatten bis jetzt gar keinen Unterricht mit ihm." Das Weiße in Sonjas Händen verschwindet allmählich. Sie spürt ihr Blut wieder in ihren Händen.

„Aber wie kommt er dazu, so etwas zu schreiben?"

„Das habe ich ihn auch gefragt und er sagte mir, dass er sie aber aus Vertretungsstunden kennen würde. Zudem ist Ihr Name in allen Netzwerken wie zum

Beispiel Facebook, Instagram und Twitter ein Thema, da über sie schlecht gesprochen würde."

Sonja öffnete unkontrolliert ihren Mund und als sie die schreibende stellvertretende Schulleiterin anschaut, gewinnt sie langsam ihre Fassung wieder und schaut wieder in die Augen über dem faltigen Mund des Schulleiters.

„Ja, ich weiß auch noch nicht, wie wir damit umgehen sollen, Frau Lichtenmeer! Aber ich habe unseren Informatik Kollegen mal darauf angesetzt. Sie wissen ja, dass wir hier gern immer alles intern im Hause klären wollen. Ja, und was glauben Sie, er hat tatsächlich einiges über Sie gefunden. Mich geht das ja nichts an, aber Sie haben ja als Beamtin eine Vorbildfunktion, daran muss ich Sie erinnern. Hinzu kommt noch, dass ich Sie jetzt fragen muss, wie Sie mit dem Text des Schülers umgehen wollen."

„Wie meinen Sie das denn? Was steht denn im Internet, und wieso müssen Sie mich an meine Vorbildfunktion erinnern und was hat das mit dem Schülertext zu tun?"

„Also ... ich muss Sie fragen, ob Sie das als Morddrohung verstehen?"

„Was meinen Sie denn? Meinen Sie den Schülertext?"

Der Schulleiter und seine Stellvertreterin nicken wortlos. Das Geräusch des Stiftes auf dem Papier scheint meine Frage in unverständlicher Sprache wiederholen zu wollen. Sonja schaut kurz auf ihre Knie vor sich.

„Was würde dem Schüler dann passieren?"

„Ja, wir müssten Elterngespräche führen und dann evtl. auch die Polizei einschalten."

Sie hebt langsam den Kopf und lacht: „Was soll ich da machen? Es ist doch sicherlich eine spannende Erzählung. Lassen Sie den Schüler doch so etwas schreiben. Seine Aufgabe war sich eine Kurzgeschichte auszudenken. Das haben sie doch gesagt."

Der faltige Mund vor ihr zieht beinahe unmerklich die Mundwinkel so nach oben, dass man meinen könnte, er habe gelächelt. Die Protokollantin schaut nicht auf, sondern zieht ununterbrochen den Stift über das Papier.

„Was mich vielmehr interessiert, was in den Netzwerken über mich verbreitet wird und von wem?"

„Mmmh" ... der Schulleiter räuspert sich, als habe er sich verschluckt und versucht wieder seine Stimme zu finden. Er zieht vom daneben stehenden Stuhl einen Packen Papier runter und legt ihn Sonja hin.
Sie überfliegt mit ihren Augen einen Ausdruck nach dem anderen. Zum Schluss schiebt sie mit beiden Handkanten die Blätter an den Seiten zusammen und fragt: „Kann ich das mitnehmen, ich kümmere mich darum. Ich kann ihnen hier nur deutlich sagen, dass alles erlogen ist, was da steht."

Der Schulleiter nickt, „ ... Sie verstehen aber, dass ich das überprüfen muss, na ja nicht alles natürlich, aber ein paar Dinge die unsere Schule nun mal angehen. Ich werde also mit den Klassenpflegschafts - Vorsitzenden Ihrer Klasse sprechen und auch die Führung der Klassenkasse unter die Lupe nehmen müssen. Tja und außerdem ist es wohl besser, wenn Herr Ritter nun ihre Klasse übernimmt, vielleicht können Sie sich auch mal ein paar Tage eine Auszeit nehmen? Sie verstehen schon!"

„Aber das können Sie doch nicht machen, was ist mit den Kindern. Die werden mir fehlen und sie werden mich vermissen. Ich habe gar nichts getan!"

„Tja, wie ich schon sagte, ich muss das Alles erst überprüfen."

„Tun Sie das, war´s das jetzt?" ,…fragt Sonja und bleibt vor beiden stehen.

„Ja, das war´s jetzt, Sie können gehen."

Sonja geht mit erhobenem Kinn an den vielen Schülern, die im Flur zur Pause üblicher Weise stehen, vorbei ins Lehrerzimmer. Als sie sich auf ihren Platz setzt, merkt sie, wie die Anspannung augenblicklich aus ihrem Körper zu fließen scheint.
Sie schaut in die Runde und ihr Blick bleibt an der Kollegin haften, die ihr vorhin die Nachricht übermittelt hatte, dass sie zum Gespräch mit der Schulleitung müsse. Etwas in ihrem Blick sagt Sonja, dass sie über alles Bescheid weiß. Aber Sonja packt ihre Bücher in die Tasche und geht noch einmal zur Lehrertoilette. Sie versucht den eigentlich unerträglichen typischen Geruch, der aus den Gullys der Damentoilette aufsteigt zu ignorieren und schließt sich ein. Sie weiß zwar, dass sonst niemand zurzeit da ist, aber sie fühlt sich sicherer so. Sie muss auch gar nicht, aber hier kann sie einfach ungesehen ihre Hände vor ihr Gesicht pressen und einmal laut schreien. Sie lauscht, aber sicher hat sie keiner gehört, da es in dem Pausenklingeln wahrscheinlich untergegangen ist. Sie legt ihre Arme vor sich über kreuz und umschlingt ihre

Taille fest, krümmt sich in sich zusammen, hockt sich hin, als habe sie große Bauchschmerzen.

Ansonsten achtet sie immer darauf, mit nichts um sie herum auf der Toilette in Berührung zu kommen, aber heute ist es ihr egal. Sie versucht, sich auf ihr Atmen zu konzentrieren und findet ganz langsam ihren inneren Takt wieder. Sie steht auf und geht zum letzten Mal für heute in ihre Klasse. Dabei versucht sie das Gehörte auszublenden und zu allen Schülern, wie gehabt, gleich freundlich zu sein. Diese Kunst hat sie nach vielen Gesprächen immer wieder üben müssen. Mit dem Gefühl, dass es ihr gelungen ist beherrscht in der Klasse agiert zu haben, fährt sie nach dem Unterricht mit zittrigen Händen nach Hause. Pepe freut sich überschwänglich sie zu sehen. Sie streift ihm das Halsband über und geht mit ihm eine Gassirunde. Nachdem sie eine Weile mit Pepe spazieren war, geht es ihr ein wenig besser.

Karo ruft sie an und fragt, ob sie sich zum Quatschen im „Café Lebensart" in Dortmund treffen könnten.

Endlich ein Lichtblick an diesem verrückten Tag, denkt Sonja und fährt zum verabredeten Treffpunkt und wartet dort.

Mittag

„Und wie viel?"

Sonja schaut ihn von oben bis unten an. Er sieht eigentlich ganz normal aus, könnte ein Kollege sein? Was will er?

„Na ja, wie viel nun?"

„Was meinen Sie?" ,…fragt sie ihn.
„Na, 70 € für die Nummer, aber ich darf aussuchen."

So langsam dämmert Sonja, was er meinen könnte.
„Nein, ich bin keine Nutte, ich warte hier nur auf meine Freundin."

„Ist die denn zu haben? Wenn ihr euch hier schon auf dem Parkplatz im Wald trefft?"
Dabei geht er einen Schritt auf Sonja zu. Sie schaut rings um sich herum, aber bis auf ein paar parkende Autos, ist keiner zu sehen. „Nein! Verschwinde!"

Er geht noch einen Schritt auf sie zu. Sie meint, einen Hauch von Alkohol zu riechen.

Allein,… das Auto … zu weit weg, um sich eben darin einschließen zu können. Was soll sie nur machen? Sie versucht, nach hinten auszuweichen.

Wo ist er nur so plötzlich hergekommen, hätte ich nicht die ganze Zeit in meinem Handy meine Nachrichten gelesen, dann wäre er mir sicher aufgefallen.

Sie spürt, wie er ihr immer näherkommt und mit seiner Hand ihr rechtes Handgelenk umfasst. Sie hält die Luft an. Er ist etwas größer als sie, aber wenn er nicht so einen vollen rotbraunen Bart im Gesicht hätte, könnte er vielleicht sogar ganz gut aussehen. Aber Ekel steigt in Sonja hoch und sie versucht mit ihrem Fuß den Boden nach hinten zu ertasten.

Verhalte dich ruhig, provozier ihn nicht, sagt sie sich. Langsam versucht sie, nach hinten auszuweichen, aber sie verliert den Halt und er stürzt auf sie. Ihr Handgelenk hält er immer noch fest umschlossen. Sie hört eine Stimme schreien, aber es ist wohl ihre eigene. Ein Hupen und das Geräusch von Reifen auf Schotter ist zu hören. Ihr Handgelenk ist wieder frei. Er richtet sich auf und rennt in Richtung Wald davon.

„Mensch, Sonja, wer war das? Was wollte der?"

Ich freue mich, ein mir vertrautes Gesicht über mir zu sehen. Noch nie habe ich mich so gefreut, wie jetzt, Karo zu sehen.

Sie hilft ihr auf. „Ach Karo, ich bin so froh, dass du da bist!"

„Entschuldige, aber ich musste eine Umleitung fahren, und dadurch habe ich mich verspätet."

„Du bist ja noch rechtzeitig gekommen." Sie gehen zum Café. „Er hatte mich wohl verwechselt und hielt mich für eine Professionelle."

„Wie bitte, für eine Prostituierte?" Und Karo bleibt dabei stehen und schaut sie fassungslos an. „Erstens siehst du doch gar nicht so aus. Zweitens stehen die doch hier nur abends rum. Möchtest du denn jetzt trotzdem ins Café oder soll ich dich zum Arzt bringen?"

Sonja schüttelt nur den Kopf zu einem eindeutigen Nein.

„Du hast hier auf Deinem Handgelenk aber eine böse Schramme, das tut bestimmt weh!"

„Nein, alles gut, ein Kaffee ist genau das, was ich jetzt brauche, lass uns weitergehen."

„Okay, wenn du meinst."

Die alte grüne Massivholztür knarzt, wenn man sie aufzieht. Dann steht man in einem Raum, ein großer Saal, in dem Alles weiß gestrichen ist. Tische und Stühle, dabei ist jeder Stuhl anders geformt, aber alle Möbelstücke sind weiß. Überall hängen kleine Vögel aus Papier, Schmetterlinge aus bunten Federn oder Schilder mit Lebensweisheiten darauf an den Wänden. Nach dem hässlichen Erlebnis gerade, tut diese helle Atmosphäre mit ihren vielen Ablenkungen fürs Auge gut. Sie finden einen Platz am Fenster mit Blick auf die verwilderte Gartenterrasse.

Wenn es warm ist, muss es draußen schön sein. Die Sonne scheint dann auf die Terrasse. Aber an so einem kalten stürmischen Tag wie heute, ist es gut, dass wir drinnen sitzen.

„Einen Cappuccino, bitte!"

„Ja gern, brauchen Sie ein Pflaster für Ihre Hand? Ich bringe Ihnen gern eins."

Sonja nickt ihr zu, der Kloß in ihrem Hals verhindert ihren Wunsch zu antworten. Karo schaut sie prüfend an und bestellt dabei auch einen Kaffee, einfach schwarz.

Chaya hätte mich verteidigt, und Pepe hätte ihn vielleicht abgeschreckt. Was wäre nur passiert, wenn Karo nicht doch noch gekommen wäre? Sicher hätte er mich vergewaltigt, wie wäre ich damit klar gekommen und vielleicht hätte er mich auch anschließend getötet? Kann er ja immer noch, wenn er mir irgendwo auflauert, aber ich werde nichts darüber erzählen oder ihn anzeigen, dann laufe ich auch nicht Gefahr, dass er mich finden will.

„Sonja! ....Sonja! Alles okay mit Dir? Du musst dich ja erstmal von dem Schrecken erholen. Ist ja Gott sei Dank nichts passiert. Ich war ja rechtzeitig da. Wenn du möchtest, können wir aber gleich zur Polizei, dann kannst du Anzeige erstatten."

Sonja winkt mit einer Handbewegung nach unten hin ab: „Ach, nein, ist ja nichts passiert, er hatte mich verwechselt, ist alles okay, so jetzt ein Pflaster auf die Hand und alles ist gut. Ist vielleicht durch seine Uhr passiert, dass ich mir da die Haut aufgeratscht habe. Schau doch mal raus, wie schön verwildert diese Gartenterrasse ist."

„Ja, das stimmt, zu Hause würde ich mich jetzt an die Gartenarbeit machen und Ordnung darein bringen wollen, aber hier sieht es einfach romantisch aus."

„Ach, könnten Sie wohl ein Stück mit ihrem Stuhl nach vorn rücken, dann kann ich durch diese Tür in den Garten gehen." Eine Frau mittleren Alters mit einer roten offenbar selbst gehäkelten Stola um den Mantel schaut Sonja erwartungsvoll an.

„Äh ... klar gern, was wollen Sie denn draußen, da ist doch keine Bewirtschaftung bei dem Wetter?"

„Rauchen!"

„Ach so, ja ... entschuldigen Sie, habe ich nicht dran gedacht."

Ein anderer Platz ist aber nicht frei, das Café hat sich gefüllt. Wir können überhaupt froh sein, hier sitzen zu können.

Sonja erzählt Karo von ihrem verrückten Vormittag und dem Gespräch bei der Schulleitung.

„Ja ... wie dich schlecht gemacht im Netz? Ich schau mal nach. Deinen Namen gebe ich mal hier als Suchbegriff ein."

Sonja schaut sie gebannt an, aber in Karos Gesicht sind keine besonderen Gefühlsregungen zu erkennen. Also umschließt sie mit beiden Händen ihre Tasse und versucht, die Wärme durch die Finger und ihren Körper strömen zu lassen, in der Hoffnung, dass sich ihr Herzschlag normalisiert.

Warten, immer warten, ich hasse es einfach, warum nur, sie könnte doch einige Zwischenergebnisse ihrer Suche mal vorlesen?

Sonja schaut den Raucherinnen draußen zu, wie sie ihre Schwaden durch die Luft ziehen lassen. Eigentlich paradox, sich in die Natur zu stellen und schlechte Luft bewusst einzuatmen, denkt sie.

„Ja, also dein Schulleiter hat schon irgendwie recht. Hier steht, dass du das übrig gebliebene Geld von der Klassenfahrt nicht an alle Schüler in Deiner Klasse zurückgezahlt hast." Karo schaut Sonja dabei prüfend an.

„Ja ... hallo, hätte ich jetzt jedem 50 Cent auszahlen sollen? Ich habe den Schülern meiner Klasse gesagt, dass ich das Geld dem Förderverein der Schule überweise, dann kommt es doch Allen zugute, was soll das?"

„Ja, das weiß ich von Dir. Aber hier steht gar nichts von einem Förderverein. Und hier steht, dass du Migranten beleidigt hast und ihnen schlechtere Noten als anderen gibst."

„Das stimmt überhaupt nicht!" ,..ruft Sonja aus und schaut sich gleich darauf mit zuckenden Schultern entschuldigend um.

„Sie haben manchmal schlechtere Leistungen, weil sie die Sätze noch nicht richtig verstehen, aber es ist nur eine Frage der Zeit, dann können sie sich sehr gut ausdrücken. Sie sind dann manchmal sogar besser als Kinder, die in Deutschland geboren worden sind. Das ist doch nicht zu fassen! Was soll diese Hetze nur?"

„Hier schreibt jemand, dass du deine privaten Psychologie Bücher an die Schüler verliehen hast, um dich bei ihnen einzuschleimen."

„Das ist doch Unsinn! Eine Schülerin wollte Infos zum Psychologiestudiengang haben. Die Bücher waren veraltet, weil ich sie noch aus dem Studium hatte. Ich war die Bücher los. Ich habe sie lieber abgegeben als sie wegzuwerfen. Ich dachte, dass sie sich damit ein wenig über die Themen im Studium informieren könne. Also ehrlich ... das gibt's doch gar nicht!"

„Wenn ich das richtig sehe, dann geht das Alles von einer Person aus, die hier im Netz über dich herzieht. Vermutlich eine Frau, aber genau kann man das ja nicht sagen. Die anderen reagieren nur auf sie mit entsprechenden Likes, Replays oder Tweets. Offenbar sehen sie dieses Mädchen als Opfer an. Du sollst die Täterin sein, die es hier gilt zu bestrafen."

„Ja wie? Kannst du herausfinden, wer das ist, du Cybergenie?"

„Hier steht nur L. G. und ein Clown als Profilbild. Kannst´ ja sagen, was du willst, aber ich fand Clowns schon vor Stephen Kings Roman gruselig und die Frau hier ist echt übel. Die macht dich sozial platt."

„Äh ... wer mag das sein? Und warum? Ich habe niemandem etwas getan? Ich meine, klar gibt's immer mal welche, die sind mit ihrer Note nicht zufrieden, aber so jemanden kenne ich nicht unter meinen Schülern."

„Mmmh ... muss ja nicht unter Deinen Schülern sein, vielleicht hast du jemand anderen aus Versehen gekratzt?"

„Wüsste nicht ..., der Sturm wird sich schon legen."

„Ich schreibe Facebook und die anderen Netzwerke an, dass sie das löschen. Mehr kann ich nicht tun. Aber weißt´ ja, das Netz vergisst nichts", Sonja legt ihre Hand auf Karos und schaut sie dankbar an.
Nach einem weiteren Plausch über Nachbarn und Kinder fragt Karo: „Okay sollen wir mal aufbrechen? Ich lade dich ein."

„Ja gern, danke."

Karo bezahlt, und sie bestaunen beim Hinausgehen noch ein paar Dekorationen in dem Café. Dann zwängen sie sich durch die Hereinkommenden, die verzweifelt einen Platz suchen und gehen zu ihren Autos. Sie verabschieden sich und fahren jede für sich nach Hause.

„Wo warst du denn?" Dabei schaut er sie mit leicht gerunzelter Stirn an.

„Ich ... ich war erst in der Schule, dann mit Pepe unterwegs und anschließend einen Kaffee mit Karo trinken."

„Aha, und jetzt, was gibt's nun zu essen?"

„Ach ich mach einfach Nudeln mit Pesto dazu!"

„Okay, hatten wir doch aber erst letztens, oder? Was hast du da an deiner Hand?"

„Eine Schramme."

„Okay?"

„Ja, alles gut."

Sonja merkt, wie ihr im Gesicht heiß vor Ärger wird: „Und das Essen war doch sonst lecker und heute wird es Dir auch wieder schmecken." Sie versucht, tief zu atmen und stellt sich dabei vor, wie der Ärger dabei aus ihren Armen fließt. Aber irgendwie scheint es ihr nicht gelingen zu wollen.

„Sag mal, wofür hast du 2. 000,- € abgehoben?" Dabei blickt er mich von seinem Handy aufblickend an.

„Wie jetzt, wann meinst du denn?"
„Heute!"

„Ach Schatz, wofür? Habe ich nicht gemacht. Was soll das jetzt?"

„Ja, dann hat einer deine Karte gestohlen! Guck mal nach, ob du sie noch hast!"

Sonja sucht ihre Handtasche und findet sie nicht. Sie nimmt den Autoschlüssel vom Haken und geht zu ihrem kleinen Auto. Erleichtert stellt sie fest, dass sie ihre Handtasche im Auto gelassen hatte. Sie holt sie heraus und wühlt in ihrer Tasche. Dabei geht sie zurück zur Haustür. Auf dem Küchentisch leert sie ihre Handtasche aus, aber sie findet ihr Portemonnaie nicht. Mit dem aufsteigenden Übelkeitsgefühl im Magen schaut sie ihren Mann an.

„Du hast recht ... weg ... einfach so ...weg!"

Manuel schaut sie vorwurfsvoll an. „Wie kann das sein? Was hast du überhaupt im Kopf, ich versteh dich nicht!"

Sie versucht, die Bemerkung zu überhören. Dann sucht sie auf dem Kühlschrank alle Papiere durch und findet eine kleine Karte. Sie liest die Nummer, die auf der Karte steht, laut vor, um sich auf das Wählen zu konzentrieren. Im Hintergrund hört sie immer nur, wie ihr Mann: „Mann ...Mann ... Mann!" sagt. Sie lässt die Karte sperren und setzt sich an den Küchentisch. Dabei hält sie ihren Kopf zwischen beiden Händen fest und massiert sich die Schläfen.

„Toll und was ist jetzt mit dem Essen?"

Sonja versucht, die Frage auszublenden und überlegt.

Es kann nur im Café gewesen sein, als die Leute, die zum Rauchen rausgingen, hinter mir vorbei durch die Tür auf die Gartenterrasse gegangen sind. Oder war es vielleicht beim Rausgehen, als mich jemand angerempelt hat. Ich weiß es nicht und ich habe auch niemanden gesehen, den ich kannte, verdammt.

„Ja, und was grübelst du jetzt so, kannst´ e vergessen, die Kohle ist weg, hättest mal besser aufpassen müssen."

Die Wut in Sonja steigt so schnell hoch, dass sie keine Kontrolle darüber zu haben scheint. Sie springt auf, greift in den Schrank und knallt die Packung Nudeln und das Glas mit selbst gemachtem Pesto auf den Tisch, dann hechtet sie zur Gemüseschale, greift die Paprikas und haut sie so daneben, dass sie aufplatzen. Sie rennt beinahe zur Schublade und greift das Messer und richtet es gegen Manuel. Er schaut auf das Messer. Sie folgt seinem Blick, schaut auf die Klinge und verharrt. Ihre Hand ist wie erstarrt. Langsam öffnen sich ihre Finger. Sie schaut ihrer Hand zu, als würde sie ihr nicht gehören und das Messer gleitet ihr aus der Hand. Mit einem metallenen Geräusch fällt es auf den Boden. Es springt kurz noch einmal auf, dreht sich dabei und bleibt liegen. Sonja dreht sich wortlos um.
Sie greift sich die Leine und stürzt mit Pepe nach draußen. Die Tür fällt hinter ihr mit einem Rums in Schloss. Sie rennt und bleibt erst am nächsten Waldrand stehen. Pepe läuft neben ihr her und schaut sie immer wieder an. Das Rennen gefällt ihm. Dann sinkt sie in sich zusammen. Sie weint. Alles vom Tage kommt in Form von Tränen endlich aus ihr heraus. Erst der Ärger in der Schule, dann dieser Typ auf dem Parkplatz, diese L.G., die sie im Netz fertig macht, dann das Geld, das fehlt und jetzt Manuel noch.

Das laute Schnuffeln an ihrem Ohr von Pepe reißt sie wieder zurück in die Wirklichkeit. Augenblicklich versucht sie, ihr Jammern einzustellen, aber die Wut und die Traurigkeit lassen sich nicht so leicht zurückdrängen.

Wäre ich beinahe mit dem Messer auf Manuel losgegangen? Das kann doch nicht wahr sein! Verletzen oder sogar töten, du wolltest ihn tot sehen?

In ihrem Kopf dreht sich alles. Sie löst sich vom Boden und wischt das Laub und Moos von ihrer Kleidung. Pepe sitzt neben ihr. Tiefe Seufzer begleiten ihren Atem.

Was hab´ ich getan, ich kann gar nicht wieder zurückgehen, nach dieser Sache. Aber wo soll ich hin? Was mache ich nur jetzt? Wir sind am Ende, Pepe und nun ? Ganz leise hört sie ihren Namen. Da ruft jemand nach ihr. Ach,… das sind bestimmt die Jungs, die mich vermissen, hoffentlich haben sie nicht alles mitgekriegt.

Langsam steht sie auf und putzt sich mit ihren Händen ihre Jeans sauber. Pepe nutzt die Zeit und schnüffelt durch das Gras irgendwelchen Spuren nach. Da kommt eine dunkle Gestalt auf sie zu.
Da Pepe aber nicht ungewöhnlich reagiert, wird es wohl Leon oder Stefan sein, überlegt sie. Sie streckt ihren Oberkörper und reckt sich einmal kurz, um wieder Haltung zu gewinnen.
Es ist Manuel. Er breitet die Arme aus und kommt auf sie zu. Sonja bleibt einfach stehen. Er nimmt sie in den Arm und drückt sie fest.

„Hör mal, so schlimm ist das nicht. Das kann mal passieren mit dem Geld, beruhig´ dich doch. Ich hätte nicht so reagieren sollen."

„Ich hätte auch nicht so reagieren dürfen", flüstert Sonja und geht mit ihm zurück. Pepe tappelt freudig hinter ihnen her.

Irgendwie freue ich mich auf zu Hause, die Jungs und das gemeinsame Abendessen, aber eine innere Kälte bleibt in meinem Körper. Als sei ein Teil meines Herzens abgestorben... tot. Ach tot, ich komme so nicht weiter, Alles hängt doch irgendwie an Anna und dem Gedanken, dass sie eine Mörderin sein könnte. So komme ich aber gar nicht weiter, wenn ich hier im Selbstmitleid versinke. Ich muss zu ihr, in ihr Haus sonst glaubt mir das Keiner. Vielleicht gibt es dort irgendetwas, was beweist, dass sie ihre frühere beste Freundin getötet hat? Morgen, am besten so schnell wie möglich, endlich möchte ich die Gewissheit darüber finden, ja das muss ich hinkriegen.

Mit dem gerade gefassten Entschluss geht sie mit Manuel nach Hause, auch wenn sich seine Hand fremd anfühlt.

Samstagabend – Einbruch

Mein Herz klopft zu schnell. So rasend wie ein zügig tropfender Wasserhahn im stetigen Rhythmus. Ich kann ihn nicht runter atmen. Ich bin zwar noch schlapp, aber mein Blut scheint heute aus purem Adrenalin zu bestehen. Manuel ist mit Leon und Stefan bei den Nachbarn zur Spielfilmnacht eingeladen. Mal wieder James Bond Filme gucken. Freu mich, endlich allein, darauf habe ich gewartet.

Meine schwarze enge Hose spannt beim Anziehen ein wenig an den Oberschenkeln, kein Wunder, hatte ich auch länger nicht an. Das gleichfarbige, langärmelige T-Shirt zieht sich ein wenig über meine Brust, aber für den Zweck ist es noch okay. Hat mir schon mal besser gepasst.

Die dunklen Schuhe sehen gut dazu aus. Obwohl es eigentlich diesmal egal sein sollte, wie ich aussehe. Wird mich ja hoffentlich niemand wahrnehmen.

Aus dem Schuhschrank packe ich einfach die schwarze Schuhcreme in meinen dunklen Rucksack. Ein Blick in den bodenlangen Spiegel im Flur zur Kontrolle und los geht´s.

Blöd, diese Woche war echt hart, meine Augenbrauen weisen Lücken vom ständigen Zupfen auf, und warum gibt es eigentlich keine schwarzen Pflaster für meine Hand? Ich versuche eben, unsichtbar zu sein. Karo hat bereits geschrieben „frei". In ca. 30 Minuten werde ich da sein.

Eine echte Freundin ist die Karo, mittlerweile, auf die man sich wirklich verlassen kann. Als wir uns kennengelernt haben, waren wir uns anfangs nicht so sympathisch, aber mit der Zeit lernten wir uns besser kennen und teilten vieles miteinander. So gibt es irgendeine Verbindung zwischen uns, aber sie ist nicht die Freundin, mit der man mit Spaß von einer Kneipe abends in die andere ziehen kann. Dennoch ist sie die

Einzige, die mir momentan hilft. Ich hatte ihr alles erzählt und nun war ich auf dem Weg zu Annas Haus. Per Whats App hatte Karo mir gerade das Signal gesendet, dass zurzeit niemand bei Anna zu Haus ist, weil sie das Ehepaar Goldberg zu sich zum Essen eingeladen hat. Goldbergs Mädchen waren auf einer Party. Meinen kleinen schwarzen Smart parke ich wieder in einer Seitenstraße. Die Flasche Rotwein ist bei der Fahrt zum Glück heil geblieben. Sie war gefährlich im Kofferraum in den Kurven an die Wände des Kofferraums gestoßen. Ich hatte sie unterwegs gekauft und als Geschenk verpacken lassen. Dennoch hätte ich sie besser irgendwo einklemmen müssen, damit sie nicht zerschlägt. Warum denke ich nie an so etwas? Jetzt nehme ich sie erstmal vor meinen Bauch haltend in meine rechte Hand und gehe mal los. Aber wer kommt da auf mich zu? Ich kann nicht erkennen, ob ich denjenigen kenne. Aber ich hatte ja damit gerechnet, dass ich hier nicht zu Goldbergs Haus gelangen kann, ohne dass mich jemand sieht.

„Ja, ... äh.. guten Abend," grüße ich mit einem bewusst freundlichen Lächeln. Aber der Gassigeher zieht seinen dicken Beagle hinter sich her und schaut mich nur kurz grimmig an.

Sein Gesicht ist kaum unter der Kapuze seines Parkers zu erkennen. Das nieselige Wetter jetzt am Abend kommt mir sehr entgegen. Ein weißes Satinschleifchen und die Zellophanfolie signalisieren, dass die Weinflasche ein Geschenk ist. So sieht es aus, als würde ich einer Einladung folgen und jemanden, der hier in der Straße wohnt, besuchen. Erst nachdem der Spaziergänger vorbei ist, merke ich, wie meine Anspannung sich ein wenig löst. Kein Geräusch, keiner scheint sonst unterwegs zu sein. 20:00 Uhr da sitzen alle gewöhnlich vor der Tagesschau oder einer Serie.

Mein Nacken schmerzt, die Schultern einfach hängen lassen und die Arme schwingen, vielleicht hilft das? Annas Haus steht im Dunkeln vor mir. Die umliegenden Häuser haben dagegen überall kleine Lichter an. Bis auf die Lichtpunkte liegt alles in einem gleichfarbigen dunkelblau. An sich eine sehr schöne Farbe, ohne Schatten, wenn da nicht mein Vorhaben wäre. Ein Blick zu Karos Haus. Ja, Goldbergs scheinen bei ihr zu sein. Alle Lichter im Haus und Garten sind eingeschaltet. Jetzt über die Kiesbetonplatten, durch den Vorgarten der Goldbergs, hin zur hölzernen Gartentür. Wahrscheinlich wieder von Roger selbst aus Baumarktbrettern gebaut, könnte mal einen Anstrich gebrauchen, in dem gleichen Blau der Haustür, dann könnte es ja sogar idyllisch aussehen? Ganz nett auch, in derselben Farbe eine kleine Bank im Vorgarten davor? Mensch, Sonja konzentrier dich endlich auf dein Vorhaben!

Den kleinen Riegel nach hinten schieben und schon öffnet sich laut quietschend die Bretterwand.

War mir nie aufgefallen, dass die Tür so laut quietscht! Nicht umschauen, zu auffällig, einfach durchgehen. Muss so aussehen, als seist du eingeladen. So soll es auf die Nachbarn wirken, die mich vielleicht neugierig aus ihrem Fenster beobachtend sehen. Die Tür beim Schließen leicht anheben und siehe da, die Scharniere geben weniger Laut von sich. Die Tür lässt sich nun leise schließen.
Aufatmen, allein sein, eigentlich ist diese Ecke im Garten von den Nachbarn nicht einzusehen. Kameras gibt es nicht. Wie Sonja es gehofft hat, haben Anna und Roger als Frischluftfanatiker ihr Schlafzimmerfenster auf kipp stehen.

Sonja tastet mit ihrer Hand im Rucksack und findet die Tube. Von der Schuhcreme schmiert sie sich davon ein wenig ins Gesicht und über ihr Pflaster auf die Hand.

So können meine weiße Haut und dieses Pflaster im Dunkeln nicht so im Mondschein leuchten und Aufmerksamkeit erregen.

Anschließend verstaut sie die Creme und den Wein in den Rucksack unter den großen Pflanztisch und die darauf stehenden Kaninchenställe. Mit einem weiten Schritt nach oben setzt sie ihren linken Fuß auf den Tisch. Greift mit ihren beiden Händen in die groben Fugen der roten Klinkerwand und zieht sich hoch.

Mist.... vielleicht hätte ich das mal vorher richtig üben sollen, aber wo? Und dünne Handschuhe wären sicherlich auch gut gewesen.
Ich kann ja schlecht fragen, darf ich mal an ihrer Wand ein wenig hochklettern, aber in einem Boulderverein in Bochum hätte ich mich vielleicht besser vorbereiten können?

Es geht, ihre Glieder strecken sich weit auseinander, ihr Bauch spannt sich, als habe sie das Gefühl, dass es sie auseinanderreiße. Die Neugierde über das, was sie da finden wird, siegt über die empfundenen Schmerzen.

„Weiter, Sonja, zieh! Du schaffst das!" ,...treibt sie sich unentwegt an. Ihr rechtes Bein zieht nach, indem sie den Oberschenkel so weit zu sich zieht, dass ihr Knie fast in die Achselhöhle ihres Armes zu drücken scheint. Die Fingerkuppen brennen. Mit dem rechten Fuß findet sie Halt in einer Fuge und zieht sich mit Kraft weiter nach oben. Der linke Fuß drückt sich vom Pflanztisch ab und mit Schwung schiebt sie sich weiter nach oben. Unter ihr fängt der Tisch gefährlich an zu wackeln. Ein Blick nach unten zeigt, dass er droht umzufallen. Das würde unnötigen Lärm verursachen. Aber das Wackeln des Tisches wird weniger. Der Tisch wird stehen bleiben. Sonja atmet tief aus und sammelt ihre Kräfte neu.

Eine Katastrophe wäre es gewesen, wenn er auf die Gehwegplatten und nicht lautlos auf die weiche Wiese gefallen wäre.
Die Kaninchen poltern zwar vor Schreck kurz in ihren Kisten, aber nur kurz. Ihre Finger ziehen und der Schmerz treibt sie weiter nach oben. Wie ein Gecko versucht sie, die Wand nach oben zu klettern. Sie greift weiter oben in die Fugen und arbeitet sich an der Wand nach oben. Nach links tastend gibt ihr die Kupferdachrinne ein wenig mehr Halt.

Scheint ja solide gebaut zu sein. Nur noch einen Meter, dann habe ich die Höhe des Wintergartendaches erreicht.

Mit Schwung hechtet sie auf die Streben des Wintergartens.

Nur nicht auf das Glas treten. Und weiter! Die Anschaffung meiner Boulderschuhe, aus dem Internet, hat sich gelohnt, jede Unebenheit ist damit unter den Füßen zu spüren, als würde ich die Fugen barfuß wie ein Gecko ertasten können.

Jetzt noch mit der linken Hand in den Fensterrahmen greifen und sich langsam dahin ziehen. Vor dem gekippten Fenster gebeugt stehend, kann sie nun durch das gekippte Fenster greifen und den Griff des anderen Fensters zum Öffnen waagerecht drehen. Ein leichter Ruck und sie kann es weit öffnen.

Das könnte jeder Einbrecher mit Leichtigkeit hier leisten, was ich hier mache. Ein wenig nach links klettern und mit einem großen Schritt über den Fensterrahmen, wenn nur meine Finger nicht so schmerzen würden. So jetzt in das Haus steigen, so müsste es gehen, und sanft aufkommen. Jetzt erstmal Arme und Beine schütteln, um die Muskeln und Sehnen zu lockern, das tut gut. Mein Handy aus der rechten hinteren Hosentasche rausholen und die Lichtfunktion einschalten. Ich wollte ja anfangs keins haben, aber nun komme ich ohne gar nicht mehr aus.

Wie eine kleine Taschenlampe richtet Sonja das Handy auf die Bodenbereiche, damit das Licht von außen nicht zu sehen ist. Überall liegt etwas auf dem Boden. Hosen, Blusen, Jacken, Unterwäsche kaum eine freie Fläche in dem Schlafzimmer aus weiß glänzenden Möbeln.
Das muss das Schlafzimmer von Anna und Roger sein. Auf dem Nachtisch rechts steht nur ein Radiowecker. Bestimmt Rogers Schlafseite, auf Annas Seite hängen Halsketten an der Wand an einem einfachen Nagel aufgehängt. Sieht wirr aus. Zahlreiche Bücher, Romane und Krimis, stapeln sich auf dem Nachtisch und dem Boden vor dem Bett. Ja, das muss Annas Schlafseite sein. Roger liest nichts.

Mit meinen Füßen taste ich mich langsam weiter vor und gehe durch die geöffnete Tür. Ein kleiner dunkler Flur, ist hier, mit einer durchlässigen Treppe nach unten. Geradeaus, die Tür steht offen, Fliesen an der Wand, ein Badezimmer. Rechts ist eine verschlossene weiße Tür zu erkennen. Die silberne Türklinke fühlt sich kalt an. Langsam drücke ich sie nach unten. Dahinter? Ein lautes Geräusch, eine eindringliche Melodie; Was ist das? Wecker oder Telefon? Will Karo mich warnen?

Dann würde sie aber doch mein Handy anrufen? Wer ruft jetzt an? Nachbarn vielleicht? Bin ich etwa doch aufgefallen? Einfach ignorieren. Die Chance hier zu recherchieren krieg ich doch nicht wieder.

Mit der linken Hand hält sie die Leuchte des Handys zu und dreht ihr Handy in ihrer Hand.

Nein keine Anrufe eingegangen, weitermachen Sonja, du hast dich hierauf gequält und noch nichts gefunden, was machst du hier eigentlich? Es muss irgendwo etwas geben. Anna war es. Ich muss nur einen Beweis finden, ein einziger reicht. Oder war es vielleicht doch Roger? Anna muss die Mörderin sein. Sie hat sicherlich schon mehrere Frauen auf dem Gewissen. Eine Serienmörderin also. Und ich wäre beinahe ihr nächstes Opfer gewesen und jetzt?

Das Telefon hört endlich mit dem Lärm auf. Die Tür geöffnet, leuchtet Sonja rundum in den Raum, der sich vor ihr auftut, sehr aufgeräumt und sauber. Die linke Wand, ein Regal voller Bücher, die Buchrücken sind in einer Reihe so aneinandergestellt, dass die Buchrücken eine Front ergeben, wie in einer Bibliothek. Langsam geht sie in den dunklen Bauch dieser Zimmerhöhle weiter hinein. Ein Schreibtisch, alles hat seinen Platz. Stifte in gleichgroßen Bechern scheinbar nach Farben sortiert, liegen ordentlich nebeneinander. Wessen Zimmer ist das nur? Hefte mit dem Rand an der Ecke und Kante des Schreibtisches abschließend aufeinandergestapelt. Der weiß lackierte Schreibtisch sieht neu aus, so wie alles hier in dem Zimmer neu gekauft erscheint. Mit ihrer linken Hand fächert sie die Hefte auf dem Schreibtisch auf, Klausurhefte, Lina Goldberg steht darauf geschrieben, Linas Zimmer! Die Hefte stapelt sie wieder so möglichst ordentlich zurück. Nichts Auffälliges sonst, ein Rundumblick durchs Zimmer zeigt nichts Auffälliges im Zimmer, bis auf diese Ordnung. Ihr Bett ist gemacht. Sehr glatt, es ist gar keine Falte im Bettzeug.

Wie kriegt man so etwas bloß hin? Ob das viel Zeit kostet? Aber warum sollte ich das auch machen? Ob es im Schrank auch so aufgeräumt aussieht, wie in einem Möbelhaus.

Die Türen des Kleiderschrankes lassen sich lautlos öffnen. Linas Anziehsachen liegen darin sortiert. Hosen, Pullis, Socken und Unterwäsche schließen in Päckchen, wie die Buchrücken in einem gut sortierten Bücherregal, mit der vorderen Kante des Schrankes ab. Unten Schuhe, robuste Stiefel und Schuhkartons, die sich stapeln. Gerade beim Schließen der Tür fällt Sonja auf, dass der Deckel des obersten Schuhkartons nicht richtig aufliegt. Auf der einen Seite steht er ein Stück weit zu hoch. Mit dem Handy leuchtet sie den Karton an.
Das passt irgendwie nicht und sieht unordentlich aus. Sie schwingt die Kleiderschranktür ganz weit auf und hält sie fest. Mit der anderen Hand öffnet sie den Karton. Papier, beschriftet, sie kniet sich davor und durchwühlt nun mit beiden Händen die Zettel in der Kiste. Alles Listen, Einkaufs- , Namen- , Lieder- , To-do -Listen, Auflistungen von Gegenständen und hier Verzeichnisse von Orten mit Erlebnissen. Die Zettel sind alphabetisch sortiert und thematisch ordentlich zusammengeheftet.

Ach ... Eifel! Brief an die Eltern: Quittung, Klassenfahrt, Jugendherberge Mayen, am gleichen Wochenende als Britta und Anna da gewesen sind. Eingegeben in die Karten App zeigt mein Handy an, dass Mayen circa sieben Kilometer von Trimbs entfernt liegt. Lina war

demnach zur gleichen Zeit, wie Britta und Anna da ...
hatte Anna gar nicht erzählt .... warum nicht? Sie hat
mir doch sonst immer alles erzählt. Sehr seltsam! Und
hier? Was ist das? Eine weitere Liste, was sind das für
Namen? Eine Liste giftiger Pflanzen!
Trompetenblume,... Eisenhut ... und Dieffenbachie!
Könnte es sein? War es nicht Anna, sondern doch Lina
gewesen? Die Bilder der verwöhnten Tochter, die sich
beim Frühstück mit ihrem neun-Minuten Ei so kapriziös
benahm, tauchen im Kopf auf, Markenklamotten,
Serien wie heißen sie noch? ... Ach ja, Slasher-Filme,
sieht jungenhaft aus und lächelt fast nie. Und war sie
es letztendlich nicht, die mir den vergifteten Tee
hingestellt hatte!

Sie schaut auf ihre Arme und beobachtet wie sich eine
Gänsehaut auf ihren Armen ausbreitet. Dann umfasst
sie ihre Knie und setzt sich so eingekauert auf den
Boden.
Hatte ich Lina doch für ein verwöhntes, aber
freundliches Kind gehalten. Ein Fehler! Sonja schaut
sich um, aber das Fenster ist geschlossen. Die Kälte ist
in ihr selbst.
Wie fremdgesteuert schaltet sie die Leuchte am Handy
aus und klickt das Symbol Kamera an. Schnell macht
sie mit einer Hand Fotos von den Listen, insbesondere
von den Eifellisten und den Aufzählungen giftiger
Pflanzen. Ärger steigt in ihr hoch und vertreibt die
Kälte allmählich aus ihrem Körper. Sie versucht, sich zu
erinnern, wie sie die Kiste mit den Zetteln darin
vorgefunden hat. Die passenden Bilder dazu hat sie in
ihrem Kopf und kann sie wiederholen. Die Zettel legt
sie in die richtige Reihenfolge zurück, mit der Sonja sie
heraus genommen hatte. Ganz sicher ist sie sich aber
nicht, aber die Zeit drängt. Kurz überlegt sie, wie lange
sie noch wegbleiben kann. Sicher würde Karo ihr eine
Nachricht zur Warnung senden. Ein Blick auf ihr Handy

zeigt, dass noch alles unverändert ist. Und sie muss sich ja noch gleich wieder an der Wand nach unten hangeln. Den Deckel versucht sie, genauso auf den Karton zu legen, wie er war. Anschließend steht sie auf und genießt wie das Blut wieder durch ihre Beine strömt. Sie schließt die Schranktüren und hört auf das leise Geräusch der Magnetschnapper. Dann dreht sie sich um. Ihr Blick bleibt auf das Fenster gerichtet stehen. Warum war ihr das nicht vorher aufgefallen? Auf der Fensterbank steht eine etwa ein Meter hohe Grünpflanze mit großen Blättern.

Könnte es sein, dass es die Pflanze ist. Die Pflanze, die zu ihrer Vergiftung geführt hat. Einfach hier so im Kinderzimmer?

Schnell macht sie auch ein Foto von der Pflanze und stellt es in ihre Bestimmungs-App ein. Ja, eindeutig durchfährt Sonja die Erkenntnis wie ein Schreck, eine „Dieffenbachie".
Wie kann die Natur so schöne Pflanzen erschaffen, die so todbringend sein können?
Fasziniert schaut Sonja sich die tellergroßen Blätter im Licht ihrer Handylampe an. Alle Grüntöne finden sich allein in einem Blatt wieder. Die Farbskala reicht vom hellen Grün in der Mitte des Blattes bis zum dunkelsten Grün an den Blatträndern. Ihre Faszination für das Farbenspiel wird von dem Entsetzen über die Kaltblütigkeit eines solchen Mädchens überdeckt.

Raus und weg hier! Torpediert der Gedanke ihr Hirn. Das treibt sie aus dem Zimmer. Weil sie sich unsicher fühlt und überlegt, ob sie noch allein in dem Haus ist, schließt sie leise die Tür und nimmt den gleichen Weg zurück. Sie zieht gerade mit ihrer Hand wieder das Fenster heran, um es hinter sich wieder auf kipp zu stellen. Als sie auf dem Querbalken des Wintergartens kniet, hört sie ein klickendes Geräusch. Sie verharrt kurz. Das Flurlicht geht widererwartend an. Sonja duckt sich und balanciert in nach vorn gebeugter Haltung über die Streben des Wintergartens langsam zurück.

Rutschig ist es, aber es muss gehen. Es hat wohl ein wenig genieselt, als ich in dem Haus gewesen bin.

Über die Fugen der Fassade klettert sie wieder nach unten. Dabei tastet sie mit ihren Händen und Füßen. Runter, geht es unmerklich langsamer als hinauf. Mit dem rechten Fuß rutscht sie ab. Der Schreck fährt durch ihre Glieder und ihre Finger verkrampfen sich in der Wand. Sie findet nicht sofort wieder Halt. Ihre Finger öffnen sich fast. Sie schmerzen vor Anstrengung. Mit dem anderen Fuß kann sie sich schnell fangen. Die Schmerzen im Knie signalisieren ihr, dass sie sich mit dem Knie an der Wand heftig gestoßen haben muss. Ein Blick nach unten zeigt ihr, dass es nicht mehr weit ist. Den letzten Meter springt sie auf den Pflanztisch, der darauf bedenklich unter ihr wieder wackelt. Nach einem kurzen Moment findet sie wieder Halt und hüpft mit einem Schwung vom Tisch. Sie krabbelt den Rucksack hervor und sieht ihr Blut aus einer Schürfwunde durch den Stoff am Knie quellen. Kein Schmerz nur Ekel macht sich in ihr breit und sie läuft zur Gartentür. Schnell durch, ein Blick zu beiden Seiten zeigt ihr, dass keiner da ist, der sie sehen könnte. Sie rennt in die Richtung, in der ihr Smart steht. Im rechten Augenwinkel sieht Sonja aber noch, wie Annas Ford Escort vor die Garage fährt. Ihre Töchter sind eher von ihrer Verabredung zurückgekommen.

Haben Sie mich gesehen?

Sonntag – Treffen

Kein Laut zu hören. Aufstehen, anziehen und irgendetwas gegen die Übelkeit im Magen unternehmen. Vor frischen Blättern von Pflanzen scheue ich mich jetzt, aber der alte Pfefferminztee aus dem Küchenschrank wird's noch tun. Und mal etwas essen, hilft vielleicht auch? Alles tut mir weh, meine Finger und Hände sind aufgeschrammt und mein Knie schmerzt, wovon? Ach ja, mein Einbruch, Lina! Und die Mädchen waren eher nach Hause gekommen, aber zum Glück haben wir uns verpasst. Ich glaube nicht, dass sie mich gesehen haben. Lina war es. Sie hatte die Chance genutzt mich zu vergiften, aber warum? Sie mag mich nicht! Warum nicht? Roger hatte irgendwelchen Schlägern keinen Auftrag gegeben. Das muss eine Zufallstat dieser Typen gewesen sein. Die Polizei sagte, man kann auch nicht mehr sagen, ob die Menschen linksextrem oder rechtsextrem sind. In dem Spektrum sind sie alle gleich brutal und gehen auf alle los. Egal, Stefan geht es von Tag zu Tag besser und das zählt. Aber trotzdem muss ich sicher sein, dass es Lina war.

Sie war es auch, die Britta vielleicht gestoßen hat.
Nach dem Pfefferminztee, der ihr gutgetan hat, geht sie mit Pepe zur nächsten Tankstelle. Es sind nur drei Kilometer bis dahin. Die frische Luft tut ihr gut und belebt ihren Geist wieder.

„Bitte eine prepaid Card für fünf Euro?" Wortlos tauscht der offenbar schlecht gelaunte Tankstellenwart ihr einen Zettel mit der Codenummer gegen die fünf Euro auf der Ladentheke ein.

Würde er mich mehr beachten, wenn er wüsste, was ich damit vorhabe? Überlegt sie, während sie alles wieder für den Rückweg verstaut.

Zuhause wieder angekommen, sucht sie ein altes Handy. Sie findet das alte Nokia 500 Handy in der Schublade der Kommode im Flur. Es stammt noch aus der Zeit, als Nokia in Bochum angesiedelt war. Damals glaubte alle Welt, dass es mit Bochum nun wieder bergauf gehe, aber die Heuschrecke zog einfach weiter. Linas Nummer hatte sie sich von Leon geben lassen. Sie tippt die Buchstaben auf der ungewohnten Tastatur ein. „Cognita" erscheint, nach der Erstellung des WhatsApp Accounts, als Sonjas Aliasname. Per Kabel sind die Fotos schnell auf das alte Handy übertragen. Zuerst sendet sie ein Foto von der schönen großblättrigen Zimmerpflanze, die sie beinahe das Leben gekostet hätte und wartet. Noch ein Tee zubereitet, aber die Zeit vergeht. Keine Reaktion, sie wartet, trinkt ihren Tee und schaut aus dem Küchenfenster. Immer wieder greift sie zu ihrem Handy, aber sieht keine Reaktion darauf.

„Schweigohr" heißt die giftige Pflanze ins Deutsche übersetzt, von wegen schweigen! Das wollen wir doch mal sehen. Wie kann man überhaupt nur solche Pflanzen verkaufen?
Die Zeit zieht sich, aber sie wird reagieren, irgendwann. Das Foto zeigte aber nur die Pflanze. Bisher waren keine Details aus der Umgebung, der Fensterbank oder dem Hintergrund zu identifizieren. Jetzt muss etwas anderes kommen. Das Spiel hat begonnen.
„Ping", nach einer Stunde nur ein „?" von ihr. Sie zuckt also. Sonja sendet das nächste Foto ohne Kommentar. Ein unscharfes Bild, dass die Schuhe im Kleiderschrank

zeigt und die Ecke des oberen Schuhkartons. Aber wieder erst keine Reaktion.

Warum dauert das so lange, sie hat doch auch immer ihr Handy dabei, als sei es ein Körperteil von ihr. Aber vielleicht ist sie mit anderen zusammen und das hemmt sie?

Auch als sie die weiteren Fotos in zeitlichen Abständen von je einer Stunde von Linas Listen sendet, kommt keine weitere Reaktion mehr.

Das kann sie aber jetzt eindeutig zuordnen. War sie es vielleicht doch nicht? Dann kann sie damit gar nichts anfangen und wundert sich nur, dass jemand ihr Fotos aus ihrem Zimmer sendet. Dann denkt sie vielleicht, dass sie nur von einer ihrer Freundinnen sind. Vielleicht war es doch Anna? Hatte sie die Blätter der Pflanze bereits vor meiner Ankunft bei ihr in die Tasse getan und sie in die Küche gestellt? Möglicherweise hatte Lina ja auch erst später nach meiner Vergiftung, die Listen über giftige Pflanzen angefertigt. Wenn das so ist, dann ist das schon ein wenig peinlich, was ich hier mache?

Sonja schaut auf ihre Füße und ist ganz in ihre Fragen versunken, bis Pepe seine Pfote auf ihr Knie legt und sie anschaut. Ihr Lachen über diese Geste löst ihre Gedanken vorübergehend auf.

Zur gleichen Zeit: „Irgendjemand weiß darüber Bescheid, was ich getan habe. Ich habe keinen, mit dem ich darüber reden könnte. Keine Freunde, keine Umarmungen, keinen Spaß wie andere im Leben haben. Ich kann nicht mehr. Mein Leben war bis jetzt keins. Es wird auch keins mehr, jetzt erst recht nicht. Ich werde für das, was ich getan habe, ins Gefängnis kommen. Okay, Jugendschutz und so, aber es gibt ja die JVA für Jüngere, ist bestimmt nicht besser. Da will ich auf keinen Fall enden. Was soll ich da? Warum soll ich mich da quälen lassen. Zu Hause ist schon bescheuert, aber da noch viel mehr. Ich hab's ja früher schon mal versucht. Einfach Abhauen und so, ging aber nicht. Die Bullen gucken immer und passen auf. Sie hatten mich gesehen, wie ich damals allein mit einer Tasche an einer Bushaltestelle stand. Dann haben sie mich eingesammelt und meine Eltern mussten kommen und mich vom Präsidium wieder abholen. Das war so unendlich peinlich! Lieber will ich tot sein.

Es gibt viele Möglichkeiten sich umzubringen. Das Netz ist dabei sehr hilfreich, die richtige Methode auszuwählen. Schließlich will ich nicht lange leiden, keine Schmerzen! Und schnell muss es gehen, voll schnell. Sicher muss es auch sein. Will kein bescheuerter Hirnkrüppel danach sein. Bei meinem letzten Opfer hat es nicht geklappt. Hatte vielleicht zu wenig Blätter von der Pflanze genommen. Aber wenn ich mir daraus einen grünen Smoothie mache? Dann wird es bei mir sicher klappen."

Sie tippt in ihr Handy:
„Tschüss ihr Alle, vielleicht sehen wir uns drüben oder gar nicht wieder? Macht es besser als ich!"
„Das ist doch Lina in Facebook!" Schreibt Maria ihrer Mutter und teilt Linas Text mit Annas Account. Maria schreibt weiter an ihre Mutter: „Du musst helfen! Ich bin nicht so schnell da, bin noch bei einer Freundin, ist zu weit weg, fahre jetzt los, komme so schnell wie möglich, Mama!"
Kein zweiter Haken bei WhatsApp dran. Die Nachricht bleibt ungelesen. Annas Handy ist noch im Flugmodus oder ausgeschaltet.
Den schönen Tag genießt Anna mit einem dicken Liebesroman auf der Couch. Ein Lächeln huscht ihr durchs Gesicht, als sie noch einmal den Titel liest und

dabei über abgebildeten Zungenkuss der zwei Frauenmünder mit ihrer Hand streicht, als könne sie den Kuss auf dem Buchumschlag dann besser fühlen. Endlich hat sie mal Zeit dafür, keine Korrekturen, Unterrichtsplanungen oder Einkäufe. Maria ist noch bei einer Freundin und Lina schläft bestimmt noch oben. In der Stille des Hauses können sich die strapazierten Ohren von dem gestrigen Abend bei Karo erholen. Anna genießt diese Zeit mal für sich zu haben. Auch die Nachbarn sind nicht da, sodass die Stille einfach mal erholsam ist. Schritte zeigen ihr an, dass Lina die Treppe runter schlufft. Nach einem kurzen „Hallo" dreht sie in die Küche ab. Anna hört den Wasserkocher brodeln.

Sie sieht schlecht aus, aber vielleicht ist sie nur wieder übermüdet. Die Schule ist ja auch echt manchmal anstrengend für die Kinder und nicht nur für mich, denkt Anna und vertieft sich wieder mit sinkendem Kopf in die romantischen Verstrickungen in ihrem Buch.

„Machst du mir auch einen Tee, einen grünen Tee, Lina?" ruft Anna und versucht, die Geräusche des Wasserkochers zu übertönen. Ein paar Seiten liest sie noch und wartet auf eine Reaktion aus der Küche. Keine Antwort und Anna klappt den Umschlag des Buches als Lesezeichen ein. Sie legt mit einem tiefen Seufzer ihr Buch neben sich aufs Sofa. Dann steht sie auf und geht in die Küche. Gleichzeitig ist das Öffnen des Türschlosses der Haustür zu hören. Maria stürzt bald darauf durch den kleinen Flur in die Küche und schaut Lina und ihre Mutter abwechselnd mit großen Augen und geöffnetem Mund an.

„Was ist los, warum siehst du so gehetzt aus?" ,...fragt Anna sie lachend. Lina schiebt ihrer Mutter eine der beiden Tassen zu. Anna greift mit ihrer rechten Hand nach der ihr zugedachten Tasse. Maria geht einen großen Schritt nach vorn auf ihre Mutter zu. Wortlos holt sie mit ihrem rechten Arm weit aus und schlägt Anna die Tasse aus der Hand. Die Teetasse knallt auf die Keramikfliesen und zerspringt in unterschiedlich große Scherben.

Die Drei schauen betroffen auf die Scherben und die Teelache, die sich zu ihren Füßen langsam ausbreitet. Keine reagiert, indem sie ein Tuch zum Aufwischen holt. Alle schauen der sich auf dem Boden ausbreitenden Flüssigkeit wie gebannt zu. Lina hebt langsam ihre Arme, um mit beiden Händen ihre Augen zu bedecken und ihre Schultern fangen an zu zucken. Anna schaut ihre Tochter erstaunt an und wendet sich Maria zu.

„Was soll das? Warum tust du das Maria? Und warum fängst du zu weinen an, Lina? Seid ihr verrückt geworden?" ,…fragt Anna ihre beiden Töchter und schaut abwechselnd zwischen ihnen hin und her. Aus Linas stillem Schluchzen wird allmählich ein lautes kein enden wollendes Schreien. Anna versucht, sie mit ihren beiden Armen zu umfassen. Aber Lina schlägt wild um sich. Anna versucht, ihre Arme zu fangen und sie festzuhalten. Lina schlägt immer wieder die Hände ihrer Mutter weg und schreit:

„Du bist schuld, ihr seid schuld, ihr alle!"

Mit einem großen Schritt steigt Maria geschickt über die Pfütze. Sie greift mit festem Griff die Hand ihrer Mutter und schaut sie mitfühlend an.

„Ich war´s, ich hab´s getan, Mama!" ,…schreit Lina. Immer wieder, wie ein sich ständig wiederholendes Gif. Anna und Maria stehen wie zu Statuen erstarrt da, als habe man sie gerade mit flüssigem Beton übergossen, indem sie nun gefangen scheinen.

Bewegungslos schauen sie Lina an, deren Gesicht sich zu einer verzerrten Fratze entwickelt und für Anna und Maria ganz scheinbar fremd aussieht.

„Ich war´s, ich habe Britta getötet, deine beschissene Freundin, mit der du immer deine ganze Freizeit verbracht hast. Wenn du mal Zeit hattest, dann nur immer für Britta. Ich konnte ihren Namen schon nicht mehr hören. Immer: „Britta, Britta hier, Britta hat das gemacht, toll von Britta und die Britta, die hat aber, mit Britta zusammen in die Kirche, zum Einkaufen, zum Wandern, zum Essen und sogar zum Schlafen, ja guck nicht so!!! So naiv bin ich auch nicht. Ich bin kein Kind mehr.“

Anna werden die Knie weich. Langsam sinkt sie in sich zusammen. Maria versucht sie, mit ihren Armen zu stützen.

Lina schreit weiter: „Ich war zur gleichen Zeit wie ihr in der Eifel. Weißt du vielleicht gar nicht. Hast´ dich nicht darum gekümmert. Maria und die Nachbarin haben mich zum Schulbus gebracht und abgeholt, nicht du, Mama! Du hast gar nichts mitgekriegt. Okay du hast mir den Schlafanzug für diese Fahrt im Internet bestellt und bezahlt, aber sonst? Kein Anruf, keine Nachricht, wieder gar nichts von dir! Wie immer nichts! Wir hatten den Sonntagmorgen frei und da sowieso keiner etwas mit mir machen wollte, bin ich einfach los.“

Anna schaut sie an. Mit dem groß aufgerissenen Mund und den zu waagerechten Sehschlitzen verkleinerten Augen in dem Gesicht, erkennt sie nur ansatzweise das sonst liebe Gesicht ihrer Lina wieder. Jetzt ist es mit großen hektischen Flecken übersät und scheint nur aus einem offenen Mund, einem Schrei, zu bestehen.

„Während der Klassenfahrt von der Herberge in Mayen bin ich mit dem Bus 337 zur Haltestelle Nettebrücke Trimbs gefahren. Zu Fuß unterwegs hatte ich euch beide schnell eingekriegt. Es war einfach, euch zu folgen. Ihr standet beide an der Felskante. Sah aus, als hätte die Eine die Andere von hinten anmachen wollen, so streicheln, und so weißt du? Eine machte Fotos. Ich konnte nicht sehen, welche von beiden du, und welche Britta ist. Eine ging dann irgendwann weg. Die andere stand noch da und hielt weiter ihr Handy hoch. Machte wohl Selfies von sich, oder so. Dann schien sie über etwas, einen Stein oder so, hinter sich gestolpert zu sein. Sie fiel rücklings den Hang runter, kein Geräusch sonst, nur ein dumpfer Schlag. Die andere war zuvor im Dickicht verschwunden und tauchte nicht wieder auf, vermutlich war sie weitergegangen und hatte nichts davon mitbekommen. Ich hoffte natürlich, dass du es nicht warst, die abgestürzt war, aber irgendwie auch doch ein bisschen. Doch noch mehr wünschte ich mir inständig, dass es diese bescheuerte Britta war, die abgestürzt war. Ich rannte sofort in die Richtung los. Den Weg, wisst ihr, der sich unterhalb der Felsen befindet, den rannte ich entlang. Ich suchte den Körper. Irgendwo musste er ja liegen. Ich erkannte sie schon an der fremden Kleidung, Britta, gelbe Jacke, nicht deine Farbe. Merkwürdig verrenkt lag sie da auf dem steinigen Boden. War ich doch irgendwie total erleichtert, dass sie es war, und nicht du, Mama. Sie atmete und stöhnte schwer. Ihre Beine und ein Arm sahen unnatürlich zur Seite abgeknickt aus. Jetzt, endlich konnte ich mich und gleichzeitig auch dich von ihr befreien. Und auch diese Britta würde keine Schmerzen mehr haben. Endlich würde ihr Gestöhne aufhören. Sie hat mich gar nicht gesehen. Ihre Augen blieben einfach geschlossen. Es war leicht. Bilder schossen mir durch den Kopf, du mit Britta im

Schwimmbad, Lachen, im Kino, Gesichter von euch beiden. Ihr seht euch ähnlich, weißt du das, Mama? Dann sah ich meine Hände, wie sie Brittas Kopf nach oben zogen, immer weiter. Ein lautes Stöhnen war wieder von ihr zu hören, nicht auszuhalten.

Ich stützte ihren Oberkörper mit meinem Knie ab. Meine Hände zogen, als wollten sie ihr den Kopf vom Rumpf abreißen. Und dann zog ich mein Bein weg und meine Hände schlugen den Kopf wie einen Basketball auf einen spitzen Stein am Boden unter ihren Hinterkopf. Eine rote Flüssigkeit, Blut, breitete sich zäh unter ihrem Nacken aus, wie dieser Tee sich über den Boden verteilt. Nicht so weit wie das Teewasser hier, denn es versickerte bald in den Steinen und dem Schotter unter ihr. Und endlich kein Stöhnen mehr zu hören, Stille."

Lina sackt in sich zusammen. Ihr Gesicht verbirgt sie zwischen ihren Armen und Knien. Anna von Marias Händen gehalten sitzt kraftlos auf dem Boden. Ihr Blick unverwandt auf Lina gerichtet. „Hast du das gewusst, Maria?"

„Nein, Mama, ich hatte vorhin bei meiner Freundin in Facebook gestöbert und ein gerade eingestelltes Selfie-Video von Lina zufällig gesehen, in dem sie androht sich umzubringen. Das hatte ich dir auch geschickt, aber du hast es nicht gesehen oder gar nicht bekommen? Ich bin so schnell wie möglich nach Hause gefahren. Bin auch, glaub ich,… geblitzt worden, aber ist jetzt auch egal. Entschuldige, dass ich dir die Tasse aus der Hand geschlagen habe, aber ich wusste nicht, ob sie vielleicht das gleiche Gift beinhaltet hatte, das Sonja womöglich letztens hatte. Vielleicht wollte Lina sich oder dich auch auf diese Weise umbringen? Weiß ich´s, ob und in welcher Tasse eventuell Gift ist?"

„Ach schon gut, und jetzt? Was machen wir jetzt? Mit Lina?"

„Mama, sie hat einen Mord begangen. Sie hat Britta nicht geholfen. Sie hat sie getötet. Hast du doch gehört!"

Stille, die Teelache hat aufgehört, sich auszubreiten und alle schauen zu, wie die Flüssigkeit allmählich von den Fugen aufgenommen wird.

„Komm Lina, steh auf! Maria pack ihr Nötigstes zusammen, wir fahren gleich los. Den Rest können wir ihr später bringen, beeil dich, geht´s Lina?"

Sie regt sich gar nicht. Ihr Blick wirkt völlig abwesend. Weiterhin schaut sie gebannt auf die Pfütze in der Mitte des Raumes. Anna stellt sich neben sie und versucht sie, am Arm anzufassen. Aber sämtliche Versuche, sie nur zu berühren, wehrt sie mit ihren Händen ab. Ihr Blick ist glasig und scheint durch alles einfach durch zu gehen. Den Wechsel von der schreienden Fratze zu diesem ausdruckslosen Gesicht ging so schnell, dass Anna sich auch immer später noch fragen wird, wie dieser Wechsel vonstatten ging? Anna wartet und beobachtet indessen ihre Tochter.

Was habe ich falsch gemacht. Wieso habe ich nichts davon mitbekommen, dass sie sich so über Britta geärgert hatte. Warum hat sie nicht mit mir gesprochen?

Eine Frage nach der anderen kettet sich aneinander durch ihr Gehirn. Maria poltert die Treppe runter. Mit einer großen Tasche, die immer wieder an die Wand oder das Geländer schlägt. „Schlafanzug, Kulturbeutel,

Handtücher und auch etwas zu lesen, das meintest du
doch oder, Mama?"

„Ja richtig, danke, kannst du ihr vielleicht helfen eine
Jacke anzuziehen? Sie lässt sich nicht von mir
anfassen."

Maria versucht es. Es gelingt ihr. Nun kann Maria ihrer
Schwester die Jacke vorsichtig umlegen. Sie folgt Lina
beinahe regungslos zum Auto. Maria hilft ihr
einzusteigen, setzt sich aber selbst vorn rein und
drückt geistesgegenwärtig auf die Taste für die
Zentralverriegelung, die ein Öffnen der Autotüren
verhindert.

„Wo bringst du sie hin, Mama?"

„Wirst du schon sehen!" Anna lässt den Ford Escort
laut aufheulen. Sonst liebt sie immer dieses Geräusch,
aber heute nicht.
Mit Schwung setzt sie aus der Einfahrt zurück, um
dann mit einem Satz nach vorn die Geschwindigkeit so
schnell aufzunehmen, dass der Schotter aus den
Reifen fliegt

Montag – nach der Arbeit

Sie hatte ihn gar nicht kommen hören. Aus dem Fenster hatte sie eine gefühlt unbestimmte Zeit ihrem Nachbarn zugeschaut. Er steht in dem Laubregen und in dem hochfliegenden Dreck, der durch den Laubbläser aufgewirbelt wird.

Warum meinen die Leute nur, dass man den Garten frei von Laub pusten oder saugen muss? Dieses ohrenbetäubende Geräusch kann doch nicht nur mich stören?

Niemand war da, der verärgert guckte, etwas sagte oder ein unangenehmes Gegengeräusch startete. Keiner war zu sehen. Sie war morgens in der Schule gewesen, und danach hat sie sich den Klausurenstapel gleich zum Korrigieren mitgenommen. Sie weiß, dass das Aufschieben der Arbeit ihr kein gutes Gefühl bereitet. Bei dem Gedanken fragt sie sich oft, wie andere das handhaben
Die einen trinken Rotwein dazu, andere korrigieren die ganze Nacht durch und wieder eine Kollegin nimmt die Arbeiten überall mit hin, sogar mit ins Theater. Dann kann sie die Arbeiten dort oder in der Bahn bearbeiten und die Zeit nutzen, sagt sie. Sonja fällt das Korrigieren schwer. Die ersten zehn Texte sind noch interessant zu lesen, dann wiederholt sich alles mehr oder weniger, noch 20-mal bis ein Klassensatz durch ist. Und es dauert. Für jede Arbeit eine Stunde. Erst mal alles korrigieren, dann noch mal den Inhalt lesen und auf seine Logik hin überprüfen. Jede Arbeit muss sie mindestens zweimal lesen, wenn man fair bleiben möchte. Sie hat einen hohen Anspruch an sich. Denn sie ist der Meinung, wenn die Schüler sich viel Mühe gegeben haben, dann muss sie ebenso viel Mühe in die Vorbereitung, Prüfung und die Nachbereitung

stecken. Beim Korrigieren arbeitet sie immer von hinten nach vorn. Das hat sie sich zur Passion gemacht, damit man nicht zuerst auf die Namen gucken kann. So glaubt, dass sie so unvoreingenommen an die Arbeiten herangehen kann. Schlussendlich geht es dann an das Ausloten der Noten.

„Was machst du schon hier?" Er stand einfach in der Tür.

„Ach, ich hatte keine Lust mehr. Sind sich alle so angegangen bei der Arbeit. Da hab´ ich gedacht, dass ich einfach ein paar Überstunden abbaue und eher nach Hause komme," sagt Manuel und hält sich mit den Händen am oberen Türrahmen fest.

„Okay, ich habe einen Haufen Arbeit hier liegen. Vielleicht legst du dich einfach ein bisschen hin, ruhst dich aus oder so? Und übrigens, muss ich Dir unbedingt erzählen, Lina war es."

„Was war Lina? Welche Lina?"

„Na ja, sie hat den Mord wahrscheinlich an Britta irgendwie begangen, sie war zur gleichen Zeit in der Eifel, hat sie gestoßen oder so? Und sie hat auch versucht, mich mit diesen Pflanzenblättern zu vergiften. Ich weiß es, ich war da."

„Wie du warst da?"

„Ja, bei Goldbergs, ich bin da eingestiegen, als sie nicht da waren. Lina hatte eine solche Pflanze auf der Fensterbank in ihrem Zimmer stehen und in ihrem Kleiderschrank waren Listen von giftigen Pflanzen und auch von ihrer Klassenfahrt in die Eifel. Ich habe Fotos davon gemacht. Mensch, Anna hatte gar nichts davon erzählt, sonst wär´ ich ja auch eher darauf gekommen.“

„Bist du verrückt, was soll das? Das ist strafbar. Das ist Einbruch! Was soll das?“

„Ich habe ihr die Fotos geschickt, aber sie hatte nach dem ersten Foto nichts gesendet.“

„Sonja ich habe Dir doch schon gesagt, dass ich gar nichts mehr davon hören will und schon gar nichts über so einen Mist.“

Er schaut sie an. Sie sitzt an ihrem Schreibtisch und ihre Bluse spannt sich leicht über ihren Brüsten. Die Bluse kannte er gar nicht. Sie war wohl neu. Er hatte sie an ihr noch nie gesehen. Scheinbar hatte Sonja sie ein wenig zu klein gekauft. Er merkt, wie sich die Lust, sie zu spüren, sich zwischen seinen Beinen sammelt.

„Komm ins Bett, Sonja.“

„Nein, will ich nicht, ich muss hier noch arbeiten.“ Dabei schaut sie ihn verärgert an und dreht sich wieder zum Schreibtisch.

Er geht auf sie zu.
„Komm, nur ein Stündchen.“ Sein Ton hört sich fordernder an.

Die Lust wird in ihm immer stärker. Er blickt nur noch auf ihre Brüste. Sonja versucht, nach hinten auszuweichen, aber ihr Bürostuhl stößt schon an die Wände der Zimmerecke an.

„Nein, ich will das jetzt nicht, ich kann nicht.“

Er hält es nicht mehr aus und das „Nein" kann sie nach so viel Jahren Ehe auch nicht ernst meinen, denkt er. Er zieht ihren Kopf an ihren Haaren zurück.

Ihr „Nein!" ignoriert er einfach. Vielleicht ist es ein neues Spiel von ihr, denkt er. Seine Lippen gleiten über ihren Hals und küsst ihn. Mit dem Duft ihrer Haut versucht er seine Lungen zu füllen. Er nimmt ihre Hand und führt sie in ihren Schritt, damit sie sich dort streicheln soll. Aber sie versucht, sich aus seiner Hand zu befreien. Erneut drückt er ihre Hand zwischen ihre Beine. Sie gibt kurz nach und überlegt, warum sie das eigentlich nicht will. Eigentlich könnte es ja ganz schön werden. Wie oft war sie allein zu Hause gewesen und hatte davon geträumt. Aber da ist der Ärger, dass er ihr nicht zuhören will, dass er nicht für sie jetzt als Freund da ist.

„Ich muss arbeiten, ich will das nicht. Mensch ich habe auch noch meine Tage, was soll das?"

Ihr Widerstand macht ihn noch mehr an.
Nie zuvor hatte er solch eine Lust auf sie verspürt wie jetzt, dieses „Nein" lässt seine Lust wachsen. Sie will ihn nur noch mehr reizen, denkt er. Er zieht ihre Bluse aus dem Rock nach oben raus. Dann greift er mit seinen Händen unter ihren BH und knetet ihre Brüste. Er holt erst ihre eine Brust, dann die andere aus dem BH raus. Schiebt mit der anderen Hand die Bluse weiter nach oben. Er beißt in ihre Brustwarzen.

„Aua, lass das!" Sie versucht ihn, von sich weg zu drücken.

„Aber das magst du doch sonst so gern," und seine Lust nimmt weiter zu, je mehr Widerstand sie zeigt. Sein Atmen geht in ein tiefes Stöhnen über. Er greift mit der einen Hand vorn einfach in ihre Jeanshose und umfasst ihre Schamlippen. Dann spürt er das Fädchen vom Tampon zwischen seinen Fingern. Alles brennt in ihm. Er packt sie an ihren Beinen und zieht sie vom Bürostuhl auf den Boden. Er fasst sie mit beiden Händen an ihren Hosenbeinen. Sie versucht, den Moment für sich zu nutzen, strampelt wild mit den Beinen und ruft wieder laut: „Nein!"

Aber er schaut nur auf ihre Jeans. Sie hatte vergessen, wie stark er ist. Sie schafft es nicht, sich ihm zu widersetzen. Ihr Schreien stört ihn nicht. Er genießt es. Er reißt ihr die Hose vom Körper. Dann steht er auf und schaut sie an. Sie liegt vor ihm, so schön hatte er sie noch nie gesehen. Ihre Haare liegen wild auf dem Boden. Ihre Augen glänzen und ihre Haut ist rötlich. Die Brüste zeichnen sich spitz unter ihre Bluse ab.

Was soll dieses neue Spiel. Sie will es doch. Das sieht man doch an ihren hart gewordenen Brustwarzen.

Ihre Bluse ist halb geöffnet und in ihrem Schritt ist das kleine blaue Bändchen zu sehen. Ein Schwall der Lust zieht in seinen Lenden und er öffnet den Gürtel und den Reißverschluss seiner Hose und zieht sich seine Hose schnell aus. Kurz streicht er mit seiner Hand über ihre Innenschenkel und zieht an dem Bändchen den Tampon raus. Er wirft ihn zur Seite und das Blut, das aus ihrer Scheide leicht rinnt, reizt ihn noch mehr. Mit dem einen Arm stützt er sich auf und mit dem anderen Arm umgreift er ihre Taille. Mit einem Schwung dreht er sie auf den Bauch. Dann greift er mit seiner Hand zwischen ihre Beine und öffnet sie. Er dringt in sie ein und genießt den Takt seiner Bewegungen. Sonja laufen die Tränen derweil die Wangen runter. Leise weint sie still vor sich hin.

Jetzt passiert es also mir mal. Jetzt bin ich dran. Wie vielen Frauen ist es wohl schon so ergangen. Sicher vielen im Krieg, als sie allein zu Hause waren. Aber bestimmt passiert das jeder auch mal in ihrer Ehe. Was ist nur los mit ihm? Hat er noch nie gemacht. Wieso meint er, dass mir das gefallen könnte, oder ist es nur, dass er jetzt Macht über mich hat?

Sie versucht den Schmerz zwischen ihren Beinen, ihrem Bauch und in ihrer Seele auszublenden. Sie träumt von einem Spaziergang, bei dem das Sonnenlicht an einem schönen Sommertag durch die Blätter scheint. Das Stöhnen von Manuel hört sie kaum noch. Und das Scheuern ihrer Haut auf dem harten Boden nimmt sie gar nicht mehr war. Das Laub unter ihren Füßen raschelt. Sie liebt dieses Geräusch. Die Blätter fliegen leicht vor ihr hoch, wenn sie den Fuß in das Laub schiebt. Dann schiebt sie den Laubhaufen ein wenig vor sich her, bis sich ein kleines Häufchen davon auf ihrem Schuh gebildet hat. Wenn sich ein kleiner Laubberg auf ihrem Schuh gebildet hat, reißt sie mit Vorliebe den Fuß so nach oben, dass die Blätter von ihrem Fuß nach oben fliegen. Dann schaut sie zu, wie die Blätter langsam nach unten fallen und auf dem Boden ein neues Muster hinterlassen. Natürlich nicht so hoch wie bei dem Laubbläser vorhin, aber schon recht hoch. Der Waldboden riecht in dem Moment einzigartig gut.

Donnerstag – freier Tag 01.11.

Ich weiß, dass sie da ist. Sie muss mir die Tür öffnen. Donnerstags hat sie frei. Bestimmt schläft sie wieder länger. Gleich wecke ich sie einfach mit dem Geräusch der Türklingel auf. Es ist ein melodischer Klang, nicht so ein BRRRRRR wie bei uns. Sie wird mich nicht abweisen. Das kann sie nicht machen. Seit dem Wochenende drehen sich meine Gedanken intensiv um Lina. Immer mehr denke ich, dass Lina doch die Täterin ist. So wie jetzt habe ich mich früher nur vor Mathearbeiten gefühlt. Meine Hände sind ganz kalt und überhaupt habe ich den Eindruck, dass ich mich nicht warm genug angezogen habe. Meine Hände zittern. Das Auto parke ich einfach vor ihrem Auto, dann ist sie zugeparkt. Sie soll ja auch nicht einfach so wegfahren können.

Ich steige aus dem Auto und eine Energie durchströmt meinen Körper wie eine Welle, die sich an mir bricht. Jetzt mutig sein, um eventuell einen Versuch von ihr abgewiesen zu werden, verkraften zu können. Sie liebt mich noch, dann wird sie mir doch die Tür öffnen und neugierig ist sie ja eigentlich auch. Große Schritte, gleich bin ich an ihrer Haustür. Der Klingelknopf fühlt sich kalt an meiner rechten Fingerkuppe des Zeigefingers an.
Heute ist der melodische Klang anscheinend besonders laut.

„Ich komme!" ,…ruft eine Stimme von drinnen.

Annas Stimme, eindeutig. Da steht sie nun vor mir und schaut mich mit großen Augen und einem entspannten Lächeln an. Dieser Anblick hat sich in mein Gedächtnis eingeprägt, …meine Anna.

Dann stirbt ihr Lächeln und ihr Gesicht versteinert.

„Anna ich muss mit Dir reden, bitte, lass mich rein! Ansonsten kommst du raus und wir gehen eine Runde mit Chaya, ach Unsinn mit Pepe meine ich natürlich!"

„Wir haben uns nichts mehr zu sagen," entgegnet sie mit sachlichem Ton.

Ihre Worte treffen mich, als habe sie mir mit voller Wucht in die Magengrube getreten. Ich schlucke mehrmals und versuche das unangenehme Gefühl zu ignorieren.

„Doch haben wir, bitte Anna!"

„Nein, wir können die Zeit nicht mehr zurückdrehen. "

„Anna!"

„Unsere Freundschaft ist beendet, was willst du noch hier?" Dabei verengen sich ihre Augenlider zu waagerecht liegenden Spalten.

„Aber es geht nicht nur um uns, es geht auch um deine Familie!"
„Wie meinst du das? Okay, bleib dort stehen! Ich ziehe eben meine Schuhe an. Wir gehen dann mit deinem Hund eine Runde."

Langsam verliert Sonja die gefühlte Anspannung mit jedem Atemzug.
Selbstverständlich rühre ich mich nicht von der Stelle. Ich bin ja zu ihr gekommen, um mit ihr endlich mal reden zu können. Blöde Floskel: `Bleib´ da stehen´, schön sie wieder zu sehen, aber anders. Keine herzliche

Umarmung mehr, sondern stattdessen ein feindseliges Kriseln in der Luft.
Mir scheint ein Kloß im Hals zu wachsen, und ich versuche ihn vehement erneut runter zu schlucken.

„Ich gehe schon mal zum Auto und öffne den Kofferraum, okay?"

Eine Weile wartet Sonja, aber eine Antwort bleibt aus. Sonja lässt Pepe raus, der augenblicklich zu Anna hinzieht. Er springt so an ihr hoch, als wolle er am liebsten auf Annas Arm springen. Anna lacht doch kurz auf. Dann wieder, gefriert ihr Lachen beim nächsten Wimpernschlag. Ein trauriger Glanz liegt in ihren schönen Augen. Sie kuschelt den Hund ausgiebig und wiederholt dabei mit hoher Stimme, wie fast alle Hunde es lieben, seinen Namen. Danach schließt sie hinter sich die Haustür ab und beide gehen zusammen zur Straße. „Wohin?" ‚...fragt sie.

„Ist egal."

„Okay dann hier lang in den Wald."

Pepe und Sonja folgen ihr.

„Anna, es tut mir leid." ‚...sie antwortet nicht.

Wir gehen einfach weiter nebeneinander und die Schwingungen in der Luft scheinen sich zu einer unsichtbaren Wand zwischen uns zu verbinden, die keine Emotionen mehr durchlässt.

„Anna, warum musste es so kommen? Du warst meine beste Freundin. Wir haben unsere tiefsten Gedanken, Gefühle und sogar manche Berührungen geteilt. Weißt du noch, wie wir uns beim Spaziergang einfach ganz unbeschwert wie kleine Mädchen an der Hand gehalten haben. So als hätten wir eine Seele. Weil wir so glücklich waren, ging der Wunsch weiter, nicht nur die Seelen verschmelzen zu lassen, sondern auch uns zu spüren. Aber zum einen sind wir beide verheiratet und haben Kinder, zum anderen hast du bereits darin mehr Erfahrung als ich."

„Das stimmt nicht! Das habe ich nicht."

„Doch, du warst bereits fünf Jahre mindestens in Britta verliebt. Das ist eine sehr lange Zeit! Du warst mit ihr viel unterwegs. Ihr habt Ähnliches unternommen wie wir. Davor hattest du vielleicht noch andere Freundinnen. Dann warst du auch noch mit Britta im Hotel, nicht nur bei einem Wanderausflug. Ihr wart in einem Zimmer, in einem Bett! Du hast eventuell auch nicht nur einfach neben ihr geschlafen, sondern ihr hattet vielleicht auch Sex miteinander? Anna, da fehlt mir jegliche Erfahrung, verzeih."

„Das stimmt nicht, Sonja, ich habe nicht mit Britta oder einer anderen Frau geschlafen. So weit wie bei dir, war ich noch bei keiner Frau!"

„So weit wie bei dir?,...was heißt das? Anna, ich dachte, dass du sauer auf Britta warst, weil sie dich fünf Jahre lang nicht an sich rangelassen hat. Mal hast du dich ihr nahe gefühlt. Dann hat sie dir wieder zugehört. Manchmal hast du dich von ihr im Stich gelassen gefühlt. Oder du fühltest dich sogar von ihr verstoßen oder manchmal sogar völlig ignoriert. Dann hast du es mit einem Mal als Qual empfunden. So hast du es mir erzählt. Um dich davon zu befreien, hast du dann die Gelegenheit genutzt und hast sie dann vom Felsen in der Eifel gestoßen."

Mist, ich merke, wie mir die Röte ins Gesicht steigt. Was soll das nur?

Sie geht schweigend neben Sonja her und schaut einfach weiter auf den Weg vor ihr. Die Stille wirkt bedrückend.
Dann bleibt sie stehen und starrt unentwegt auf den Boden vor sich.

„Du warst es nicht, du hast recht, es war ein Unfall!"
‚...sagt Sonja.

Pepe setzt sich unaufgefordert neben sie hin und schaut sie erwartungsvoll von unten nach oben an, als warte er auf das Stöckchen, dem er nun nach einem weiten Wurf von ihr, endlich hinterherlaufen kann.

Pepes bittender Blick vertreibt nicht den Kloß in meinem Hals, der mir das Atmen erschwert. Verflucht, warum hört sich gerade in diesem Moment meine Stimme so weinerlich fremd an.

„Sie ist sicherlich beim Selfie-Unfall gestürzt. Ich wollte dich zum Monster machen. Das Monster, das Frauen erst versucht mit der Vortäuschung von Freundschaft einzulullen, um sie dann umzubringen. Insbesondere dann, wenn es nicht zum Finale gekommen ist. Wenn die Frauen sich nicht von Dir haben vereinnahmen lassen und mit dir ins Bett zum gemeinsamen Sex gesprungen sind. Möglicherweise hätte ich daraus eine Genugtuung ziehen können, da du mir so sehr wehtust. Du willst überhaupt keinen Kontakt mehr mit mir haben. Nicht mehr mit mir reden, mich gar nicht mehr sehen. Diese Gleichgültigkeit mir gegenüber verletzt mich ganz tief. Sie ist schlimmer als der Tod. Dadurch, dass du den Kontakt zwischen uns nicht mehr willst, ignorierst du mich, als gebe es mich nicht mehr. Wie ein tödlicher Wasserstrudel zieht mich der Gedanke an dich jeden Tag nach unten. Ich versuche, immer wieder dagegen anzuschwimmen, aber es bleibt vergeblich."

Eine stille Träne tropft bei Sonjas Worten aus Annas Augen.

„Ich habe dir unrecht getan, Anna. Du bist keine Mörderin. Du hattest mal in deiner Kindheit eine liebe Freundin, der du vertraut hast. Vielleicht hast du dich auch in deiner Jugend ihr körperlich genähert. Hast dich in sie verliebt, kann sein. So geht es vielen jungen Mädchen. Seitdem versuchst du, das verloren gegangene Gefühl wieder zu finden."

„Was soll das Sonja?"

„Anna, du suchst keine Freundin, sondern eine Geliebte. Das kann ich dir nicht bieten, auch wenn ich dich sehr lieb habe oder auf eine Art liebe. Du willst keinen Kontakt mehr mit mir, das tut mir fortwährend weh. Ich versuche dich loszulassen, aber es gelingt mir nicht. Also habe ich die Bestätigung gesucht, dass du ein unbeseeltes Ungeheuer bist, damit ich dich innerlich von mir schieben kann. Ein Unmensch, der nicht nur mir wehtut, sondern sogar Menschen umbringt. So habe ich Nachforschungen über den Tod Brittas angestellt. Aber leider bist du kein böser Mensch. So komme ich innerlich nicht von dir los. Du wirst wohl immer in meinem Herzen bleiben, das auch weiterhin durch dich vernarbt sein wird. Obwohl du mir so weh tust, tust du mir auch unendlich leid. Nicht du bist die Mörderin, sondern deine Tochter Lina!"

Sonja schaut Anna bei diesem Satz dabei vorsichtig von der Seite an.

Ganz leise, mit unverändertem Blick antwortet Anna: „Ich weiß."

Sonja nickt nur und sie gehen weiter.

„Sie hat mir alles gestanden. Aber ich bin doch ein Monster Sonja, weil ich meine Kleine zu sehr verwöhnt habe. Die Zeit, die ich nicht für sie hatte, wollte ich mit anderen Sachen, Hosen, Handtaschen und dem üblichen teuren Zeug bei ihr erkaufen. Sie war fürchterlich eifersüchtig auf ihre Schwester, auf meine Freundinnen, einfach auf jeden Menschen, der Zeit mit mir verbringen wollte. Sie hat mir dann erzählt, dass sie während der Klassenfahrt an dem Sonntagmorgen von der Jugendherberge in Mayen mit dem Bus nach Trimbs gefahren ist. Sie hatte uns wohl gesehen. Ich war weitergegangen. Wenn ich mich umgeblickt hätte, dann hätte ich sie wahrscheinlich gesehen. Dann wäre es nicht dazu gekommen. Aber ich schaue nie zurück, wenn wir wandern. Brittas blödes Fotografieren zehrte an meinen Nerven. Das kannst du dir nicht vorstellen. Ich kam dadurch jedes Mal aus meinem Takt. Wieder anhalten, wieder ein Foto schießen, erneut etwas entdeckt und noch einmal fotografieren.
Wenn es nur Blätter waren, die zufällig so aufeinanderlagen, als geben sie die Form eines Herzens wieder. Auch das musste sie alles fotografieren. Dann sollte ich immer warten, weil sie das dann in irgendwelche Netzwerke eingestellt hat. Irgendwann bin ich dann einfach weitergegangen. Sie kam dann nach und holte mich wieder ein. Dabei wurden die Abstände immer länger. Dann blieb sie wieder für ein Foto zurück und so wiederholte sich alles. Ich war es leid auf sie zu warten. Ich bin dann einfach etwas schneller als sonst vorgegangen. An der Absturzstelle war es wieder so. Ich versuchte, ihr das

Handy aus der Hand zu nehmen, aber nach einem kleinen Gerangel ließ sie ihr Handy trotzdem nicht los. Ich habe ihr gesagt, dass ich nicht mehr auf sie warte und einfach weitergehen will. Was ich dann auch tat. Sonja, ganz ehrlich, ich hatte es nicht mitbekommen, als Britta abstürzte. Lina muss zur gleichen Zeit unten auf dem anderen Wanderweg gestanden haben. Sie wusste nicht genau, wer es von uns beiden war, die gefallen war. Als sie dann hinlief, fand sie Britta. Sie lebte zu dem Zeitpunkt noch. Sie hatte wohl Knochenbrüche, weil sie merkwürdig verrenkt dalag. Linas Wut auf mich und meine Freundschaft zu Britta kochte dann in ihr hoch. Sie hat ihr den Rest gegeben und ihren Kopf so auf einen spitzen Stein geschlagen, sodass es für sie tödlich war."

„Oh Anna, es tut mir so unendlich leid."

„Ja, aber das ändert nichts zwischen uns. Wir sind gleich wieder bei mir zu Hause. Es war ein schöner Spaziergang, aber es bleibt dabei. Wir dürfen uns nicht mehr sehen oder sprechen. Es ist vorbei! Du weißt ja, Familie und so."

„Ja, und Lina?"

„Sie ist inzwischen in einer Klinik für psychisch Kranke. Maria und ich haben sie letztes Wochenende sofort nach ihrem Geständnis dorthin gebracht."

„Okay, das ist gut, da hat sie sicher professionelle Hilfe."

„Ja"

„Vielleicht bleibt ihr ja auch ein Gerichtsverfahren erspart. Sie ist ja erst 16 und vermindert schuldfähig."

„Mal schauen, tschüss Sonja."

„Anna, auf Wiedersehen, weil ich mich nicht für immer von dir verabschieden kann, heißt das, dass ich hoffe, dich irgendwann mal wieder zu sehen. Vielleicht finden wir dann auch wieder einen neuen Anfang."

„Ja, vielleicht," ihr Blick weicht nach unten weg. Sie kramt in ihrer Hosentasche nach dem Haustürschlüssel. Die Tür schließt sie auf und danach so hinter sich, dass sie Sonja nicht mehr ansieht. Sonja versucht sich das Bild, wie Anna sich von ihr zur Haustür hin abwendet wie ein Foto in ihr Gedächtnis einzubrennen, um den Abschied endlich akzeptieren zu können. Sie spürt auf dem Weg zu ihrem kleinen Auto, wie all die ursprünglich gespürte Energie gewichen ist.

Pepe sitzt wieder im Kofferraum. Der Arme fand den Spaziergang bestimmt nicht schön. Und ich? Mein Körper fühlt sich an, als hätte mich eine Welle erfasst und tief unter sich über Kieselsteine gerollt.

Im Auto atmet Sonja tief durch und umfasst das Lenkrad mit beiden Händen fest. Ein Blick zurück zeigt, Annas Haus steht leblos da. Kein Blick von ihr aus dem Fenster, als existiere sie gar nicht. Langsam in der kleinen, leider vergeblichen Hoffnung, dass Anna noch einmal rausgerannt kommt, fährt sie los. Nein, Anna will sie nicht aufhalten. Das soll ein Abschied für immer sein. Sie fährt auf die Autobahn nach Hause, aber fühlt sich nicht so erleichtert, wie sie es gehofft hat.

Sie war nicht das Ungeheuer, zu dem ich sie machen wollte. Aber hatte sie mich damals gezielt kennenlernen wollen? Getestet, ob ich so tolerant bin, für eine lesbische Affäre mit ihr? Oder war alles nur Zufall gewesen? Bilder und Stimmen aus den Erlebnissen tauchen vor meinem inneren Auge auf, unser Kennenlernen auf der Party, das Spüren ihrer Hand, der Kuss, „so weit war ich noch nie bei einer Frau zuvor", hallt es in meinem Kopf wider. Was sollte nur diese Bemerkung. Mist verfahren, das passiert mir immer, wenn ich tief in Gedanken versunken bin und Auto fahre. Baustelle! Wo bin ich überhaupt? Abfahrt Bergkamen und an der nächsten Bushaltestelle mal anhalten.

„Manuel, stör ich? Okay nicht? Das ist gut. Mein Akku ist fast wieder leer. Bitte, ich stehe in der Ausfahrt Bergkamen, wie komme ich nach Hause? Jetzt lach nicht, ich war in Gedanken und habe mich verfahren. Ich weiß überhaupt nicht, wo ich bin! Ich komme von einem Gespräch mit Anna. Ach Manuel, ich bin völlig fertig. Bitte hilf mir!"

„Ganz ruhig Sonja, konzentriere dich, du wendest bei der nächsten Möglichkeit und fährst auf die A2 Richtung Dortmund auf, dann B236 und auf die A1, dann kennst du dich wieder aus. Beruhige dich, das wird schon, ich komme heute eher nach Hause. Wir treffen uns gleich zu Hause, okay?"

„Ja, ich danke." Tief durchatmen und losfahren, ab nach Hause. Endlich, zu Hause angekommen, lässt Sonja Pepe in der Wohnung von der Leine. Der Hund geht zielstrebig auf seine Decke.
Sonja beschließt ihm das nach zu tun. Sie geht rauf ins Schlafzimmer, zieht sich aus und legt sich einfach nackt unter ihre Decke. Augenblicklich schläft sie ein.

Irgendwas streicht ihr über die Schultern und das Gesicht. Langsam wacht sie wieder auf.

Wie lange habe ich geschlafen? Was ist das, was mich berührt? Es riecht so gut, nach Rosen? Ich öffne meine Augen, Rosenblätter, orange und gelb. Das ganze Kopfkissen liegt voll davon. Ich atme den Rosenduft tief ein. Mein Blick nach unten zeigt mir, dass ich damit ganz übersät bin. Ich schaue nach oben und die Blätter fallen in mein Gesicht. Ich muss blinzeln, damit sie mir nicht in die Augen fallen. Sie rieseln von oben auf mich herab. Eine Hand, aus der sie nach und nach leise auf mich runter regnen. Ein Mann, mein Mann und er lächelt mich an.

Die letzten Blätter fallen. Er senkt seine Hand und beugt sich zu Sonja runter. Sie weicht leicht vor ihm zurück, drückt sich in das Kissen unter ihr. Zart streicht er die Blätter von ihrer Schulter. Er beginnt ihren Hals mit kleinen Küssen zu bedecken. Sie liegt da. Ganz steif ist ihr ganzer Körper. Die Erinnerung an seine letzten Berührungen tauchen auf und lassen sie frösteln.

„Ist dir kalt?" Und dabei hält er kurz inne und beobachtet sie. Sie schüttelt nur leicht „nein" sagend den Kopf. Er beginnt von Neuem mit den Küssen. Sein Atem streicht ihr übers Ohr.

„Sollen wir heute Abend mal Essen gehen? Spanisch oder mit den Fingern indonesisch, wenn du möchtest," flüstert er ihr ganz leise ins Ohr. Eine Gänsehaut breitet sich langsam über Sonjas Körper aus. Ganz langsam lockert sich ihre Körperstarre. Ihre Gedanken an das letzte Mal versucht, sie zu verdrängen. Die Zartheit, mit der er sie geweckt hat, rührt sie.

Er hat es doch gemerkt. Jetzt versucht, er es wieder gut zu machen. Das ist seine Weise sich zu entschuldigen, dass ich letztes Mal nicht wollte. Jetzt tut es ihm bestimmt leid. Er versucht, es wieder gut zu machen. Ganz bestimmt, ich muss ihm eine Chance geben. Er ist es doch wert und wir sind doch schon so lange verheiratet. Sie fühlt, wie die Hitze an einem Punkt zwischen ihren Beinen entsteht und eine warme Welle durch ihren Körper bis zu ihren Füßen rollt. Kurz flammt ein Bild von Anna auf.

Sie umfasst seine Oberarme und versucht ihn von sich leicht weg zu stemmen. Er reagiert und weicht nach hinten aus.

„Was ist mit Dir? Liebst du mich nicht mehr?"

Wenn ich jetzt „ja" sage, dann ist mein Leben mit einem Mal verändert, sofort. Kein gemeinsames Haus mehr, Stress wegen der Kinder, Traurigkeit überall und Einsamkeit.

„Ach komm, Manuel. Ich mein´s nicht böse. Ich musste nur kurz an die Schule denken, ich versuche, das jetzt zu vergessen. Wir machen jetzt weiter, okay? Alles gut!"

Manuel lächelt sie verunsichert an und beugt sich wieder zu ihr runter. Seine Haut und wie er riecht, sind ihr vertraut. Sie schließt einfach die Augen und versucht sich aufs Spüren zu konzentrieren. Seine Hände ertasten ihre Brustwarzen, kneifen sie kurz und gleiten über die Seiten zu ihrer Taille. Die Hände streichen über ihren gesamten Körper bis hin zu ihren Füßen vor. Als wollten sie ihren Körper neu entdecken. Das Ziehen in ihrem oberen Schambereich wird stärker und ihr Körper windet sich Manuel entgegen. Seine

Hände gleiten zwischen ihre Beine. Seine Fingerkuppen nun feucht benetzt, streichen über ihr Becken. Er legt sich auf sie und sein Körper erfüllt sie. Den Takt gibt er vor und sie passt sich ihm an. Er greift in ihre Haare und zieht ihren Kopf leicht nach hinten. Sie lässt sich auf ihn ein und überlegt, dass sie ja viel Zeit haben. Dann nach einer ausgiebig ausgeschöpften Zeit verlässt ihn die Kraft und er sinkt erschöpft auf sie nieder. Sie ist zufrieden und windet sich unter ihm weg und lauscht. Er scheint eingeschlafen zu sein.

Mittwoch 07.11.

Diese Grimasse vor mir, überall Zähne, in mehreren Reihen, spitze und stumpfe, blutig, rot bis schwarz, fleischig, offen, nass glänzend, mit aufgerissenem Mund, offenliegenden Sehnen und Muskelfasern im Wangenbereich, zusammengekniffene Augenhöhlen, die leer sind. Die übrige Haut ist leichenblass. Nur wenige und strohige Haare.

Der Anblick flößt mir Angst ein. Wer denkt sich nur so etwas aus? Mir läuft es kalt den Rücken runter, bis ich anfange zu frieren. Für mich ist das gar nichts, aber sie haben es sich gewünscht. Dann soll es sein. 32€ ein stolzer Preis, aber meine Jungs können die Masken ja die nächsten Jahre noch verwenden und vielleicht farblich verändern. Halloween, eigentlich Reformationstag, aber wer denkt heute schon an Luther? Geister, Gespenster und Horror bewegen uns und nicht Gottes Gegenwart. Für ihre verspätete Halloweenparty heute Abend werde ich sie dann mal spendieren.

Nach dem Einkauf in dem Ballonladen bummelt sie über den Dr. Ruer Platz in Bochum zurück in Richtung Auto.

Jetzt ging es doch schneller als ich gedacht habe. Schade, könnte jetzt noch schön weiter shoppen gehen, aber jetzt so allein? Es ist ein beweglicher Ferientag in den Schulen heute, warum auch immer, werde ich nie verstehen. Ist aber trotzdem schön, so ein freier Tag. Nein! Was ist das? Das kann nicht sein, da vor der Sparkasse! Ist sie es oder nicht? Nur eine Frau, die ihr einfach sehr ähnlich sieht? Namen kann ich mir ja nicht so gut merken. Aber ein Gesicht, das ich einmal gesehen habe, vergesse ich niemals. Das gibt's nicht!

Sie hat die gleiche Haarfarbe, Frisur, eine große Sonnenbrille und die ähnliche Statur wie sie! Sie ist es. Sie muss es sein. Und jetzt? Was mache ich? Gehe ich einfach auf sie zu? Kann ich das hier so machen? Wenn ich sie nicht verfolge, verliere ich sie vielleicht wieder. Wie wird sie auf mich reagieren?

Sonja fasst sich beiderseits in die Oberarme und drückt so fest zu, dass sie den Schmerz verspürt. Wie tausende Nadelstiche merkt sie den Schmerz in ihren Armen. Ihre Nervosität, will sich in ihrem Körper ausbreiten. Was bleibt ihr anderes übrig. Sie rennt ihr nach.

„Hallo!" ,...ruft sie.

Keine Reaktion, die Frau geht weiter. Ist sie es vielleicht doch gar nicht? Sonja rennt schneller.

„Hey! Bleiben Sie stehen! Hallo! Bitte!"

Die Frau bleibt abrupt stehen. Sekunden vergehen, ohne dass sich eine von uns rührt. Sie wendet sehr langsam den Kopf in meine Richtung um. Endlich erreiche ich sie und stehe nun vor ihr.

„Sie sind es! Ich denke, sie sind tot, Alle denken das!"

Sie schweigt und ihre Augen sehen Sonja schemenhaft durch ihre dunklen Gläser an.

„Was machen Sie hier, wieso sind sie nicht tot? Äh ... Entschuldigen Sie diese Frage ..., aber Sie wissen schon?"

„Wer sind Sie? Was wollen Sie von mir? Warum müssen Sie so schreien, könnten Sie bitte leiser sprechen, bitte,"... flüstert sie.

„Äh ... Sie oder ... äh du lebst? Was ist passiert? Britta! Du bist doch Britta? Entschuldige, dass ich „du" sage, aber aus den Erzählungen Annas bist du mir so vertraut. Ich bin eine Freundin von Anna, gewesen. Ich kenne dich von Fotos.",... entgegnet Sonja ihr beinahe stimmlos.

„Okay, dann eben per „du", ja ... stimmt, eigentlich bin ich tot."

„Aber was ist denn nur passiert?"

„Ich wäre auch beinahe gestorben, beruhige dich, aber der Hund eines Spaziergängers hatte mich rechtzeitig gefunden. Er hatte einen Rettungswagen mit seinem Handy gerufen. Auf der Intensivstation bin ich mal kurz aufgewacht, und dann kam ich noch längere Zeit auf die normale Station im Krankenhaus. Ich hatte eine schwere Kopfverletzung. Hier eine Narbe im Haaransatz, siehst du? Mein Unterschenkel und mein Oberarm waren gebrochen. Da trage ich auch immer noch so dünne Schienen, guck? Autofahren, darf ich eigentlich nicht, mach ich aber trotzdem. Es geht jetzt schon wieder, so dann tschüss, und du hast mich nicht gesehen, gar nicht, ist das möglich für dich?"

Dabei schaut sie erst hin und her, als möchte sie ausschließen, dass sie jemand beobachtet. Dann verharrt sie mit ihrem Blick in Sonjas Augen.

„Was soll das? Alle Welt glaubt, dass du tot bist und leidest. Denk doch mal an deine Freunde und deine Familie."

„Du bist diese Sonja, oder? Maria, Annas Tochter, hat mir mal von dir erzählt. Du hast so zu sagen meinen Platz bei Anna eingenommen, und das finde ich letzten Endes gut. Sie hat mich bedrängt, wollte immer mehr als Freundschaft und das ging mir irgendwann auf die Nerven. Ich bin froh, dass ich sie und diese verrückte Familie Goldberg los bin. Auch wenn ich eine gute Freundin gebraucht hätte, weil mein Mann arbeitslos ist und von morgens an Alkohol trinkt. Manchmal hat er mich auch geschlagen. Ich will nicht mehr zurück ... nie wieder!"

„Aber er glaubt, dass du tot bist."

„Nein, er weiß es, wir haben einmal danach miteinander im Krankenhaus gesprochen. Es ist für ihn einfacher, auf diese Weise mit der Situation fertig zu werden. Meine Töchter wissen es nicht anders, als dass ich tot bin. Er hat es ihnen so erzählt. Jetzt suchen sie mich nicht mehr und können innerlich irgendwann mit mir abschließen. Er hat einfach ein Grab in unserer Familiengruft so herrichten lassen, als sei ich da beerdigt worden. Es war keiner im Sarg. Das war nur für die Mädchen und ein paar Freunde. Sie werden schon darüber hinwegkommen.
So ist´s besser, kurz und vielleicht nur wenig schmerzvoll, als dieses jahrelang quälende Ungewisse, der abgehauenen Mutter. Ich selbst wollte sowieso eigentlich nie Kinder haben. Er träumte immer davon, hatte aber keine Zeit und Lust sich um sie zu kümmern. Blieb alles immer an mir hängen, erst die Windeln, der Brei und später diese Taxifahrten. Hätte ich das gewusst, dass man kein eigenes Leben mehr hat, wenn man Kinder hat, dann hätte ich mich nach der ersten Menstruation sterilisieren lassen."

Sonja steht vor ihr. Ihr Gesicht sieht wächsern aus. Nach kurzer Zeit des Schweigens fragt sie:

„Äh … was machst du denn dann eigentlich hier?"

„Ich löse das Konto meiner kürzlich verstorbenen Mutter auf. Mein Leben ist jetzt in Südfrankreich an der Côte d´Azur. Endlich kann ich leben, wie ich will. Ich muss keine Kompromisse mehr eingehen, zum Beispiel endlich das essen, was ich will. Mal flirten, ohne ein schlechtes Gewissen haben zu müssen. Etwas unternehmen, ohne jemandem Bescheid sagen zu müssen, wo man hin will, und warum man mal raus will. Kein Stillsein, weil jemand seinen Rausch ausschlafen will. Keine Überlegung, was der andere für einen Tag hat, ob man mit ihm ein paar Worte reden kann, oder sich besser in der Waschküche versteckt, und hofft, dass der Tag ohne Schläge und Geschrei an einem vorbeizieht, kannst du das verstehen?"

„Ja" ist Sonjas Stimme heiser zu hören. Bilder meines eigenen Vaters kommen hoch, dessen Laune abzupassen war, ob man mit ihm reden konnte oder nicht. Streit-, Wutszenen und sogar Handgemenge blitzen in meinem Kopf kurz auf, zwar verschwommen, wie Spiegelungen auf dem Wasser, aber das ungute Gefühl ist klar im Bauch zu fühlen.

„Du tust mir leid."

„Braucht es nicht. Jetzt ist alles gut, und ich habe endlich ein schönes Leben. Einen Job im Supermarkt, und Freunde, ich bin glücklich. Jeden Morgen nach dem Aufstehen gehe ich zum Strand und bade im Sonnenaufgang in dem azurblauen Meer. Es gibt nichts Schöneres. Bitte lass es so und schweige darüber, dass du mich wieder gesehen hast. Sonst zerstörst du mein neues Leben."

„Okay, aber Lina selbst und alle anderen sind davon überzeugt, dass sie dich umgebracht hat."

„Lina? Aber warum denn?" Und sie löst ihre vor sich verschränkten Arme dabei auf und tippt mich mit ihrer Hand an meinem Unterarm an.

„Lina hatte gesehen, wie du abgestürzt bist. Sie ist dann zu dir gelaufen. Aber anstatt dir zu helfen, indem sie einen Rettungswagen hätte rufen sollen, hat sie in ihrer Wut auf dich, deinen Kopf auf einen spitzen Stein geschlagen. Sie hatte gedacht, dass du tot bist."

„Ja, ich hatte davon eine Schädelverletzung, aber mir konnte ja schnell geholfen werden. Lina war schon immer die Verrückteste in der Familie. Keiner wollte das sehen. Sie haben sie so verwöhnt, dass sie alles und jeden nur für sich haben wollte. Ich hatte mal versucht, Anna darauf aufmerksam zu machen, aber sie hat das einfach ignoriert. Darin ist sie eine Meisterin. Jetzt war sie wohl tödlich eifersüchtig auf mich."

„Das war sie wohl. Lina ist jetzt in der geschlossenen psychiatrischen Klinik. Wenn sie Glück hat, dann wird sie vielleicht für nicht zurechnungsfähig erklärt. Im besten Fall muss sie Sozialstunden ableisten, wenn es aber hart auf hart kommt, dann muss sie in die Jugendhaftanstalt. Sie steht ja als Mörderin da."

„Das ist auch gut so, hoffentlich kommt sie aus der Klapsmühle nie wieder raus. Früher waren es nur Insekten und Spinnen, die sie getötet hat. Meine Kinder waren entsetzt, wenn sie die Spinnen vor ihren

Augen mit dem Daumen zermahlen und dabei gelächelt hat. Dann waren es größere Tiere, Mäuse und auch mal eine Ratte, was sie so im Garten fand. Als ich sie dann aber sah, wie sie meiner Katze versuchte, das Fell auszureißen, bin ich schnell raus. Das Feuerzeug riss ich ihr noch aus der Hand, mit dem sie dann wohl die ausgerissenen Haare und vielleicht auch meine Katze anzünden wollte.

Da war es bei mir vorbei. Ich erzählte es Anna, aber sie meinte, das sei nur so eine Phase. Das würde schon von selbst vorbei gehen. Ich merkte aber, dass ich ihr das übelnahm, dass sie die kranken Verhaltensweisen ihrer Tochter so durchgehen ließ. Es war dann für mich schwer, mich mit Anna zu treffen. Manchmal suchte ich dann nach einer Ausrede, aber trotzdem war es auch schön, wenn sie anrief oder mich anschrieb und mich zu Unternehmungen überredete. Dann konnte ich die Arbeit, die Kinder und meinen Mann einfach mal vergessen und auch wieder lachen."

„Ich verstehe dich. Viel Glück für dein neues Leben, genieße es."

Ein warmer und fester Händedruck, der meine Sympathie bestätigt. Ihre Haut fühlt sich ganz zart an. Und ihre Finger sind feingliedrig, aber stabil. Die Augen hinter ihrer Brille sind tiefbraun. So braun bis fast schwarz, ich verliere mich in ihrem Blick. Unsere Hände bewegen sich im Takt geschlossen zweimal hoch und runter. Der Druck ihrer Hand ist angenehm und fühlt sich vertraut an. Jetzt gleich wird sie meine Hand loslassen, und dann werde ich sie nie mehr wiedersehen. Sie hält meine Hand fest, und ihre Augen glänzen mich hinter ihren dunklen Gläsern an. Ihr Blick durchdringt mich. Ganz langsam löst sie ihren Händedruck.

Ich will sie nicht loslassen. Britta? Nein – nicht Britta ist es, nach der ich mich sehne!

Brittas Hand streicht über meine Hand entlang. Ich genieße dieses Gefühl, wie ein warmer Wind, der leicht über meine Haut streicht und gleich vorbeigezogen ist. Ein Kribbeln unter meiner Haut macht sich überall breit. Ihre Hand löst sich.

Beide blicken auf ihre Hände. Ihr Mittelfinger zieht sich dabei über meine Handinnenfläche. Kurz, ganz kurz, reibt sie ihre Fingerkuppe dabei in meiner Handmulde einmal rauf und runter. Ich schaue sie an. Ihr tief in die Augen. Sie lächelt mich leicht an und ihre Lachfältchen breiten sich aus. Und ich kann nur denken:

Anna!

Nachwort der Autorin

Ich möchte mich bei Ihnen bedanken, dass Sie meinen Roman gekauft und gelesen haben. Hoffentlich hat Ihnen der Text gefallen und Sie hatten ein spannendes und schönes Leseerlebnis.

Wenn Sie Neues über meine Buchprojekte erfahren möchten, dann finden Sie diese:

lanaleros.wixseite.com/lanaleros

Instagram: lanaleros

Twitter: Lana Leros

Natürlich freue ich mich ebenso über Ihr Feedback

Lana.leros@gmail.com

Zum Abschluss habe ich noch eine persönliche Bitte. Wenn Ihnen das Buch gefallen hat, würde ich mich über eine kurze Rezension freuen. Einige wenige Sätze würden genügen.
Sollten Sie in Literaturgruppen im Netz sein, würde ich mich natürlich auch dort über ein kleines Feedback freuen.
Ich danke Ihnen von Herzen und hoffe, dass Sie auch andere Texte von mir lesen möchten.